Marlies Lüer

Schwertgeist

Die Autorin:

Die Autorin lebt mit Blick auf idyllische Weinberge in einem milden Klima. Das ist fast so gut, wie ein Hobbithaus in Tolkiens Auenland zu bewohnen, wo sie eigentlich leben möchte. Aber da man bekanntlich nicht alles im Leben haben kann, sitzt sie zufrieden im baden-württembergischen "Ländle" und schreibt ein Buch nach dem anderen, erträumt sich allerlei Abenteuer und bringt ihren Lesern sanfte, magisch-schöne Fantasy von ihren Reisen in andere Welten mit.
Und auch aus dieser Welt, die wir alle bewohnen, weiß sie schöne Geschichten zu erzählen.

Marlies Lüer

Schwert Geist

© Marlies Lüer Juli 2015

SCHWERTGEIST

Drachenschwert-Trilogie, Band 3

Band 1 „Midirs Sohn"

Band 2 „Erdsängerin"

Vervielfältigung, Übersetzung und die Einspeicherung und Verarbeitung in elektronischen Systemen sind für Bild und Text untersagt.

Ähnlichkeiten von Romanfiguren mit realen Personen sind rein zufällig.

Lektorat: Marlies Lüer
Satz: Marlies Lüer
Cover: Isabell Schmitt-Egner

ISBN-13: 978-1515155317

ISBN-10: 1515155315

Inhaltsverzeichnis

Was bisher geschah	S. 7
-1- Glenmoran Castle	S. 9
-2- Das Mondrunenbuch erwacht	S. 26
-3- Glenmoran Games	S. 49
-4- Der Ruf aus ferner Zeit	S. 88
-5- Der Adler ist fort	S. 104
-6- Der Schattenfürst erwacht	S. 125
-7- Devilhenge	S. 151
-8- Euphrasia	S. 174
-9- Liebst du mich?	S. 235
-10- Mafaldas 100. Geburtstag	S. 245
-11- Die Drachenväter der Urzeit	S. 262
Glossar	S. 268

Was bisher geschah

Dieses Buch schließt die Drachenschwert-Trilogie ab. Es begann alles mit dem Sohn des keltischen Halbgottes Midir. Fearghas, ein elbischer Soldat der Anderwelt, der von seiner Hagedornkönigin in einem Anfall von Wahnsinn und Wut durch Zeit und Raum gestoßen wurde und auf der Erde in Schottland sein weiteres Leben fristen musste. Fearghas hinterließ eine Nachkommenschaft, aus der im nächsten Jahrhundert die Erdsängerinnen Isabella, genannt Tibby, und Ailith, ihre Enkelin, hervorgingen. Das Schicksal hatte Großes vor mit ihm und seinem Drachenschwert, das er einst in Glasgow schmiedete. Auch die Gaia-Töchter, die „mit der Erde singen", sind für das Schicksal der Welt wichtiger, als sie ahnen können.

Tibby singt mit den Bäumen, den Pflanzen … sie kann sie heilen, ihr Wachstum anregen, sie fühlt sich in alles hinein und sieht ins Innerste. Ihre übersinnliche Wahrnehmung erfasst auch Feen, Elfen und andere Elementarwesen. Ihre frühe Kindheit war erfüllt von Freude und Gemeinschaft mit Mutter Natur. Die Erdseele selbst unterrichtete das Kind. Aber ihre leibliche Mutter glaubte, das Mädchen wäre einfach nur verrückt und sie schämte sich für sie, ließ sogar ihre Andersartigkeit mit Psychopharmaka unterdrücken. Doch die Tochter bekommt an ihrem 18. Geburtstag von einer alten Bekannten heimlich das „Erbe der Erdsängerinnen" überreicht – und das gibt ihr die Kraft, sich aus der Bevormundung zu befreien und völlig Gaias Tochter zu werden.

Ihre Enkelin Ailith, eine junge, eigensinnige Frau, hat eine gänzlich andere Fähigkeit als ihre Großmutter. Sie tanzt mit dem Wind und kann das Wetter beeinflussen.

Im dritten Band werden nun alle offenen Fäden zusammengeführt, die letzten Geheimnisse enthüllt und der Leser wird die eine oder andere Überraschung erleben.

Begleiten Sie diese außergewöhnlichen Frauen auf ihrer wichtigsten Mission, die ihnen alles abverlangen wird.

Erleben Sie den Kampf mit dem *Schwertgeist!*

-1-

Glenmoran Castle

Isabella Warrington, von allen ‚Tibby' genannt, Herrin von Glenmoran Castle, stand mit einem Brief in der Hand vor dem Eingang ihres „Bed&Horse". Ihr langes, weißes Haar, durchzogen von einer blauen Strähne, wehte im Wind. Unbändige Freude erfüllte sie. Das war typisch Dolina! Ihre alte Freundin aus Mädchentagen hatte die Nachricht so knapp geschickt, dass sie quasi mit ihr zeitgleich eintreffen würde. Und da kam er auch schon, der Rolls Royce Silver Seraph, er rollte mit Würde über die Auffahrt. Falls man ernsthaft bei einem Auto von Würde sprechen wollte. Dolina war geradezu unverschämt reich. Ihr Mann, ein Immobilien-Tycoon, war übers Wochenende zum Golfen mit wichtigen Geschäftsfreunden. Weil Dolina das Golfspiel und noch mehr seine Freunde todlangweilig fand, machte sie einen Abstecher zu ihrer alten Freundin Tibby.

Liebste Freundin, bitte errette mich vor Langeweile und Small Talk mit Berufs-Ehefrauen und gewähre mir Asyl für einen Tag und eine Nacht in deinem entzückenden Bed&Horse! Michaels Wahl ist wieder auf Fort William gefallen. Er liebt eben den Ben Navis. Wahrscheinlich mehr als mich!"

Tibby faltete lächelnd den Brief sorgsam zusammen und steckte ihn in ihre Hosentasche. Der letzte Besuch war fast zehn Jahre her. Der Chauffeur öffnete den Wagenschlag und Dolina betrat die Bühne. Sie beherrschte im Gegensatz zu Tibby den großen Auftritt. Ihr schwarzweißes Nachmittagskostüm war maßgeschneidert und unterstrich ihre körperlichen Vorzüge und verbarg die Schwächen. Doch als die Freundinnen sich zur Begrüßung lachend um den Hals fielen, war es eine Begegnung von Herz zu Herz und alles Äußerliche wurde unwichtig.

„Was willst du dieses Mal zuerst? Einen Gang durch den Garten oder erst den Kakao mit Sahne und Schuss?"

„Tibby, meine Gute, zuerst muss ich mal für kleine alte Ladies, die Fahrt war lang. Danach nehme ich einen doppelten Kakao und dann zeigst du mir deinen Wundergarten." Dolina signalisierte ihrem Chauffeur mit einem Wink, er könne sich entfernen.

Später saßen die so ungleichen Freundinnen im Kleinen Salon am Kaminfeuer, das ausnahmsweise schon am Vormittag entzündet worden war und seine behagliche Wärme verbreitete. Die Servicekraft servierte einen leichten Imbiss und brachte eine zweite Kanne Kakao. Dolina gab einen kräftigen Schuss Whisky in ihren Becher. Sie war, im Gegensatz zu Tibby, ausgesprochen trinkfest. „Ich habe dich noch nie gefragt, wie das damals für dich war, als Tosh der Laird wurde und ihr hier eingezogen seid. Da hat Annella doch noch gelebt, nicht wahr?"

Tibby nickte. „Ja, lass mich überlegen, das waren mindestens acht oder neun Jahre mit ihr hier gemeinsam. Der Laird starb ja kurz nachdem Tosh und ich geheiratet hatten. Schade, ich mochte ihn. Er war nicht so steif und vornehm wie Annella." Tibby erinnerte sich nur ungern an die ersten Jahre auf dem Schloss. Sie nahm einen ordentlichen Schlag Sahne auf ihren Kakao und schlürfte die heiße, süße Flüssigkeit mit Genuss und Bedacht. Ihre Schwiegertochter Lucy ging ihr in der letzten Zeit schwer auf die Nerven mit gutgemeinten Hinweisen auf Zucker, Fette, Blutwerte, drohende Schlaganfälle und sonstige Fälle. Aber hier und jetzt saß sie mit Dolina beisammen und Lucy war mit der Führung des Bed&Horse vollauf beschäftigt. „Annella hat es mir wirklich nicht leicht gemacht. Sie ließ mich immer spüren, dass ich ihr peinlich war. Das wurde erst gegen Ende ihres Lebens besser, als sie erkannte, dass mein Plan, aus dem Castle ein Hotel zu machen, ein guter Plan gewesen war. Der Laird hatte die Pferdezucht heruntergewirtschaftet und Schulden angehäuft. Tosh hatte das im letzten Moment aufgedeckt und konnte die Banken mit unserem Businessplan überzeugen."

„Das war ganz sicher nicht leicht für dich, wenn man bedenkt, wie weltfremd du großgeworden bist. Weißt du, ich war damals unbändig stolz auf dich, als du die Flucht aus der Klinik gewagt hast. Du warst seit dem Tag immer mein Vorbild, habe ich dir das schon mal gesagt?"

Überrascht blickte Tibby ihre Freundin an. „Nein, das war mir nicht klar. Im Grunde war es der Mut der Verzweiflung, und ohne Tosh hätte ich es nie geschafft."

Dolina winkte ab. „Papperlapapp. Spiel deine Leistung nicht herunter. Du warst sehr mutig. Du hast dich aufgelehnt gegen Fremdbestimmung. Und das habe ich bewundert. An dich zu denken, gab mir dann selber die Kraft, für mich selbst zu entscheiden. Hast du Annella jemals deine Kräfte vorgeführt?"

Tibby grinste verschmitzt. „Ja, ein einziges Mal. Mehr war nicht nötig. Von da an hatte sie richtig Schiss vor mir und meinen ‚Hexenkünsten'. Da war ich mit Logan schwanger, ich kann mich noch gut erinnern. Mit zwei Gärtnern zusammen habe ich dann den Küchengarten angelegt und etwas später den Park mit den Rhododendren und den Fächerpalmen. Mein Arboretum hat inzwischen mehrfach Preise gewonnen!"

„Deine Bäume sind aber auch wunderschön. Oh, sag, sind das hier deine handgeschriebenen Bücher, von denen du mir geschrieben hattest?" Dolina deutete auf die zweitoberste Reihe im Bücherregal.

„Ja, es sind jetzt zwölf an der Zahl. Mein Lebenswerk. Dort drin steht alles was ich weiß über die Natur und auch die Naturgeister. Sie sind mit Leinen bezogen und handgebunden."

„Willst du sie nicht einem Verlag geben?"

„Auf keinen Fall. Sie sind für die nächsten Erdsängerinnen bestimmt, nicht für die Allgemeinheit."

„Das finde ich bedauerlich, Liebes, aber das musst du wissen. Was macht eigentlich dein Mann Tosh, den habe ich heute noch gar nicht gesehen."

„Oh, der ist unten in Tincraig. Er wollte Ailith und Fionnbarra begleiten, die da heute zu tun haben. Tosh hat sich vermutlich wieder Bücher bestellt und will auch seinen alten Freund kurz besuchen. Er ist vor zwei Tagen aus dem Krankenhaus entlassen worden. Sie könnten bald schon zurückkommen", fügte sie nach einem Blick auf ihre Armbanduhr hinzu.

Dolina seufzte. „Alt sein ist nicht leicht. Michaels Herz ist auch nicht mehr das jüngste. Er hatte neulich erst wieder einen Schwächeanfall. Aber er will es sich nicht anmerken lassen. Er fürchtet, dass ihm seine Macht verloren geht, wenn er Schwäche zeigt. Wir sind ja auch schon über Siebzig. Die Konkurrenz schläft nicht! Weißt du, Liebes, ich würde viel lieber all das Geld hergeben und mit ihm auf eine ruhige Insel ziehen. Wir verbringen viel zu wenig Zeit miteinander." Dolina lächelte verschmitzt. „Naja, nicht auf das ganze Geld verzichten. Es macht zu viel Spaß, sich alles leisten zu können."

Tibby griff nach ihrer Harfe und zupfte halbherzig die Saiten. „Ich liebe dieses alte Ding. Ist völlig verstimmt, aber das stört keinen. Wir können alle nicht Harfe spielen. Aber Mafalda konnte bis vor fünf Jahren noch spielen, und wie!"

„Sag nur, Mafalda lebt noch?"

„Oh ja, sie wird bald Hundert. Sie ist zäh wie ein Hochlandrind. Ohne sie hätte ich die ersten Jahre der Hotelgründung nicht geschafft. Sie hat mir Logan oft abgenommen und ihn erzogen, wie sie mich damals großgezogen hat. Ich liebe Mafalda wie eine Mutter. Sie war ja auch meine eigentliche Mutter. Und darum soll es ihr auch an nichts fehlen. Das habe ich mir geschworen."

„Und wer ist dieser Fionnbarra?"

„Unser neuer Stallmeister. Und er ist Ailiths Freund. Ich glaube, das wird was Ernstes mit den beiden." Tibby grinste plötzlich über beide Ohren. Sie überlegte, ob sie die feine Dame Dolina in den Stall mitnehmen sollte, in der Hoffnung, dass Fionnbarra mit seinem wilden Haarschopf gerade die Boxen ausmistet. Das machte er nämlich immer mit nacktem Oberkörper. Und seine riesige Tätowierung über Rücken und Brust hinweg war bemerkenswert. „Komm, trink aus. Ich zeige dir jetzt den Küchengarten. Damit versorgen wir nicht nur uns, sondern das ganze Hotel mit frischer Kost. Und danach zeige dir die Pferde."

Das Mittagessen nahmen die Freundinnen mit Tosh und Ailith gemeinsam ein. Logan und Lucy, Ailiths Eltern, waren zum Essen außerhalb verabredet.

„Mädchen, als ich dich das letzte Mal sah, warst du noch ein richtiges Schulkind. Und nun sieh dich einer an! Du bist ja eine junge Dame geworden", schwärmte Dolina. „Deine Haare sind ja eine wahre Pracht."

Ailith zog ihre Nase kraus. Für sie waren ihre Haare eher eine Last. Sie reichten bis zur Taille und verlangten nach täglicher Pflege. Tosh stupste mit seinem Fuß unter dem Tisch gegen ihr Bein, was bedeutete: *Sei gefälligst höflich!* Seine Enkelin setzte ein förmliches Lächeln auf und bedankte sich für das Kompliment. In Gedanken allerdings knirschte sie mit den Zähnen. Sie hasste es, auf ihr Äußeres reduziert zu werden.

„Darf ich fragen, welche beruflichen Pläne du hast?"

Noch ein wunder Punkt. Aber bitte, wenn es denn sein musste. Ailith wusste, dass ihre Oma an dieser Dolina hing. Warum auch immer. „Offen gesagt, habe ich derzeit keine."

„Oh." Dolina tupfte sich die Mundwinkel vornehm mit der Stoffserviette ab. Sie verabscheute mangelnde Zielstrebigkeit, aber sie war Dame genug, sich das nicht anmerken zu lassen. „Nun, so ein Sabbatjahr zwischen Studium und Beruf ist ja auch nicht verkehrt."

„Ich habe nicht studiert." Plötzlich grinste Ailith und ihre Augen strahlten vergnügt. „Ach, Oma, das wollte ich dir doch erzählen. Opa war dabei, der kann es bezeugen. Fionnbarra ist so eine Witzpille! Wir waren doch im Bücherladen, Opa und ich. Und da kommt doch tatsächlich dieser Verrückte mit einem Hamster in der Hand hereingestürmt – ich schwöre dir, der Hamster war echt und lebendig! Er rennt also zur Abteilung mit den Harry-Potter-Büchern und dem anderen Fantasykram und schreit nach der Verkäuferin, sie solle ihm sofort die Bücher zeigen, wo die Umkehrzauber drinstehen und hält ihr diesen zappelnden Hamster unter die Nase! *Es tut mir ja so leid, Carson, wirklich, das habe ich nicht gewollt!*", ahmte sie ihn nach.

Ailith hielt sich den Bauch vor Lachen und Tibby stimmte lauthals mit ein. Tosh rief: „Ihr hättet mal das Gesicht der Verkäuferin sehen sollen! Nach einer Schrecksekunde lief sie rot an und hat ihn achtkantig rausgeschmissen. Er hat uns noch frech zugezwinkert und brachte dann den Hamster zurück in die Tierhandlung gegenüber. Dieser verrückte Kerl! Aber von Pferden versteht er was", fügte er an Dolina gerichtet hinzu. Es klang fast wie eine Entschuldigung. „Nach dem Essen muss ich an den Computer. Ailith-Schatz, hilfst du mir bitte, das neue Programm zu installieren?"

Als Tibby mit Dolina wieder allein war und einen Espresso genoss, kam die Sprache auf die ferne Vergangenheit.

„Ich habe mich all die Jahre gefragt, was aus Ilysa McCreadie geworden ist. Hast du je wieder von ihr gehört?"

Tibby schüttelte den Kopf. Nachdenklich nahm sie einen weiteren Schluck des heißen Gebräus und überlegte, ob sie Dolina von ihrem Verdacht erzählen sollte. Sie hatte ihr auch nie von Cormags Tod erzählt. „Ilysa ist verschwunden. Von einem Tag zum andern. Es ging das Gerücht, dass sie mit Cormag durchgebrannt sei."

„Was, mit dem alten Zausel? Das kann ich nicht glauben. Der war doch mindestens dreißig oder fünfunddreißig Jahre älter als sie. Er war uns damals ein väterlicher Freund und Lehrer. Zumindest habe ich ihn so empfunden. Durch ihn habe ich meinen Kraftgesang gefunden, und das hat mir so sehr geholfen, die Zeit in der Klinik und auch danach zu überstehen."

„Weißt du, Dolina, du warst nicht nur die ‚Rehäugige', sondern auch genauso ‚blauäugig' wie ich."

„Wie meinst du das?"

„Cormag hatte auch seine dunklen Seiten. Ich habe sie später leider zur Genüge kennengelernt."

„Erzähl, meine Liebe, wenn dich das entlastet."

„Cormag war von einer Art Wahnsinn geplagt. Dieses Experimentieren mit schamanischen Kräften hat ihn zu einem machthungrigen Etwas gemacht. Ich hatte ja bei ihm Zuflucht gesucht. Tosh brachte mich voller Vertrauen zu ihm nach meiner Flucht. Aber das stellte sich als Fehler heraus. Cormag isolierte mich von allen Menschen, log mich an und verschleppte mich in die Berge. Er hatte dort eine Hütte. Dolina, er hat versucht, mich zu verführen! Er wollte meine Erdsängerinnen-Macht für sich selbst. Und ich habe Ilysas Eulenbrosche in der Nähe seines Crofterhauses gefunden. Ich denke, die beiden haben sich gestritten und entzweit, bevor Ilysa verschwand. Wenn mich nicht alles täuscht, wollte er eigentlich mit ihr in die Hütte und sie zu seiner Gefährtin machen. Aber dann kam ich und er hat sie fallen lassen."

„Und darum ist sie verschwunden? Sie hatte doch aber diesen tollen Job beim Antiquitätenhändler, wie hieß der Laden doch gleich noch mal? Ach, egal. Aber ich kann mir nicht vorstellen, dass sie einfach alles hinter sich lässt, nur weil sie von

Cormag abgewiesen wurde. So empfindlich war sie ja nicht, sie war eher biestig."

„Weißt du, Dolina, ich glaube, dahinter verbirgt sich noch viel mehr. Die Brosche hatte Cormag Angst gemacht, als ich sie ihm zeigte. Er schien ein schlechtes Gewissen zu haben."

„Hm. Seltsam."

„Dolina?"

„Ja?"

„Kann ich dir etwas anvertrauen und du schweigst den Rest deines Lebens darüber?"

„Oh, erschrick mich nicht, Liebes. So schlimm? Aber ja, du kannst mir vertrauen, kein Wort kommt über meine Lippen."

„Cormag ist tot, er ist oben in der Berghütte verbrannt."

„Großer Gott! Wie jetzt, etwa als ihr beide in dieser Hütte wart?"

„Ja. Aber er war schon tot, als der Blitz einschlug. Mein Drachenschwert hat ihn getötet."

Dolina schwieg betreten. Sollte das etwa bedeuten, Isabella Warrington, genannt Tibby, die Herrin von Glenmoran Castle, hatte einen Mord auf dem Gewissen? Hatte sie ihn erstochen, weil er ihr an die Wäsche gegangen war? Wollte sie ihr das anvertrauen?

„Ich fand ihn am Morgen tot vor. Das Schwert hatte ihm seine Seele geraubt. Wie hätte ich das den Behörden erklären sollen, Dolina? Darum haben

Tosh und ich geschwiegen, all die Jahre. Cormag gilt immer noch als vermisst, genau wie Ilysa. Und manchmal, da holt mich die Vergangenheit ein und ich träume schlecht. Ich habe so das Gefühl, er kommt, um mich zu bestrafen." Tränen füllten ihre Augen. Mitfühlend tätschelte ihre Freundin ihr die kalte Hand.

„Komm, lass uns mal durch dein schönes Arboretum wandern. Das wird uns beiden jetzt gut tun. Morgen früh muss ich schon wieder abreisen. Die Zeit bis dahin sollten wir gut nutzen." Dolina verbarg ihre Traurigkeit. Wer hätte das gedacht, dass Tibby schon senil war? Schwerter, die Seelen raubten! Also wirklich. Und wie sollte ein Toter wiederkommen? Nein, alles Unsinn.

Später am Abend, als die beiden ungleichen Freundinnen wieder im Kleinen Salon beisammensaßen und in schönen Erinnerungen schwelgten, klopfte es an die Tür. Lizzy, die Empfangsdame, entschuldigte sich für die Störung, aber die Anwesenheit der Lady Warrington in der Lobby sei unumgänglich, weil ein Hotelgast einen Diebstahl gemeldet hätte.

„Bitte entschuldige mich, Dolina. Ich komme so schnell es geht zu dir zurück."

„Sicher doch. Ich werfe so lange einen Blick in deine wundervollen Bücher, wenn ich darf." Dolina stellte ihr Glas ab und setzte ihre Lesebrille auf. Sie warf einen abschätzenden Blick auf die zweitoberste Reihe des Bücherregals, das sich über zwei Wände des Raumes erstreckte, von der Tür bis zum ersten Fenster, das einen Ausblick auf die Hotelzufahrt bot. *Zu hoch, eindeutig zu hoch. Hier fehlt eindeutig eine Bücher-Leiter,* dachte sie. Doch dann entdeckte sie zu ihrer Freude in der dunklen Ecke einen Tritt mit drei Stufen. Nun war es ihr ein Leichtes, an die Bücher zu gelangen. Sie nahm sich die ersten drei der zwölfteiligen Reihe heraus und machte es sich wieder im Sessel gemütlich. Wunderbar fühlten sie sich an. Vorsichtig strich sie mit ihren Fingerspitzen über das Leinen. Alle Bücher hatten einen andersfarbigen Einband. Wie sie ihre Isabella-Tibby kannte, war das Leinen sicherlich mit Naturfarben eingefärbt. So, wie man früher Ostereiner im Brennesselsud grün färbte, oder mit Heidelbeersaft einen lila-blauen Ton erhielt. Bei genauerer Betrachtung fiel ihr auf, dass die Bücher wohl in den Farbtönen des Regenbogens gefärbt und geordnet waren.

Das erste Buch handelte von der Erde selbst. Gaia wurde als Erdseele, als „Göttin" vorgestellt. Tibby stellte den Planeten als lebendiges, beseeltes Wesen dar. Ein Sternenkind, geboren aus Sternenstaub und Gottes Liebe zu seiner Schöpfung. Dolina blätterte das Buch durch. Sie verstand nichts von Geomantie und kosmischer Sichtweise. Tibby lebte offensichtlich in einer ganz, ganz anderen Welt als sie. Das zweite Buch beschrieb die Tierwelt. Säugetiere, Reptilien, Insekten, Vögel ... was eben alles so kreuchte und fleuchte unter dem Himmel. Damit konnte sie schon mehr anfangen. Tibby schrieb von einer ‚Gruppenseele' der Tierarten. Naja. Was auch immer. Dolina hatte nie ein Haustier besessen. Vielleicht ein Versäumnis? Sie schüttelte unbewusst ihren Kopf, denn Tibby hatte sich wahrhaftig die Mühe gemacht, alles mit der Hand zu schreiben! Die Machart der Bücher erinnerte ein wenig an die mittelalterlichen Schriften der Mönche, die in Klosterstuben mit Feder und Tinte und den herrlichsten Farben ihre Werke schufen. Auch Tibby hatte hier und da den Anfang einer Zeile mit einer Zierinitiale gestaltet. Was für ein Talent! Diese künstlerische Seite ihrer Freundin kannte sie bisher nicht. Im dritten Buch kam Tibby dann auf die Pflanzenwelt zu sprechen. Man merkte sofort, dass sie hier ganz und gar in ihrem Element war. Die Zeichnungen zu den einzelnen Themen waren besonders fein ausgeführt. Eindrucksvoll führte sie dem Betrachter vor Augen, welche Schönheit Feen und Devas besaßen. Dolina überlegte, was davon reine Fantasie war, und was echt. Ihr war durchaus klar, dass für Tibby alles Realität war, doch richtig nachvollziehen konnte sie das nicht. Aber genießen! Die Bücher waren eine Augenweide. Als Dolina sich das sechste und siebte Buch aus dem Regal geholt hatte, kehrte Tibby zurück und bis es

Zeit wurde, schlafen zu gehen, saßen die Freundinnen nebeneinander auf dem Sofa am Kamin und steckten ihre Köpfe über den zwölf Büchern zusammen.

Tibby schlug ihre Augen auf. Ihr Herz wummerte. Sie holte japsend Luft und setzte sich aufrecht hin. Tosh unterbrach sein leises Schnarchen und drehte sich umständlich auf die andere Seite, um dann wieder in Tiefschlaf zu fallen. Mondlicht fiel als silbernes Band in das Schlafzimmer der Herren von Glenmoran Castle. Die Strahlen fielen auf ein kleines Buch, das auf der Kommode gegenüber dem Fenster lag. Es erwiderte die Berührung durch das Mondlicht mit einem eigenen, sanften, hellblauen Leuchten. Dann schob sich eine Wolke vor den Mond. Das Leuchten des Buches erlosch sofort. Tibby hatte es nicht wahrgenommen. Sie schob sich eine Strähne ihres langen Haares aus der Stirn. Ihr Zopf, zur Nacht geflochten, hatte sich gelöst. Wieder eine unruhige Nacht. Wieder dieser Traum! Fröstelnd griff die alte Frau nach ihrem breiten, blauen Schal, der neben dem Bett auf dem gepolsterten Stuhl lag, und legte ihn sich um ihre Schultern. Ihre Schwiegertochter hatte ihn ihr vor dreizehn Jahren zu ihrem sechzigsten Geburtstag gewebt. *Wie die Zeit doch verfliegt*, dachte sie mit leiser Wehmut. Was zu ihrem Bedauern nicht verflog, war das beunruhigende Gefühl, das dieser Traum in ihr hinterließ. Etwas bahnte sich an. Etwas, was jetzt noch im Nebel lag. Sie hatte es ihrer Freundin Dolina schon angedeutet. Dieses Mal war der Traum ein wenig anders gewesen. Wieder war sie auf den Felsen zugegangen, der an einer Weggabelung lag. Derselbe, von dem sie schon als junge Frau geträumt hatte. Und wieder ließ der Traum ihr keine Zeit, sich für den rechten oder linken Weg zu entscheiden. Der Unterschied lag diesmal darin, dass am Himmel ein auffallend großer Vollmond hing, der den Fels beschien. Mondlicht, das durch Nebel drang ...

Der Nebel der Zeit, wisperte eine Stimme in ihr. Tibby erkannte die Stimme sofort. Es war lange her, dass Gaia zu ihr gesprochen hatte. Sie überlegte Tosh aufzuwecken, aber als sie die Hand nach ihm ausstreckte, um sanft an seiner Schulter zu rütteln, entschied sie sich anders. Er brauchte seinen Schlaf. Stattdessen stand sie auf, schlüpfte in ihre Filzpantoffel und ging zum Fenster, um es so leise wie möglich zu öffnen. Die Luft roch schon nach Herbst. Ihr Blick fiel in den schönsten Teil des Parks, der die alte Burg umgab. Tibby ließ schläfrig ihre Blicke schweifen. Der Mond verblasste langsam und der Tag kündigte sein Kommen an. Da sah sie eine Bewegung in der Nähe der Steinmauer. Ailith! Sie sprang leichtfüßig auf die Natursteine und schritt auf und ab in der kraftvollen Anmut, die ihr zu eigen war. Tibby ahnte, dass ihre Enkelin wieder diesen seltsamen Gesang anstimmte, den sie von einem pferdebegeisterten Tibeter namens Yeshi erlernt hatte, der vor einigen Monaten auf seiner Europareise in Glenmoran Station gemacht hatte. *Auf was für Ideen dieses Kind immer kommt!* Tibby lächelte. Sie durfte nicht den Fehler machen, Ailith in ihrer Gegenwart ‚Kind' zu nennen. Sie war ohne Zweifel längst eine junge, ernstzunehmende Frau. Dennoch konnte Tibby nicht umhin, in ihr auch immer das Kind, das kleine Mädchen zu sehen. Tibbys Augen weiteten sich. Eine Baumgruppe hinter der Steinmauer wiegte sich heftig im Wind. Aber es war eine windstille Nacht! Alles stand still, nur nicht diese Bäume, auf die Ailith ihre Hände ausgerichtet hatte. Dann geschah etwas noch Unglaublicheres: Ihre Enkelin richtete sich nach oben aus und zog eine kleine Wolke auf sich herab. Es regnete! Nur dort, wo Ailith stand und verzückt ihre Macht über das Element Luft genoss.

Tibby stockte der Atem. Eine Hitzewelle schoss durch sie hindurch. Der Puls raste nur so. Das, was sie dort sah, war absolut unnatürlich, selbst für eine Erdsängerin der dritten Generation. *Ich muss dringend mit ihr reden,* dachte Tibby besorgt, *sie ahnt sicher nicht, wie gefährlich das ist.*

-2-

Das Mondrunenbuch erwacht

Der Pfeil bohrte sich mit Wucht in den Baumstamm, nur wenige Zentimeter von seinem Kopf entfernt. Erschrocken wich der junge Mann zurück. Eine Baumwurzel ließ ihn straucheln. Er fiel ungelenk zu Boden und stieß einen Schmerzenslaut aus. Dennoch war alles, woran er denken konnte, die junge Frau, die soeben an ihm vorbeigaloppiert war. Etwas benommen rappelte er sich wieder auf und sah, dass sie ihr Pferd wendete und auf ihn zutrabte.

„Bist du verrückt geworden, Fionnbarra? Ich hätte dich umbringen können! Was drückst du dich hier zwischen den Bäumen herum?" Hinter dem wütenden Funkeln ihrer Augen verbarg sich Angst. Ihre Nasenflügel bebten, als sie mit ihrem Bogen dem jungen Mann strafend auf die Schulter schlug. Das Pferd tänzelte nervös und schlug mit dem Schweif hin und her, seine Ohren waren angelegt.

„Begrüßt man so seinen Freund? Freut mich auch, dich zu sehen, Ailith, meine Herzallerliebste. Deine Großeltern haben mir gesagt, wo ich dich finde. Aber offenbar haben sie keine Ahnung, was du hier treibst." Fionnbarra hatte ein breites Grinsen im Gesicht, als er seine schmerzende Schulter rieb. Er mochte ihr Temperament. Und er wusste, dass sie es nicht leiden konnte, wenn er sie ‚Herzallerliebste' nannte.

„Was willst du hier?"

„Das ist ein guter Bogen. Skythischer Reiterbogen?"

Erstaunt zog die junge Frau eine Augenbraue hoch. „Nein, ein Mongolischer Reiterbogen. Seit wann verstehst du was vom Bogensport? Übrigens, du weichst meiner Frage aus."

„Ich habe nur gut geraten, mein Sonnenkäfer. Habe dir letztens über die Schulter geschaut, als du den Onlineshop aufgerufen hast. Sag mal, du hast dir hier einen Wahnsinnsparcours aufgebaut. All die Hindernisse! Weiß einer deiner Leute davon?"

Ailith lachte bitter auf. „Natürlich nicht. Seit dem Unfall packen sie mich in Watte."

Mitfühlend tätschelte der junge Mann ihren Oberschenkel. „Zeig mir, was du drauf hast, Sunny." Er zwinkerte ihr aufmunternd zu.

Für einen kurzen Moment kam die Sonne zwischen den eisengrauen Wolken hervor und warf ihr Licht auf die blühende, weitgehend violette Heidefläche. Die Augen der jungen Frau hatten eine ähnliche Farbe. Sie bildeten einen starken Kontrast zu ihrem weißblonden Haar. Ohne Zügel, nur mit einer geschmeidigen Bewegung ihres Körpers, lenkte sie das Pferd zum Parcours. Sie übersprangen den kleinen Bach, zwei Felsen, einen großen Baumstrunk und mehr. Als das kräftige Pony wieder an der Baumgruppe ankam und sein Tempo auf ihr Signal hin verlangsamte, griff sie zum Köcher, der am Sattel hing, nahm ihren Bogen hoch, schoss, traf und wiederholte dies. In jeder Zielscheibe zitterten die Pfeile eine Weile nach. Sie hatte ins Schwarze getroffen. Zufrieden mit sich selbst, trabte sie langsam zu ihrem Bewunderer zurück und nahm ihre Mütze ab. Trotz des kühlen Tages war sie ins Schwitzen gekommen. Sie lockerte ihr gestuftes, nackenlanges Haar mit der Hand und stieg vom Pferd. In Erwartung seiner Bewunderung für Ritt und Schuss machte sie einen Schritt auf ihn zu und wollte etwas sagen, aber dann sah sie die Mischung aus Wut und Entsetzen in seinem Gesicht.

„Was ist los?"

„Dein langes Haar!"

„Was ist damit?"

„Du hast es abgeschnitten!"

„Ja, und? Ich war es leid und war heute Morgen beim Friseur. So ist es viel bequemer."

„Aber dein Haar!" Seine Stimme kiekste. „Es war wunderschön!"

Nun verfinsterte sich auch Ailiths Antlitz. „Hör mal zu, du doofer Wikinger-Verschnitt! Das ist mein Haar und ich kann damit machen, was ich will." Erbost über seine Einmischung in ihre private

Angelegenheit, verschränkte sie die Arme vor der Brust. Nicht nur ihr Haar und ihre Augen bildeten einen Kontrast, auch die jungen Leute waren unterschiedlich wie Tag und Nacht. Sie war zierlich gebaut und hatte feines Haar, ging ihrem Freund nur bis zur Schulter. Er hingegen hatte dunkelblonde Dreadlocks, war muskulös und hatte einen nordischen Einschlag, obwohl auch er gebürtiger Schotte war.

Ein heftiger Windstoß kam auf und es wurde noch kälter. Die jungen Leute funkelten einander wütend in die Augen, aber hielten dies nicht lange durch.

„Ist schon gut, Liebes." Fionnbarra nahm sein Mädchen in die Arme. „Ich war nur so enttäuscht. Dein langes Haar ist so schön gewesen. Aber ich liebe dich auch mit kurzen Haaren."

Ailith entspannte sich und schmiegte sich an. „Komm, lass uns die Pfeile wieder einsammeln und dann zurückgehen. Ich habe für heute genug trainiert. Warum bist du eigentlich hier?"

„Wir haben eine weitere Probe auf heute Nachmittag gelegt."

Ailith stöhnte auf. „Wozu denn das? Wir sind gut genug, besser wird es nicht! So langsam geht mir die ganze Sache auf den Geist."

Sie löste sich aus der Umarmung und legte ihrem Pferd ein leichtes Halfter an.

„Du weißt doch aber, wie wichtig gerade dieses Festival ist! Percy D. Patterson wird da sein und uns sehen. Das ist eine einmalige Chance auf eine Filmrolle für mich."

„Ich weiß, dass der Typ da ist. Er hat schließlich zwei Zimmer in unserem Hotel gemietet. Ich kann ihn nicht leiden. Aber wenn es dir so wichtig ist, dass die Dancing Highland-Thistles nochmal üben, komme ich natürlich."

Das schalkhafte Funkeln in ihren Augen entging Fionnbarra. Er holte die Pfeile ein und trottete dann wie das Pferd neben der jungen Frau her, versunken in seine Gedanken an eine glorreiche Zukunft als Heldendarsteller im Kino. Schließlich sah er mindestens so gut aus wie Chris Hemsworth. Mindestens!

Im privaten Essraum der Warringtons saßen drei Generationen der Familie beisammen und besprachen die Reisepläne von Lucy und Logan, den Eltern von Ailith.

„Seid ihr wirklich sicher, dass es euch nicht zu viel wird, wenn ihr die Hotelleitung übernehmt?" Lucy schaute ihre Schwiegereltern besorgt an. „In eurem Alter solltet ihr eigentlich gar nicht mehr arbeiten."

Tosh lächelte herablassend. „Über unser *Alter* musst du dir keine Gedanken machen, eher darüber, dass dem Personal unser Führungsstil besser gefällt als deiner." Er zwinkerte ihr amüsiert zu.

Tibby nahm sich den vierten Scone und bestrich ihn in aller Seelenruhe mit einem kleinen Messer, dessen Griff mit einem Rosenmuster verziert war, dick mit Marmelade und etwas Schlagsahne.

„Mutter, denk an deine Blutwerte! So viel Fett und Zucker, das kann doch nicht gesund sein." Lucy runzelte ihre Stirn und deutete vorwurfsvoll auf den verschmähten Quark mit Gemüseraspeln und einem Hauch Fleur de Sel, den sie höchstpersönlich für die Familie zubereitet hatte.

Logan seufzte leise und sagte dann: „Liebes, die Reise wird dir gut tun. Du musst doch auch mal entspannen. Morgen Mittag sind wir in Edinburgh und steigen in den ‚Royal Scotsman'. Das hast du dir doch schon immer gewünscht."

„Oh ja, das ist wahr. Du hättest mir kein schöneres Geschenk zu unserer Silberhochzeit machen können. Und danach geht es weiter mit einem Mietwagen von Stadt zu Stadt, wie es uns gefällt. Ich freue mich schon so sehr auf die Reise."

„Royal Scotsman? Ist das dieser elitäre Luxuszug, wo es schon zum Frühstück Champagner gibt?", fragte Ailith.

„Ganz genau der. Alle Fahrgäste werden im Edinburgher Bahnhof über einen roten Teppich zum

Zug gehen, in Begleitung eines Dudelsackspielers. So ist die Tradition. Die Speisewagen sind mit Mahagoni vertäfelt und es gibt eine strenge Kleiderordnung zu den Mahlzeiten. Ich nenne das stilvoll, und nicht *elitär*." Lucy schaute ihre Tochter pikiert an. „Aber das wirst du wohl erst verstehen, wenn du älter bist und einen besseren Umgang pflegst."

Logan stöhnte auf. „Nicht schon wieder! Lucy-Schatz, lass Ailith ihre Freunde doch selber aussuchen. Fionnbarra ist kein schlechter Kerl, ich mag ihn. Auch wenn er den Weg zum Friseur noch nie gefunden hat und übertrieben tätowiert ist." Er zwinkerte seiner Tochter vergnügt zu.

Tibby legte beschwichtigend kurz ihre Hand auf das Knie ihrer Enkelin. Die Animositäten und Streitigkeiten zwischen Mutter und Tochter waren in Glenmoran Castle legendär. Das Hotelpersonal schloss gelegentlich Wetten ab, wann der nächste große Streit vom Zaun gebrochen würde. Tosh hatte immer mitgewettet, der alte Schlawiner. Gut, dass ihre Schwiegertochter Lucy das nie mitbekommen hatte. Seit fünfundzwanzig Jahren fragte sie sich, was ihr einziger und heißgeliebter Sohn an dieser mageren, nervösen Frau fand. Andererseits – Lucy war zwar eine elitäre Nervensäge, aber sie hegte vor allem eine große, unverbrüchliche Liebe zu Logan in ihrem Herzen, war der Familie und dem Betrieb gegenüber immer loyal. Und sie liebte auch ihre Tochter, doch sie verstand das Mädchen nicht. Als Ailith vor gut einem Jahr bei einem Bergausritt mitsamt Pferd gestürzt war und sich einen schweren Hüftbruch zugezogen hatte, wich Lucy fortan nicht von ihrer Seite. Ein künstliches Hüftgelenk musste eingesetzt werden. Die Rehabilitation verlief erfolgreich, aber die Ärzte sprachen unmissverständlich die Empfehlung aus, den Reitsport aufzugeben. Woraufhin Ailith drohte, das Land zu verlassen, um nicht unter ständiger Beobachtung der Eltern zu stehen. Selbstverständlich würde sie weiterhin reiten, so wie sie auch weiter atmen würde! Der Haussegen hing lange schief nach ihrem Unfall, extrem schief. Wenigstens war sie so vernünftig gewesen, ein halbes Jahr mit dem Reiten zu pausieren. Und sie hatte sich das Versprechen abringen lassen, nicht mehr über Hindernisse zu springen und auch nicht alleine weite Touren durch die Highlands zu machen. Tibby entfuhr ein Seufzer, weil sie sich intensiv an diese Zeit erinnerte.

„Wie dem auch sei", Lucy tupfte ihre Mundwinkel zierlich mit einer Stoffserviette ab, „ich bin froh, dass wir dem Spektakel der ‚Glenmoran Games' entkommen. Ich sehe dir natürlich immer gern beim Tanzen zu, Ailith, aber so ein Festival macht mir einfach zu viel Lärm und Trubel. Du weißt ja, meine Migräne!" Sie schaute ihre Tochter um Verständnis heischend an und lächelte schmallippig.

„Ist schon in Ordnung, Mutter. Wir leben eben in verschiedenen Welten. Ich freue mich wirklich für euch, dass ihr endlich eine schöne Reise unternehmen könnt. Und macht euch bloß keine Sorgen um das Hotel oder den Stall. Ich helfe Oma und Opa wo ich nur kann, auch im Geomantie-Freundeskreis. Schließlich sind wir über Wochen total ausgebucht, und das kommt ja nicht so oft vor."

„Ganz recht", schaltete sich Logan wieder in das Gespräch ein. „Das Festival bringt unserem ‚Bed&Horse' Publicity, und der Kunstgalerie im Nordflügel schadet es gewiss nicht, wenn hier mal eine andere Art Publikum herumläuft. Die lokale Presse kommt auch zu den Spielen. Meine Geschäfte laufen zurzeit gut, aber ich hätte gewiss nichts dagegen, wenn sie noch besser liefen. Die Energiekosten für das Beheizen von Glenmoran wachsen uns langsam über den Kopf, ganz zu schweigen von den Personalkosten."

Tibby trank ihren Tee aus. Er war heute wieder zu dünn geraten. Sie nahm sich vor, ein ernstes Wörtchen mit der Küchenchefin zu reden. Hoffentlich hatten die Gäste einen besser aufgebrühten Tee bekommen. „Entschuldigt mich jetzt bitte, aber ich will heute Morgen meiner Mafalda einen Besuch machen."

„Grüß die alte Maffie bitte von mir, ich muss jetzt los", murmelte Ailith mit vollem Mund und verließ beschwingt das Esszimmer, den Eltern und Großeltern freundlich zuwinkend.

„Schau heute Abend noch bei mir rein", rief Tibby ihr hinterher. „Ich will etwas mit dir besprechen!"

Gemächlich stieg Tibby die Stufen zum Obergeschoss hoch. Sie hätte auch den nachträglich eingebauten Aufzug nehmen können, aber sie legte Wert darauf, sich viel zu bewegen. *Es ist erstaunlich, dass Mafalda noch lebt,* sinnierte Tibby. Als sie schließlich vor Mafaldas Zimmertür stand, wartete sie, bis sich ihr Atem beruhigt hatte und klopfte dann an.

„Einen Moment bitte", rief die Pflegerin, die sie für die ehemalige Hausdame von Glenmoran vor einigen Jahren angestellt hatte. „Kommen Sie ruhig herein, aber wir kämmen noch die Haare."

Tibby lächelte vergnügt. Mafalda hatte zwar kaum noch Haare, aber ihre Frisur war ihr sehr wichtig. Ailith nannte sie immer zärtlich ‚mein Hutzelweibchen' – der Name war passend, fand Tibby, und trat ein. Zwei Minuten später fuhr die Pflegerin ihren Schützling im Rollstuhl aus dem angrenzenden Bad in den Salon, wie Mafalda ihr kleines Wohnzimmer huldvoll nannte.

„Isabella, schön, dass du mich besuchen kommst." Mafaldas Augen strahlten vor Freude. Nur sie nannte Tibby bei ihrem richtigen Namen, und zwar seit der Stammhalter Logan geboren war. Sie war bis heute der festen Meinung, ‚Isabella' hätte für eine Lady of Glenmoran mehr Klasse als ein schlichtes, volkstümliches ‚Tibby'.

„Mafalda, wie geht es dir heute?"

„Gut genug. Das weißt du doch. Mir geht es immer gut genug, auch wenn die Knochen schmerzen. Ich freue mich schon so sehr auf die Spiele. Es ist lange her, dass ich ein gutes Caber Tossing sah. Und wird Ailith mit ihren Freunden wieder tanzen, und die Jungs machen ihren Schaukampf?"

„Ja, sicher. Und du bekommst einen Ehrenplatz in der vordersten Reihe." Tibby freute sich über die rege Anteilnahme der alten Frau. „Ich bin heute zu dir gekommen, weil du bald Geburtstag hast. Was wünscht du dir denn für deinen großen Tag?"

„Oh, habe ich schon wieder Geburtstag? Fiona, hast du das gewusst?", rief Mafalda in Richtung Schlafzimmer.

Die Pflegerin schaute um die Ecke und lachte. „Wie könnte ich vergessen, dass Sie Ihren hundertsten Geburtstag feiern werden?"

„Was, ich werde schon Hundert? Ich dachte, ich bin kaum älter als Fünfundneunzig. Isabella, bin ich wirklich schon eine so alte Schachtel?"

„Ja, Liebes, du wirst wirklich Hundert. Der Bürgermeister und der Pfarrer werden auch zu Besuch kommen. Es ist noch ein paar Wochen hin, aber mach dir schon mal Gedanken, welchen Kuchen du haben möchtest." Tibby streichelte sanft über die faltige Hand der Greisin. In letzter Zeit ließ deren Geisteskraft nach – jetzt erst! – aber ihre Lebensfreude war ungebrochen. Und dafür war sie dankbar. Mafalda hatte ihre Kindheit erträglich gemacht. Sie liebte sie aus tiefstem Herzen.

„Mafalda, weißt du noch, dass du mir früher immer Reissuppe mit Kirschen, Entenfleisch und Cashewkernen gekocht hast?"

„Sicher, meine Kleine. Du warst für mich immer das Kind, das ich selber nie hatte. Und später bist du meine Lady Isabella geworden. Wer hätte das gedacht, dass du mal Schlossherrin wirst! Und dass ich für dich arbeiten durfte und sogar deinen Sohn mitgroßziehen, das war das Schönste in meinem Leben. Und die Ehe mit Jenkins, die wird mir auch unvergesslich sein. Er war ein guter, guter Mann! Nicht nur ein guter Butler für die alten Schlossherren. Lady Annella hat ihn nie zu schätzen gewusst, aber der Laird! Der hat meinen lieben Jenkins erkannt als das, was er war: Ein feiner, gütiger Mann. Ein echter Gentleman!"

Plötzlich verdunkelte sich das Gesicht der alten Frau. Erinnerungen brachen durch. „Aber eins musst du mir versprechen. Du darfst nie wieder deiner Mutter davonlaufen. Ich hatte solche Angst um dich. Ach, und als sie dich nach Hause brachten, aus dem Krankenhaus da hoch im Norden … Du armes Kind. Du warst so durcheinander. Aber was rede ich da? Du bist jetzt ja auch schon fast eine alte Frau. Du mit deiner blauen Strähne im Haar, bist wohl eitel geworden, was?" Mafalda strich über Tibbys Kopf und kniff die Augen zusammen, um besser sehen zu können. „Aber wenig Falten hast du, das muss man dir lassen. Nicht so wie ich."

Tibby war gerührt, weil Mafalda immer noch im Herzen ihr Kindermädchen war. Ohne Mafalda hätte sie damals, als 18jährige, wohl eine Riesendummheit gemacht.

Fiona brachte das Frühstück. Kaffee mit viel Milch und Zucker, Toast mit Ingwer-Marmelade. „Möchten Sie auch etwas, Lady Warrington?"

„Nein, vielen Dank, ich habe bereits gefrühstückt. Ich muss jetzt auch gehen. Sagen Sie uns bitte Bescheid, wenn Mafalda etwas Besonderes braucht, und ich möchte, dass Dr. Dashwood bei Gelegenheit ihr wieder einen Hausbesuch macht."

„Ich kümmere mich um alles."

Als Tibby sich von Mafalda verabschieden wollte, sah sie, dass ihr Schützling in einen sanften Schlummer gefallen war.

„Ach, hier bist du, Oma!" Ailith schloss die Tür hinter sich und durchquerte den behaglichen Seminarraum, bis sie neben ihrer Großmutter stand, die am Fenster eine Tasse Salbeitee zu sich nahm. „Du wolltest mit mir sprechen, hast du heute Morgen gesagt."

„Ganz recht." Tibby deutete auf die Steinmauer im Park. „Dort habe ich dich in aller Herrgottsfrühe, fast noch in der Nacht, tanzen sehen. Auf der Mauer."

„Hast du nicht schlafen können?"

„Ich hatte wieder diesen Traum. Aber lenk nicht vom Thema ab, junge Dame. Du musst vorsichtiger sein!"

„Was meinst du denn?" Ailith schaute kurz betreten zur Seite und wischte eine tote Fliege von der Fensterbank.

„Es ist stärker geworden, nicht wahr?" Tibby nahm einen letzten Schluck und stellte unsanft die leere Teetasse ab. „Hast du darüber nachgedacht, was passiert, wenn dich einer der Gäste sieht? Mädchen, du hast es willentlich über dir regnen lassen! Du hast Wind heraufbeschworen, bis sich die Bäume bogen. Ich bin mir sicher, dass das auf der ganzen Welt niemand außer dir kann. Wenn ich in der Gegend als verschrobene Kräuterhexe gelte, wegen der Pflanzen-Heilung, geht das in Ordnung. Aber du, du solltest nicht auch noch auffallen! Seit wann ist deine Macht so stark? Hat das mit dem tibetischen Gesang zu tun?"

Ailith zuckte kleinlaut mit den Schultern. „Weiß nicht. Der Obertongesang hilft mir, mich besser zu konzentrieren. Mein Gesang ist anders geworden. Ich singe manchmal mit zwei Stimmen gleichzeitig und weiß nicht wieso. Ich mache das nicht mit Absicht. Ob die Göttin mitsingt? Aber dass meine Kraft so stark geworden ist, dafür habe ich keine Erklärung. Ich habe es vor ungefähr drei, vier Wochen bemerkt, dass sich etwas verändert hat. Ich hatte auch nur eine ganz schwache Monatsblutung, nicht so heftig wie sonst. Ob meine Hormone sind verändert haben? Und manchmal ist so ein Drang in mir, dann muss ich einfach mit den Elementen tanzen und singen. Und sie reagieren viel stärker auf mich als früher. Es ist, als würden wir in solchen Momenten eins sein."

Tibby schaute ihre Enkelin fasziniert an. „Kannst du das näher beschreiben?"

Ailiths Blick wurde ganz weich. „Wenn ich tanze und singe, dann lösen sich die Grenzen auf. Ich bin dann irgendwie ganz groß und weit und so viel mehr als nur ‚ein Ich'. Ich werde im Geist zu Wind, ich werde zu Wasser. Dann spüre ich das Wesen der Elemente, tief in meinem Inneren, fühle deren Intelligenz und Kraft. Und dann spielen wir zusammen. Das beschreibt es wohl am besten, ein Spiel. Manchmal habe ich den Eindruck, sie halten mich für ein anmaßendes Kleinkind, weil sie meistens mit mir nachsichtig sind und sich willfährig meinen Wünschen unterordnen. Aber auch nur so lange, wie es ihnen gefällt. Der Wind hat mich schon mehrmals gezielt umgestoßen."

„Ailith, Ich weiß nicht, wie ich es dir sagen soll. Diese Sache mit der Wetterbeeinflussung ... ich glaube, das ist zu gefährlich! Ich verstehe nicht, weshalb Gaia dir diese Fähigkeit gegeben hat. Hast du dir überhaupt mal klar gemacht, dass du wie dieser Flügel des Schmetterlings sein könntest, der, ohne es zu wissen, am anderen Ende der Welt einen Orkan oder gar einen Hurrikan auslöst?"

Tibby hatte so viel Sorge in ihren Augen, dass Ailith bestürzt war. „Aber, das kann doch nicht sein, dass meine Spielerei hier Einfluss auf das Weltwetter nimmt? Meinst du nicht, dass der Luft-Deva das im Auge hat?" Ailith musste spontan grinsen. „Im Auge des Hurrikans!"

„Junge Dame, mach keine Scherze über große Dinge, die du nicht verstehst und auch nicht einschätzen kannst! Versündige dich nicht!"

„Ach, komm, Oma, sei doch nicht immer so ernst. Wenn du meinst, dann mach den Fernseher an und schau die Wetternachrichten. Da wird nichts sein, wetten? Oder hast du in den Morgennachrichten von ungewöhnlichen Unwettern gehört? Ich nicht!"

Ailith war verärgert. Immer diese Schwarzmalerei der Alten. Ailith trat näher ans Fenster und lehnte ihre Stirn ans Glas, um sie zu kühlen. Sie atmete einige Male kontrolliert ein und aus, um sich zu beruhigen. Fast hätte sie ihre geliebte Großmutter angebrüllt. „Manchmal habe ich vor mir selber Angst. Ich kann mein Temperament nicht immer kontrollieren. Dann bin ich wie ein Mini-Berserker und komme mir vor wie diese Klingonin von der Voyager." Ailith wandte sich zu ihrer Großmutter um und zeigte ein schiefes Grinsen.

Tibby lachte kurz auf. „Allerdings! Das ist der zweite Punkt, den ich mit dir besprechen wollte. Was war vorhin zwischen dir und Fionnbarra bei eurer Probe? Ich habe gesehen, wie überrascht er war, als du mit dem Drachenschwert zwischen ihn und Kester gesprungen bist. War das denn nicht vorher zwischen euch so abgesprochen?"

„Nein, das hätte er niemals zugelassen, stur, wie er ist. Aber ich kann nun mal mehr als nur Ceilidhs tanzen und Tin Whistle spielen. Ich wollte zeigen, dass ich auch kämpfen kann! Vor allem diesem affigen Talentscout Percy D. Patterson. Allein schon sein Name! *Percy D.* – die Schnepfe, die ihn begleitet, nennt ihn immer ‚Ceedie', hast du die schon mal gehört, wenn sie das sagt?" Ailith ahmte die Begleiterin des Talentscouts in Gang, Sprache und Gestik gekonnt nach, und Tibby musste sich mit aller Kraft ihr Lachen verkneifen.

„Wenn du seine *Assistentin* meinst, ja, die habe ich schon kennengelernt. Wir vermieten unsere Zimmer an Gäste, nicht an Schnepfen, junge Dame. Zügle dein Temperament bitte. Ich will nicht, dass es irgendwann heißt, du wärest eine verwöhnte, schlecht erzogene Erbin. Außerdem ...", Tibby warf ihrer Enkelin einen strengen Blick zu, „was hast du dir nur dabei gedacht, ein jahrhundertealtes, wertvolles Zeremonialschwert zum Kampf zu gebrauchen? Hast du denn gar keinen Respekt? Weder vor dem Schwert, noch vor dem, der es schmiedete?"

Ailith machte ein schnippisches Geräusch, setzte sich lässig im Schneidersitz auf einen der Tische und wollte sich weiter über gewisse Leute auslassen. Ein strenger Blick ihrer Großmutter sorgte dafür, dass sie wenigstens ihre Füße vom Tisch nahm. An den Schuhen klebte noch dreckiges Stroh. „Und wie gefiel dir mein Auftritt?", wechselte sie das Thema.

„Oh, willst du etwa hören, dass ich es gutheiße, dass du vom laufenden Pferd springst, eine Rolle vorwärts bergab machst, mitsamt Schwertgurt auf dem Rücken? Darauf kannst du warten, bis die Hölle zufriert. Denk doch mal an deine Hüftprothese! Wenn deine Mutter das gesehen hätte! Aber dein Geschick in der Fechtkunst – alle Achtung! Wann hast du denn das gelernt? Ich musste mir ehrlich gesagt ein Lachen verkneifen, als ich die Gesichter von Kester und Fionnbarra sah. Die armen Kerle waren ja richtig verstört. Du hast ihnen ordentlich eingeheizt."

Ailith strahlte übers ganze Gesicht. „Nicht wahr? Ich bin eben ein Naturtalent. Und dann hat ‚Ceedie' mir auch noch einen Termin für ein Casting angeboten. Die Jungs dürften auch mitkommen, sagte er gönnerhaft." Von einem Moment zum anderen verdunkelte sich ihre Miene. „Das hat Fionnbarra mir übel genommen. Er schrie mich an, dass ich seine Kampfchoreografie zerstört hätte. Dabei wollte ich doch nur etwas mehr Schwung in unsere Probe bringen. Shona, Jodee und Myrtle sind dann auch gleich über mich hergefallen, was mir denn einfiele und so weiter, ob ich mich denn immer in den Vordergrund drängen müsse." Ailith äffte ihre Kritikerinnen mit quietschiger Stimme nach.

„Oma, sag, bin ich wirklich so, dränge ich mich ständig vor?"

Tibby zögerte einen Moment mit der Antwort. „Nein. Ich denke, nicht. Du überlegst aber nicht gründlich genug, welche Folgen dein Handeln haben könnte. Und von einem Zimmermädchen musst du dir schon gar nichts sagen lassen. Shona will doch immer selber im Mittelpunkt sein."

Ailith seufzte leise. „Ich kann verstehen, dass Fionnbarra sauer auf mich ist. Mir ist das Casting doch ganz egal, aber er will unbedingt eine Rolle beim Film. Und das habe ich ihm jetzt verdorben, weil er für Patterson nur zweitrangig war, von Kester ganz zu schweigen." Sie ließ sich vom Tisch gleiten und gab ihrer Großmutter einen Kuss auf die Wange. „Ich gehe jetzt schlafen. Ich habe für heute genug angerichtet."

Tibby strich ihr über das Haar. „Schlaf gut, Liebes." Nachdenklich schaute sie ihrer Enkelin hinterher, noch lange nachdem die Tür ungewohnt sanft ins Schloss gefallen war. Etwas war anders an ihr. So gefühlig und selbstkritisch zeigte sie sich sonst nicht. Hing das mit dem Anwachsen ihrer Erdsängerinnen-Macht zusammen? Was hatte Gaia wohl mit dem Mädchen im Sinn? Tibby lauschte nach innen, doch die Göttin schwieg.

Müde geworden, machte sie sich auf den Weg in die obere Etage. Morgen würden sie Logan und Lucy verabschieden und die Glenmoran Games nahmen danach ihren Lauf. Wenn doch nur schon alles vorbei wäre! Sie sehnte sich nach Ruhe und Zweisamkeit mit Tosh. *Vielleicht sollten wir auch mal wieder Urlaub machen. Llandudno in Wales wäre schön. Wir waren lange nicht mehr in einem Seebad,* dachte Tibby wehmütig. Oben angekommen, hörte sie wie Tosh im Bad, das ans Schlafzimmer angrenzte, die Dusche abstellte. Seine nackten Füße patschten auf dem Boden und er sang leise ein Liedchen. Ein Lichtschein kroch unter der Badezimmertür hindurch in das Schlafzimmer, das ansonsten im Dunkel lag. Nur der Mond erhellte den Bereich in Fensternähe. Fast hätte Tibby es übersehen. Ihr Notizbuch schimmerte in einem hellblauen Licht. Sekundenlang starrte sie auf das seltsame Zeichen, das nunmehr den Buchdeckel zierte. Von ihm ging eine Art Lichtfaden aus, er schlängelte sich wie suchend durch den Raum. Ihr Herz machte einen schmerzhaften Sprung in ihrem Brustkorb. Mit wenigen Schritten war sie bei der Kommode und nahm das Buch in die Hand. Erst versagte ihre Stimme, dann rief sie schrill: „Tosh, komm schnell her!"

Tosh eilte alarmiert herbei, nur mit seiner Schlafanzughose bekleidet. Erleichtert sah er, dass Tibby aufrecht stand und auch sonst schien keine Gefahr im Verzuge zu sein. „Was ist los mit ..." Dann sah er das leuchtende Buch in den Händen seiner Frau und seine Lippen ließen ein leise gemurmeltes „... dir?" folgen. Eine Ahnung breitete sich in ihm aus, so wie das Mondlicht sich in dieser Ecke des Zimmers ausgebreitet hatte. Er wusste, dass dieses Buch, das Tibby für wichtige Notizen nutzte, aus dem Erbe der ersten Erdsängerin stammte. Ihr Ahnherr, Fearghas, der Elb aus der Anderwelt, hatte es unter mysteriösen Umständen in einem Steinkreis gefunden und mit nach Hause genommen. Und nun schien das Buch irgendwie zum Leben erwacht zu sein!

„Auf dem Buchdeckel ist ein seltsames Zeichen, sieh mal!" Tibby hielt es ihm vor die Nase. Doch er konnte nur für wenige Sekunden das schimmernde Symbol sehen, dann erlosch es und gleichzeitig zog sich der Faden aus Licht zurück. Zur selben Zeit hatte sich eine Wolke vor den Mond geschoben und das Zimmer lag wieder im Dunkel. Tosh knipste die Nachttischlampe an und blätterte im Buch. Nichts! Nur Tibbys Notizen, wie immer.

„Aber du hast es doch auch gesehen, oder?" Tibbys Stimme klang fordernd.

„Ja. Allerdings. Aber nun ist es weg."

Tosh schaute ratlos in die Augen seiner Frau, die einen harten Glanz angenommen hatten. Er reichte es ihr zurück. „Es hat all die Jahre nicht geleuchtet."

„Konntest du etwas erkennen?"

„Nein, dieses Symbol kenne ich nicht. Könnte auch eine Art Rune sein. Es sah so archaisch aus."

„Rune?" Tibby horchte auf. „Das wäre dann aber eine sehr fremdartige Rune. Ich habe so etwas noch nie gesehen."

„Aber warum ist es weg?"

„Es verschwand mit dem Mondlicht. Lass uns warten, ob das Zeichen wieder erscheint."

Tibby zog die Vorhänge weiter auf. Doch die Wolken machten ihr einen Strich durch die Rechnung. Mehr und mehr bedeckte sich der Nachthimmel mit mächtigen Regenwolken. Nach zwei Stunden vergeblichen Wartens auf Mondlicht ging sie durchgefroren ins Bett und wärmte ihre eiskalten Füße an Toshs Beinen, der längst in aller Seelenruhe schlief.

-3-

Glenmoran Games

Die Glenmoran Games waren voll im Gange. Im Schlosspark verteilten sich mehrere Stände über das Gelände, die für das leibliche Wohl der Besucher mit Speisen und Getränken zu sorgen hatten. Es gab neben den üblichen Leckereien frittierte Mars-Riegel und auch für Schottland exotische Speisen wie Currywurst, die Tosh während eines Besuches in Hamburg kennen und lieben gelernt hatte, als er zwecks Vortragsreise auf dem Festland war. Die Hotelküche würde heute Abend für ein leicht abgewandeltes, klassisches Burns Supper sorgen, so wie es auch jährlich am 25. Januar Tradition in Glenmoran war. Es war Toshs Vorrecht, das Tischgebet namens Selkirk Grace zu sprechen. Im Geiste ging er die alten Worte durch: "*Some hae meat and canna eat, and some wad eat that want it, but we hae meat and we can eat, sae the Lord be thankit.*

„Wofür wollen Sie dem Herrn danken, Laird?", fragte Mafalda, die von Tosh im Rollstuhl durch den Park geschoben wurde. „Ich konnte Ihr Gemurmel nicht gut verstehen."

„Oh, habe ich wieder laut gedacht, meine Liebe? Ich bin nur das Selkirk Grace im Geiste durchgegangen. Wir können Sie doch hoffentlich auch heute Abend wieder zum Burns Supper begrüßen?"

Tosh mochte die alte Dame sehr. Mafalda war ihm und Tibby damals eine unschätzbare Hilfe gewesen. Nicht nur bei der Betreuung und Erziehung ihres einzigen Sohnes Logan. Auch wenn es darum ging, sich bei seiner Großtante Annella, der damaligen Schlossherrin, durchzusetzen.

„Wenn ich mein Nachmittagsschläfchen halten kann, werde ich wohl beim Supper dabei sein. Ich liebe Scotch Broth! Aber jetzt möchte ich gern die Falkner-Show sehen und danach will ich zum Caber Tossing. Ich mag es, wenn starke Männer im Kilt Baumstämme werfen!"

Tosh lächelte still in sich hinein. Mafaldas faltige Wangen waren leicht gerötet und sie saß mit mehr Körperspannung als sonst in ihrem Rollstuhl. Sie lebte richtig auf, wenn Castle Glenmoran seine Veranstaltungen machte. Letztes Jahr hatte sie ihren Spaß daran gehabt, dass die Kombattanten sich mit großen Kissen vom Baumstamm, auf dem sie rittlings saßen, herunterschlugen. Ein anderes Spiel hatte zum Inhalt gehabt, dass Zweierteams – einer fuhr die Schubkarre, der andere saß mit einem langen Stecken darin – bunte Ringe aufspießen und sammeln mussten. Jedes Jahr dachte die Familie, das sind jetzt wohl die letzten Spiele, die Mafalda miterlebt. Aber das alte Mädchen war zäh wie das Leder von Hochlandrindern. Seine Gedanken schweiften ab, während die Falken flogen. *Das Buch letzte Nacht, unglaublich! Wie kann schlichtes Papier dermaßen leuchten? Vermutlich hat das Mondlicht damit zu tun gehabt. Seit so vielen Jahren ist das Buch im Besitz der Erbin der ersten Erdsängerin. Warum erwacht es gerade jetzt?*

Mafaldas raue Stimme drang wie aus weiter Ferne an sein Ohr. „Was haben Sie eben gesagt, Mrs. Jenkins?"

„Ich sagte, da hinten steht Fiona! Bringen Sie mich doch bitte zu ihr. Ich muss mal dorthin, wo auch die Queen zu Fuß hingeht."

„Oh."

Tosh war das nur recht. Er schlängelte sich durch die Besucher hindurch und übergab seinen Schützling an die Pflegerin, die dem Whisky-Fass-Rollen zuschaute. Wo mochte seine Frau sein? Er hatte sie schon vor über einer Stunde aus den Augen verloren. Einem Impuls folgend, schlug er den Weg ein, der, am Pferdestall vorbeiführend, zu dem privaten Teil des Schlossparks führte. Am Tor angekommen, suchte er in seinem Sporran nach dem Schlüssel. Auf dem Zaun hockte ein grimmig dreinschauender, gusseiserner Troll, der ebenso eisern wie pflichtbewusst ein Schild in seiner Faust hielt: „Zutritt verboten – Privatgelände". Eigentlich konnte Tibby nur an einem Platz sein: In ihrem Pavillon. Im Grunde war er keiner, sondern ein kleiner Hain aus drei eigenwillig wachsenden Eiben mit einem abgeflachten, riesigen Findling in der Mitte. Tosh misstraute diesem Stein. Er sah aus wie ein archaischer Opferaltar, doch Tibby schwor Stein und Bein, dass er im Irrtum war. Ihr Wort in Gottes Gehörgang! Und tatsächlich, dort saß sie. Barfuß und vor sich hinträumend. Sie strahlte diese seltsame Mischung aus Wehmut und Kampfgeist aus, die so typisch für sie war. Wortlos kniete Tosh vor ihr nieder und verfluchte im Stillen seine Kniearthrose. Fürsorglich zog er ihr Strümpfe und Schuhe an, was sie geschehen ließ.

„Sie spricht nicht zu mir."

Er musste nicht erst fragen, wen sie meinte. „Liebes, du wirst dir eines Tages noch eine Lungenentzündung oder Schlimmeres holen, wenn du deine nackten Füße im feuchten, kalten Gras hast. Wie lange sitzt du schon hier?" Mit einem leisen Ächzen stand Tosh langsam auf und nahm dankbar ihre dargebotene Hand als Stütze an. *Verfluchte alte Knochen*, dachte er missmutig.

Tibby zog sich nun ihrerseits an seiner Hand zum Stehen hoch und hielt sich den kreuzlahmen Rücken. Lächelnd schaute sie ihrem Mann tief in die Augen und er erwiderte den Blick mit derselben Innigkeit. Was er sah, und was sie sah, das waren nicht die alten, verbrauchten Körper, sondern die ihnen innewohnende, unsterbliche Jugend des Geistes, die wärmende Liebe ihrer Seelen.

Tosh lächelte sie zärtlich an und rezitierte: „Gott schenke dir immer einen Sonnenstrahl, der dich wärmt, einen Mondstrahl, der dich bezaubert, und einen Schutzengel, damit dir nichts geschieht. Du bist mein Mondstrahl, der mich bezaubert!" Er drückte ihr einen kleinen Kuss auf die Stirn. „Lass uns zur Hotelauffahrt gehen. Die Vorstellung beginnt bald. Du willst doch sicher nicht verpassen, wie Ailith unserem Schmied und Stallmeister die Hucke voll haut."

Lachend erwiderte Tibby, dass sie eher mit einer kreuzbraven Ailith rechnet, die tanzen und flöten würde.

„Diese Wette gehe ich ein!" Tosh legte seinen Arm um Tibby und drückte sie kurz an sich. Gemeinsam schlenderten sie, nachdem das Tor wieder verschlossen war, durch den blühenden Rhododendronhain und schlugen die Richtung zur Hotelauffahrt ein.

„Heute Nacht."

„Ja, heute Nacht." Tibby nickte. Es war kein weiteres Wort nötig. Heute Nacht würden sie das Buch ins Mondlicht halten und nicht eine Sekunde aus den Augen lassen.

„Was meinst du, wie ergeht es gerade Logan und Lucy?"

„Wie ich unseren Sohn kenne, verwöhnt er seine Frau mit Champagner und Austern. Der ‚Royal Scotsman' müsste längst den Bahnhof verlassen haben." Tosh lächelte bei dem Gedanken an den auf dem Bahnsteig ausgerollten roten Teppich. Pomp war das, was Lucys Augen am zuverlässigsten zum Strahlen brachte. Sie hielt Luxus für ihr Geburtsrecht. Ein Hotelier, der der 21. Laird eines schottischen Castles war, entsprach offenbar ihren Vorstellungen von einem standesgemäßen Ehemann. Aber, solange sie Logan glücklich machte, sollte ihm alles recht sein. Außerdem war sie eine Löwenmutter im Twinset. Unvergessen ihr Auftritt in der Grundschule, als Klein-Ailith zu Unrecht verdächtigt worden war, dem Lehrer Tapetenkleister in seine Tasche gekippt zu haben.

Tosh schweifte in letzter Zeit öfter mal in Gedanken ab und genoss auch seine Rückblicke in die Vergangenheit. Leider ließ man ihm nicht immer die nötige Muße. So auch jetzt, denn die Empfangsdame des Bed&Horse kam angelaufen, um sich über eine nicht aufzufindende Putzfrau und noch mehr über betrunkene Gäste zu echauffieren, die ihren Mageninhalt in der Eingangshalle des Hotels entleert hatten. Dann wurden sie noch von einem Vertreter der örtlichen Presse aufgehalten, der um ein kleines Interview bat, und schließlich gelangten sie mit einiger Verspätung ans Ziel. Shona, Jodee, Myrtle und Ailith hatten gerade ihre Tanzvorstellung beendet. Der nächste Programmpunkt war der hitzige Schaukampf von Fionnbarra und Kester, beide in voller Kampfbemalung, dramatisch begleitet von Bodhran und Dudelsack. Unter den Zuschauern war auch Percy D. Patterson, der aufmerksam den Kampf verfolgte und seiner Assistentin etwas zuraunte, die daraufhin nickte und in ihr Handy sprach.

„Sieh nur", Tibby zupfte am Ärmel ihres Mannes. „Mafalda ist auch da." Sie winkte zu Fiona und Mafalda hinüber, die offensichtlich beide ihren Spaß an der Darbietung hatten. „Und sieh mal zu Ailith rüber, wie sie ihren Fionnbarra anhimmelt."

„Ja, sie liebt ihn wirklich. Aber schau du mal zu Myrtle hin. Jede Wette, die ist in Kester verknallt."

„Apropos Wette. Du hast verloren, mein Lieber", entgegnete Tibby zufrieden.

Als der Abend kam, wurden zahlreiche Fackeln und Feuerschalen entzündet. Die Spiele und Wettkämpfe waren beendet. Jetzt wurde getanzt und gesungen. Im Speisesaal des Hotels begann das Burns Supper. Tosh, als Zeremonienmeister, hieß seine Gäste mit einer kleinen Rede willkommen und sprach das Selkirk Grace. Danach wurde die Suppe gereicht und anschließend trug der Koch unter Begleitung eines Dudelsackspielers feierlich den Haggis auf. Mafalda jubelte bei dem Anblick und applaudierte. Fiona saß mit glänzenden Augen neben ihr. Auch sie liebte dieses Fest. Der Ehrengast, in diesem Jahr ein schottlandbegeisterter Kunstmäzen aus Österreich, hatte die Aufgabe oder besser gesagt die Ehre, „Adress To a Haggis" zu rezitieren. Sein Akzent rief eine allgemeine Heiterkeit hervor, was er mit freundlicher Gelassenheit hinnahm. Er hatte sich gut vorbereitet. Zu der jeweils korrekten Gedichtzeile zog er ein Messer hervor, wischte es sorgfältig ab und stach es in den Haggis, um ihn dann der Länge nach aufzuschlitzen, selbstverständlich mit den passenden Worten. Das Highlight eines jeden Suppers zu Ehren des hochverehrten Dichters! Whiskygläser wurden erhoben, um stehend einen Toast auf den Haggis auszubringen. Nachdem dieses jahrhundertealte Ritual abgehalten war, trug der Koch – wiederum unter Dudelsackbegleitung – den Haggis feierlich zurück in die Hotelküche, um ihn dort zum Servieren bereitzumachen. Die Kellner brachten ihn alsbald auf Platten mit Kartoffelbrei und Steckrübenmus zurück in den Speisesaal. Ebenso wurden Steaks und Kidney-Pie aufgetragen. Als Soße zum Haggis diente Malt Whisky.

Ailith, die Tochter des Hauses, war auch zugegen. Sie saß neben dem Österreicher als Tischdame und lächelte ihn an, wenn die Höflichkeit es erforderte, und unterhielt sich freundlich mit ihm. Doch die meiste Zeit senkte sie ihren Blick auf den Teller und schaufelte teilnahmslos das üppige Mahl in sich hinein. Sie war traurig. Wütend. Verwirrt. Fionnbarra hatte ihr schwere Vorwürfe gemacht, sie würde ihn sabotieren. Doch was konnte sie dafür, dass der schnöselige Ceedie samt Schnepfe abgereist war, ohne mit Fionnbarra über eine Karriere beim Film zu sprechen? Sie hatte sich doch als Wiedergutmachung für ihre Einmischung in den Kampf während der Probe seinen Wünschen gefügt – hatte nur getanzt, charmant gelächelt, ihre Flöte gefühlvoll gespielt und war das totale Weibchen gewesen, so sehr, dass es ihr wehgetan hatte. Und dann das. *Mit deiner Geltungssucht machst du mir alles kaputt! Warum kannst du nicht einfach ein normales Mädchen sein und dich auch so benehmen?* In welchem Jahrhundert lebte und dachte der eigentlich? Mit Wut stach Ailith auf ihr Stück Haggis ein. Der Österreicher überlegte, ob er etwas Falsches zu ihr gesagt hatte und trank verlegen seinen Whisky. Er wandte sich zur anderen Seite und begann ein Gespräch über Wanderrouten in den Highlands mit einem Geschäftsmann aus Aberdeen.

Desserts wurden gereicht, weitere Toasts ausgesprochen auf Burns, auf Lassies und Laddies, und nicht zuletzt auf die Queen. Der Abend wollte und wollte kein Ende nehmen! Auch Tosh und Tibby sehnten die ersten Ermüdungserscheinungen der Gäste herbei, um den Abend enden lassen zu können. Schließlich wurden Dankesworte gesprochen, die Gäste erhoben sich und bildeten einen Kreis. Man fasste sich an den Händen, sang mit Inbrunst ‚Auld Lang Syne' und der Abend war beendet. So schnell es nur ging, ohne die Gäste vor den Kopf zu stoßen, zogen sich Tibby und Tosh zurück, um endlich das Buch im Mondlicht zu erforschen. Doch der Nachthimmel war wieder wolkenverhangen.

Zwei Tage später eilte Ailith in Richtung Tibbys Seminarraum. An der Tür hing ein Schild mit der Aufschrift „Glenmoran-Freundeskreis für Geomantie und andere Studien". Die Inschrift wurde von einer Art Schlange umrahmt, ein kompliziert gemaltes Geflecht, in Dunkelgrün und Gold gehalten. Der Kopf des stilisierten Tieres spie förmlich die Worte aus. Ailith selbst hatte es gestaltet, aus einer Laune heraus. Als sie ihre Hand auf die Türklinke legte, kam Fionnbarra auf dem Gang ihr entgegen.

„Warte bitte. Ich möchte dir etwas sagen."

„Ich habe keine Zeit. Das Treffen hat schon begonnen und meine Anwesenheit ist erforderlich." Ailith öffnete die Tür, aber Fionnbarra schloss sie energisch.

„Bitte. Es ist mir wichtig. Ich möchte mich bei dir entschuldigen. Ich war ein Idiot."

„Dem stimme ich zu." Ailith gab sich Mühe, ihre Erleichterung nicht zu zeigen. So leicht wollte sie es ihm nun auch wieder nicht machen. *Männer!*

„Noch was?"

Fionnbarra kratzte sich etwas ratlos im Nacken. *Frauen!* Reichte es denn nicht, wenn ein Mann sich entschuldigt? „Ähm, vielleicht kann ich es mit irgendwas wiedergutmachen? Soll ich dir Blumen oder Pralinen schenken? Worauf stehst du denn, wenn es um Versöhnungsgeschenke geht?"

Ailith stöhnte leise auf. „Du bist wirklich ein Idiot. Aber das macht nichts, ich liebe dich trotzdem. Ich will keine toten Blumen und auch nichts Süßes. Da weiß ich was Besseres. Komm mit rein." Sie machte eine nickende Bewegung zur Tür.

„Oh, nein! Tu mir das nicht an, mein Sonnenkäfer. Da sind doch nur alte Frauen und so."

„Ein Grund mehr für eine männliche Präsenz. Oder? Sie werden dir zu Füßen liegen. Tu wenigstens so, als ob es dich interessiert, von Feen oder geomantischen Besonderheiten zu hören. Oma hat sowieso noch etwas mit dir wegen der Pferde zu besprechen, dann spart sie sich den Weg. Also komm!"

Innerlich triumphierend ging Ailith mit Schwung in den Raum und sah sich nicht um, ob Fionnbarra ihr folgte. Die Rechnung zwischen ihr und ihm war noch nicht vollständig beglichen. Freundlich begrüßte sie die vier älteren Damen, die heute zum

Treffen gekommen waren und stellte ihnen Fionnbarra als den Stallmeister von Glenmoran vor. Kurz darauf betrat Tibby den Raum in Begleitung des Kunstmäzens aus Österreich.

„Guten Abend, meine Lieben! Ich bringe heute einen Gast mit. Oh, wir haben ja noch einen Gast. Fionnbarra, ich bin angenehm überrascht, Sie hier zu sehen."

Fionnbarra erhob sich höflich vor seiner Arbeitgeberin und deutete vor ihr und dem Mäzen etwas linkisch eine Verbeugung an.

„Wenn ich mich selber vorstellen darf, mein Name ist Bruno Baumgartner. Ich bin ein Geschäftsmann aus Wien, Kunstsammler. Ich bereise und erforsche mit großer Vorliebe Kraftorte."

Der Österreicher, ganz Gentleman und Kavalier alter Schule, verbeugte sich vor jeder einzelnen Dame und deutete einen Handkuss an. Eliza, Bonnie und Claire waren entzückt, Ruby hingegen zeigte sich unbeeindruckt. Fionnbarra wurde mit einem überraschend kräftigen Händedruck begrüßt.

„Und damit kommen wir auch schon zum wichtigsten Punkt des heutigen Abends", fuhr Tibby fort, „nämlich unsere kleine Expedition zum Wasserfall. Bruno wird uns begleiten. Ist das nicht wundervoll? Wir Frauen nennen uns ja alle beim Vornamen und Bruno ist damit einverstanden, es ebenso zu halten. Also, dies sind Ruby, Eliza, Bonnie und Claire. Bruno, dieser junge Mann hier ist Fionnbarra Mac Daragh, unser Stallmeister."

„Stallmeister und exzellenter Schwertkämpfer, wie ich gesehen habe!" Der Österreicher haute Fionnbarra gönnerhaft auf die Schulter.

„Ailith, meine Enkelin, kennt ihr ja alle schon."

Eliza, die rundlichste und naivste der Damen, zwitscherte: „Ja, und wie groß unser aller Darling geworden ist! Ich weiß noch genau, wie sie sich gefreut hat, als sie ihre Zahnspange losgeworden ist und wie sie das Reiten gelernt hat. Ach, wie die Zeit doch vergeht! Plötzlich sind die lieben Kleinen groß und verlassen das heimische Nest. Also! Mein David sein Jüngster, der ist ja neulich …"

Tibby unterbrach Eliza, denn sie kannte ihre alte Freundin nur zu gut und wusste, wann man ihr Einhalt bieten musste. „Eliza, das ist sicher faszinierend, aber lass uns doch bitte zuerst die Einzelheiten unserer Unternehmung besprechen. Ich habe euch eine Liste erstellt mit den Sachen, die ihr mitnehmen solltet. Hier, nehmt alle ein Blatt. Und denkt vor allem an festes Schuhwerk!"

Claire hob zaghaft ihren rechten Zeigefinger etwas an. „Darling, letztes Mal hast du uns erzählt, der Wasserfall wäre Hexenwasser. Das beunruhigt mich etwas. Mein Charlie meinte, ich solle lieber nicht mitgehen."

Ruby stöhnte unverhohlen auf und patschte ihre Hand vor die Stirn. „Claire, du liebe, doofe Nuss.

Dein Charlie hat sogar Angst vor Schmetterlingen, weil sie für ihn Hexenvögel sind. Auf ihn solltest du nicht hören. Wirklich nicht! Und außerdem hat Tibby von *hexagonalem* Wasser gesprochen, nicht von Hexenwasser, großer Gott!"

„Hexagonale Wasserstrukturen? Interessant, verehrte Gastgeberin. Würden Sie, sorry, würdest du mir das näher erläutern, zumal auch diese reizende Dame Erklärungsbedarf hat?"

Claires Wangen röteten sich vor Wonne. Der stattliche Ausländer hatte sie eine *reizende Dame* genannt! Sie hatte schon lange, viel zu lange, kein Kompliment mehr bekommen. Schon gar nicht von einem Mann.

Bruno sah Tibby mit funkelnden Augen an. Diese Reise nach Schottland entwickelte sich! Er war ganz in seinem Element.

„Sicher doch, Bruno. Es ist so: Forscher aus den USA haben eine neue Theorie des Wassers aufgestellt. In der Nähe von hydrophilen Stoffen, wie zum Beispiel auch unser Körper einer ist, beginnt Wasser sich zu ordnen, und zwar selbstständig. Es bildet sozusagen zwei Schichten, die eine ist hauchdünn und völlig rein, quasi kein normales Wasser mehr. Seine Moleküle ordnen sich zu einem hexagonalen Gitter. Claire, das bedeutet sechseckig. Das hat wirklich nichts mit Hexerei zu tun. Es ist eine geometrische Struktur, die auch in Eis und einigen Kristallen natürlicherweise vorkommt. Man könnte sagen, dieser besondere Teil des Wassers ist eine Art flüssiger Kristall höchster Ordnung. Man findet dies zum Beispiel auch in frischem Gletscherwasser. Leider haben wir keine Gletscher mehr in den Highlands."

Ailith warf ein: „Das wird sich möglicherweise ändern. Auf der Nordseite des Ben Nevis hat man 2014 Schneefelder in Rinnen und an Geröllhängen vorgefunden. Das ist eine Vorstufe der Gletscherbildung. Sogar seltene arktisch-alpine Arten wie Rispen-Steinbrech hat man am Fels gesichtet. Der kommt vor allem in Island und Norwegen vor, wenn ich mich nicht irre."

„Tatsächlich? Dann sollten wir mal dem Ben Nevis einen Besuch abstatten, findest du nicht auch, Ailith? Vielleicht mag sogar dein Vater mitkommen. Für Tosh ist das nichts mehr, wegen seiner Knie. Allerdings habe ich große Zweifel, dass wir hier wieder echte Gletscher bekommen, angesichts der globalen Erwärmung."

„Aber woher nimmt das Wasser die Energie, diese Ordnung aufrecht zu erhalten?", warf Bruno ein und kehrte zum vorherigen Thema zurück.

„Die Forscher sagen, und meine Intuition stimmt dem zu, das Wasser wird vom Sonnenlicht energetisiert und gibt ihm so die nötige Kraft. Das leuchtet doch ein, dass echtes Licht für Wasser nur gut sein kann. Was in den Städten aus dem Wasserhahn kommt an Wasser, fristet ein Dasein in dunklen Rohren. Ich fürchte, ehe es getrunken wird, hat es jegliche Kraft verloren, ist nur noch ein physikalischer Stoff, ohne nennenswerte Lebensenergie."

Ruby machte eine wegwerfende Handbewegung. „Ach, die Forscher. Alles Neunmalkluge! Das weiß doch jeder Crofter und jeder Hobby-Gärtner, dass die Sonne dem Wasser gut tut, solange es nicht in gedeckelten Fässern absteht. Frisches Wasser ist die beste Medizin. Seht mich an! Ich stelle jeden Tag eine Zwei-Liter-Karaffe mit Wasser in die Sonne und trinke es. Ich strotze nur so vor Gesundheit. Und auch meine Söhne, einer kerniger als der andere." Ruby straffte die Schultern ihres massigen Körpers und strahlte Stolz aus.

„Was man von deinem Mann nicht behaupten kann." Bonnie kicherte ungeniert. „Wenn die Sonne jemals zu heiß brennen sollte, braucht er sich nur in deinen Schatten stellen um abzukühlen."

Tibby grinste in sich hinein und fuhr fort. „Das Wasser in lebenden Organismen unterscheidet sich in seiner Struktur von dem Wasser, das wir trinken. Und zwar chemisch, strukturell und funktional. Aber lasst uns nicht zu sehr ins Detail gehen. Es ist wirklich simpel. Frische Luft, Sonne, frisches Wasser – alles fördert unsere Gesundheit, fördert die Ordnung in unseren Zellen, bringt uns in Einklang mit der Natur. Darum freue ich mich auch so sehr, euch zu dem Wasserfall zu führen. Es ist dort so herrlich! Wir werden dort wenigstens drei Stunden verweilen. Vielleicht könnt ihr euch sogar so weit in die Schwingung des Ortes vertiefen, dass ihr die Undine spüren könnt, die dort lebt und die Herrin des Ortes ist."

Selbst Fionnbarra hörte konzentriert zu. Je länger der Abend dauerte, umso mehr sah er seine Chefin mit anderen Augen. Ailith war ungewohnt still und zurückhaltend. Als das Treffen vorbei war, kannte Fionnbarra seine Aufgabe. Er sollte für jeden Teilnehmer ein passendes Pferd auswählen und auch selbst Teil der Zwei-Tages-Tour sein. Er witzelte, dass er gern den Sherpa geben würde und überlegte, ob man mit zwei Packpferden auskommen könne. Bruno versicherte ihm, er würde beim Aufbauen der Zelte helfen können.

Als alle bis auf Tibby und Ailith den Seminarraum verlassen hatten, schloss Tibby die Tür ab und holte ihr Notizbuch aus einer Schublade.

„Bleib noch ein wenig, Kind. Ich muss dir etwas erzählen."

„Sicher doch. Was gibt es denn, Oma?"

Tibby legte Ailith das Buch in die Hand. „Spürst du irgendwas? Ich möchte, dass du es in deinen Gesang hüllst."

„Dein altes Notizbuch? Was soll denn damit sein?"

„Vorgestern, nein, genau gesagt noch die Nacht davor, da hat es blau geleuchtet. Der Mond schien durchs Fenster auf die Kommode, wo ich es hingelegt hatte. Auf dem Deckblatt war plötzlich ein Zeichen, ähnlich wie eine Rune, ein Symbol eben. Sehr fremdartig. Das Bemerkenswerteste ist, dass aus dem Zentrum dieses Zeichens ein bläulicher Lichtstrahl hervorging. Er bewegte sich durch den Raum, als würde er etwas suchen. Aber als die Wolken sich vor den Mond schoben, war es schlagartig weg."

Ailith runzelte ihre Stirn. „Werde mal sehen, was ich tun kann. Das ist doch das Buch aus deiner alten Kiste, nicht wahr? Ich habe mich schon immer gewundert, dass es uralt ist, aber aussieht wie neu. Normal ist das Ding nicht, das ist schon mal klar."

Sie räusperte sich und begann zu summen, um die Stimmbänder zu lockern. Dann stimmte sie eine Variante des tibetischen Obertongesangs an und tastete damit das Buch und seine nähere Umgebung ab. Als sie fertig war, legte sie es in die Hände ihrer Großmutter zurück. Sie schwieg eine Weile, denn es fiel ihr schwer in Worte zu fassen, was sie ertastet hatte.

„Da ist etwas scheinbar Lebendiges im Buch. Nur scheinbar. Eine Art Echo, wenn du mich fragst. Etwas, was hinaus will. Ein Schloss wurde geöffnet. Nein, warte. Ein Siegel wurde gebrochen. Ja, so fühlt es sich an. Das Licht des Mondes ist der Schlüssel. Ich vermute, es muss das Licht des Vollmonds sein. Keine Ahnung, warum. Ist nur so ein Gefühl. Es geht etwas Drängendes davon aus, etwas, was keinen großen Aufschub duldet."

Tibby lauschte gebannt. Sie hatte nicht wie ihre Enkelin die Gabe, Lebloses zu lesen. Ihre Gabe beschränkte sich auf Lebewesen, vorzugsweise pflanzliche.

„Du siehst so besorgt aus. Was hast du noch erkannt?"

Ailith machte eine unwillige Kopfbewegung. Sie wirkte auf einmal sehr verschlossen. „Es ist irgendwie gefährlich, ich habe ein ganz ungutes Gefühl. Am besten, du packst es irgendwo hin, weit weg." Mit spitzen Fingern hielt sie ihrer Großmutter das Büchlein entgegen, als hielte sie einen Skorpion in der Hand.

„Ich fürchte, das kann ich nicht tun. Es gehört zum Erbe der ersten Erdsängerin. Es gibt also einen triftigen Grund, dass es in meinem Besitz ist. Ich fürchte, aus der Nummer komme ich nicht heraus."

Fionnbarra starrte auf die wiegenden Pferdehintern vor ihm. Seit Stunden ritten sie im Schritt über ausgedehnte Heideflächen, die in voller Blüte standen. Wäre er von dem ständigen Geschnatter der Frauen nicht so angeödet, hätte er die Umgebung vielleicht genießen können. Die Hügel waren übersät mit verschiedenen Pflanzen in violett, orange, etwas rosa und viel Gelb. Sogar das Wetter war gut. Sehr gut sogar für schottische Verhältnisse. Wenn wenigstens Ailith hier wäre. Aber nein, die Empfangsdame des Bed&Horse musste sich ja unbedingt eine Erkrankung zulegen, die Bettruhe erforderte. Und Ailith hatte sie zu vertreten, denn die Gäste konnten ja nicht allein gelassen werden mit all ihren Wünschen und Bedürfnissen. Sogar Bruno ließ ihn im Stich. Der umgarnte Eliza, Bonnie und Claire, was das Zeug hielt. Die Ladies waren offensichtlich hingerissen von seinem Wiener Charme, mit Ausnahme von Ruby. Also hatten alle Spaß. Alle.

Nur er nicht!

Sein Unwille übertrug sich auf sein Pferd. Zum x-ten Male blieb der alte Zausel einfach stehen und fing an zu grasen. Die wirklich guten, interessanten Pferde waren von Hotelgästen ausgebucht und so musste er sich mit dieser Mähre zufriedengeben. „Los, mach schon, Spanky, sei nicht so stur." Mit etwas mehr Druck als nötig, presste er dem Wallach seine Hacken in die Flanken, woraufhin er einen Satz nach vorne machte und Dottie, das Islandpony von Claire, anrempelte. Fionnbarra entschuldigte sich mehrmals und dankte im Stillen allen Schutzheiligen der Wanderreiter dafür, dass Claire das so locker wegsteckte. Das hatte er dem alten Mädchen gar nicht zugetraut. Er handelte sich von seiner Chefin einen strengen Blick ein und riss sich zusammen.

Am späten Nachmittag schlugen sie ihr Lager auf. Bruno verstand sich tatsächlich darauf und war ihm eine echte Hilfe, auch beim Abreiben der Pferde. Reit- und Packpferde grasten etwas abseits friedlich am Bach. Fionnbarra hatte diesen Ort gewählt, weil eine breite, hufeisenförmige Felsformation und dichtes Gestrüpp als optische Barriere dafür sorgten, dass sie am Ort verblieben. Den Zugang hatte er mit dicken Ästen versperrt. Vom Hobbeln, was der Bruno vorgeschlagen hatte, hielt er überhaupt nichts. Die Unfallgefahr war einfach zu groß. Er war erstaunt über das Durchhaltevermögen seiner Chefin und ihrer Freundinnen. Die waren alle geschätzt weit jenseits der Fünfzig, die Herrin von Glenmoran war um die Siebzig, wie er wusste. Und doch saßen die jetzt putzmunter auf ihren Klapphöckerchen um das Lagerfeuer herum und schwatzen über Leylines und was, Weltenbäume? Ätherkräfte? Bei allen Heiligen, das war zu viel für einen Mann. Den Österreicher allerdings schien das gar nicht zu stören, der konnte sogar mitreden. Komischer Kauz. Dass ein Geschäftsmann sich mit kruden Theorien befasste, war merkwürdig. Aber sonst war er okay und war auch ein guter Reiter. Eliza witzelte über Elfen, die auf Spinnweben Trampolin sprangen und Bonnie sagte gutgelaunt, sie kenne eine Geschichte über einen wasserscheuen Wasserkobold. Fionnbarra hoffte inständig, dass sie diesen Kinderkram für sich behalten würde.

„Leylines sind auch in Europa ein Begriff", warf Bruno ein. „Alte Sagen deuten darauf hin. Zum Beispiel solche Geschichten, die von Riesen erzählen, die Felsen von einem Ort zum anderen werfen. Geisterkutschen, die von A nach B fliegen, wohlgemerkt *fliegen*, nicht fahren, zu Orten, die in einer inneren Verbindung stehen, Kirchen zum Beispiel. Bei uns sind alte Kirchen fast immer auf Kraftorten erbaut. Oder die Berge selbst! Kraftorte pur. Da fällt mir Göttweig ein, ein vorchristlicher Frauen- und Lichtkultort. Ich habe das Stift dort besucht. Im Wappen ist eine Anspielung auf den heiligen Berg der keltischen Göttinnen-Trinität zu sehen."

„Wie sieht das Wappen denn aus, Bruno?", wollte Bonnie wissen.

„Drei Bergkuppen, die von einem Kreuz überragt werden. Das Bild spricht somit von der Überlagerung alter Heiligtümer durch das Christentum, welches die männliche Dreifaltigkeit zum Dogma erhoben hat. Anderes Beispiel: Der Oberleiserberg ist seit 6000 Jahren besiedelt! Der Forchtenstein auf dem Gipfel vom Burgberg ist ein vorchristlicher Kultplatz. Es gibt dort viele Sagen über die ‚Wilden Frauen', Andersweltfürsten und Druiden. Es wimmelt bei uns nur so von Zeugnissen keltischer Kultur. Ich könnte stundenlang erzählen, ich war schon fast überall."

„Leylines verbinden auch die Pyramiden. Und die wiederum sind linear auf Sternbilder ausgerichtet. Auch Chartres steht auf einem Kraftort. Es ging früher immer um astronomische, religiöse oder geomantische Prinzipien bei der Errichtung von Heiligtümern", fügte Tibby erklärend hinzu. „Und ‚Weltenbäume' verweisen auf vertikale Ätherphänomene, also Energieeinstrahlung. Sie sind Brücken zwischen den Welten und ermöglichen uns eine Informationsaufnahme in tiefer Meditation. Am Wasserfall ist eine solche Stelle, ich werde sie euch zeigen. Wenn wir dort angelangt sind, werden wir dem Ortsgeist unseren Respekt erweisen, indem wir um Erlaubnis bitten, uns ihm nähern zu dürfen."

„Ihr wisst ja, dass ich mehr so der pragmatische Typ bin." Ruby lächelte breit. „Ich beschränke mich auf die naheliegenden Anwendungen der alten Weisheit Essen hält Leib und Seele zusammen. Soll heißen: Unser Essen ist fertig."

„Wunderbar. Ich sterbe gleich vor Hunger." Tibby klopfte sich auf die Magengegend. „Fionnbarra, nach dem Essen werden wir noch eine Übung abhalten und den Ätherkräften unsere Anwesenheit und Absichten darlegen. Sie dürfen sich dann ruhig in ihr Zelt zurückziehen oder umherwandern, was immer Sie möchten."

Der Österreicher nahm seinen Teller entgegen und schaute etwas enttäuscht auf die aufgewärmten weißen Bohnen in Tomatensoße. „Sag mal, Tibby, wie hat das bei dir damals angefangen? Wann hast du deine Fähigkeiten entdeckt? Deine Freundinnen haben mir wahre Wunderdinge erzählt."

„So, haben sie das?" Tibby warf ihren Weggefährtinnen einen tadelnden Blick zu. „Ich habe schon als Kind Wahrnehmungen übersinnlicher Natur gehabt. Zuerst waren es mehr Farb- und Formräusche als ich noch richtig klein war. Später empfing ich deutlichere Bilder und konnte ab Schulalter ungefähr Naturwesen erkennen und fühlen. Ich habe mich auch mit Bäumen unterhalten, dummerweise auch in Gegenwart anderer. Naja. Ich möchte nicht so gern über meine Vergangenheit sprechen. Jedenfalls ist es mir seit vielen Jahren etwas ganz Natürliches, mit Gaia, dem Erdgeist selbst, in Verbindung zu treten. Die Erde ist unser aller Mutter."

Eliza platzte damit heraus, dass Tibby auch Pflanzen heilen könne und ob Bruno schon aufgefallen wäre, dass im Schlosspark auch Bäume und Blumen gediehen, die gar nicht in das Klima der Highlands passen würden. Fionnbarra beeilte sich, seinen Teller zu leeren und zog sich nach einem kleinen Besuch bei den Pferden in sein Zelt zurück. Das war definitiv nicht seine Welt. Sollten die anderen doch ruhig über das Kleine Volk und Anderweltfürsten palavern bis tief in die Nacht. *Wenn doch wenigstens Ailith hier wäre*, dachte er sehnsüchtig. Unwillkürlich verzog sich sein Mund zu einem breiten Grinsen. *Wenn die alte Tibby wüsste, dass ich mit ihrer Enkelin schlafe …*

Am nächsten Morgen beeilte sich Fionnbarra früh aufzustehen, damit er sich ungestört am Bach bei den Pferden erfrischen konnte. Obwohl die Temperatur kaum über 11° C lag, zog er sein dickes Hemd aus und wusch in aller Ruhe seinen Oberkörper und das Gesicht. Spanky, der Wallach, soff einige Meter neben ihm aus dem Bach, als wäre er ein Kamel. Als der junge Mann seine Zähne putzte, trottete das Pferd ein paar Schritte heran und wartete auf seine Erlaubnis, näher kommen zu dürfen. Fionnbarra spuckte die letzte Zahnpasta aus, spülte seine Zahnbürste und steckte sie dann in die Gesäßtasche seiner Hose. Mann und Pferd näherten sich an und begrüßten einander. Auch wenn Spanky eine alte, eigensinnige Mähre war, Fionnbarra konnte ihn trotzdem gut leiden. Mit seinem tropfnassen Maul schnupperte das Pferd an seiner wilden Haarpracht.

„Lass das, Spanky, ich habe mich schon gewaschen." Fionnbarra lachte und schob das Pferd von sich weg.

„Huhu! Guten Morgen, Fionnbarra! Haben Sie gut geschlafen?" Ruby stand plötzlich auf der anderen Seite des Baches, schräg gegenüber, und grinste breit. „Na, Sie haben ja ein außergewöhnlich großes Tattoo, junger Mann. Drehen Sie sich doch mal um, geht das auch über den ganzen Rücken?"

Verdammt, was macht die denn hier? Fionnbarra ärgerte sich, dass die Dicke so in seine Privatsphäre eindrang und den Zauber der morgendlichen Stille zerstörte.

„Das nennt man Tribal, nicht wahr? Ich erkenne das, weil mein Enkel ‚Tribal Wars 2' auf dem Computer spielt. Er hat ein T-Shirt mit diesen Dingern. Na, ihre Freundin wird sicher schwer beeindruckt sein. Sie sehen wirklich wie ein Krieger aus. Sie kämpfen ja auch so wild mit dem Schwert, da passt das Tattoo großartig auf ihre breiten Schultern. Ich habe Sie bei den Glenmoran Games gesehen. War schwer beeindruckt!"

Fionnbarra bückte sich, um sein Hemd aufzuheben und anzuziehen. Aus dem Augenwinkel sah er, dass Ruby nun mitten im Bach auf flachen Steinen balancierte, um auf seine Seite zu gelangen. „Seien Sie bloß vorsichtig, Madam. Sie könnten ausrutschen und ins Wasser fallen!"

„Ach was, junger Mann. Das habe ich schon gemacht, als Sie noch am Rockzipfel Ihrer Mutter hingen", entgegnete Ruby selbstgerecht. Und tatsächlich, sie erreichte ohne Probleme das andere Ufer. Aber Übermut tut selten gut. Dummerweise trat sie in eine Vertiefung im Gras und knickte schmerzhaft mit dem Fußgelenk um.

So kam es, dass die Gruppe schließlich ohne Ruby zu den Wasserfällen aufbrach. Fionnbarra sollte zu ihrem Schutz, wovor auch immer, zurückbleiben. Er hielt es etwa eine Stunde mit ihr aus. Ruby bemerkte seine Zappeligkeit. „Gehen Sie nur. Ich brauche wirklich keinen Babysitter. Die Pferde behalte ich im Auge. Wenn was ist, rufe ich. Bleiben Sie einfach in Hörweite. Ihr kleiner Ausflug bleibt unter uns." Ruby zwinkerte ihm verschwörerisch zu.

Erleichtert machte sich Fionnbarra pflichtvergessen auf den Weg. In der Nähe war ein Aufstieg zu einem Plateau. Er kannte diese Gegend, hatte aber noch nie die Zeit gehabt, sich dort oben einmal umzusehen. Dort angelangt, bereute er nichts. Der Ausblick war wundervoll. Nirgendwo war Schottland schottischer als hier. Nach Atem ringend schaute er sich um. Er hatte sich mit dem Aufstieg beeilt, damit er auf jeden Fall vor Tibby und ihren Wanderreitern zurück sein würde. Die Luft war angenehm salzhaltig. Er meinte,

Möwenschreie in der Ferne zu hören. Von hier aus konnte er den ersten Wasserfall sehen und hören, der etwa zehn Meter in die Tiefe stürzte, dann einen blaugrünen See bildete und wiederum einen zweiten Wasserfall. Fionnbarra nahm gedankenverloren die nähere Umgebung in Augenschein. Er stutzte. Offenbar sah er hinten weiter die Überreste eines verbrannten Gebäudes. Er näherte sich. Tatsächlich, dies waren Grundmauern und diese verwitterten, verkohlten Stämme mussten zu einer Blockhütte gehört haben. Fionnbarra überlegte, wer hier in solcher Abgeschiedenheit wohl gelebt haben mochte. Gestrüpp überwucherte mittlerweile das Gelände. Plötzlich, er wollte gerade umkehren, sah er etwas blitzen. Ein Sonnenstrahl reflektierte auf etwas Metallenem. Er scharrte mit dem Fuß in der Erde und zog dann kräftig mit der Hand an einer rußbeschmierten Kette. Mit einem Ruck gab sie nach und ein heller, rundlicher Stein kullerte davon. Fionnbarra befreite seinen Fund weitgehend von Wurzelgeflecht und Steinchen und rieb den Ruß einigermaßen ab. Eine schwere Silberkette! Mit einem Adler als Anhänger, ein wenig angeschmolzen und verformt, aber doch noch gut erkennbar. Das musste ein heftiges Feuer gewesen sein. Möglicherweise hatte hier der Blitz eingeschlagen. Die Vorstellung ließ ihn schaudern.

Fionnbarra wollte gerade gehen, da fiel sein Blick auf den rundlichen ‚Stein', der davon gerollt war und ihn nun aus leeren Augenhöhlen anstarrte. Ein skurriler Zufall hatte ihn in einen Totenschädel rollen lassen, der etwa zur Hälfte aus der Erde hervorragte. Sein Blick wanderte von der Kette zum Schädel und zurück. Mit Entsetzen erkannte er, dass an der Kette ein weiterer Halswirbel baumelte.

Tibby saß zufrieden in ihrem Seminarraum mit einer Tasse Tee. Der Ausritt war ein voller Erfolg gewesen, wenn man davon absah, dass Ruby sich den Fuß verknackst hatte. Allerdings war der inzwischen wieder einigermaßen abgeschwollen. Glück gehabt. Tosh hat ja nicht ganz Unrecht, gab sie im Stillen vor sich selber zu. *Du und deine Freundinnen, ihr seid doch zu alt und untrainiert für solche Ausritte. Was ist, wenn euch unterwegs was zustößt? Du weißt genau, dass hier in den Bergen fast überall ein Funkloch ist. Wie willst du um Hilfe rufen? Und dann übernachtet ihr dort auch noch! Was, wenn es stark regnet oder ein Sturm aufkommt?* Tibby lächelte sanft, als sie sich seine Worte ins Gedächtnis rief. Sie wusste seine Sorge zu schätzen, aber ihre Freiheit schätzte sie noch mehr. Selbst wenn solch ein Ritt einen enormen Muskelkater für sie bedeutete.

Der Ausflug hatte allen gefallen. Eliza und Claire hatten sogar ganz kurz einen Blick auf die Undine erhaschen können, sie hatten die herrliche Aureole wahrgenommen. Nur Bonnie fand keinen Zugang zum Ortsgeist des Wasserfalls, aber das mochte daran gelegen haben, dass sie und Bruno so ausgiebig miteinander geflirtet hatten. Der Österreicher hatte Bonnie und die Freundinnen sogar in seine Heimat eingeladen zu einem Besuch im Waldviertel, wo es diese herrlichen, riesigen Mohnfelder gab und Pferdekutschfahrten. Bruno Baumgartner hatte sich als eine interessante, gebildete Persönlichkeit entpuppt, die auch mitanpacken konnte. Dennoch hatte Tibby ihm eine kategorische Absage erteilt, als er ihr in seiner Eigenschaft als Kunstsammler ein finanziell großzügiges Angebot für das Gemälde gemacht hatte, das seit vielen Jahren hier im Seminarraum hing. Das Ölgemälde war ein Geburtstagsgeschenk ihres Vaters an sie gewesen. Und ein unwahrscheinlicher Zufall hatte es gewollt, dass es ein Original aus der Hand ihres Ahnherren war: Fearghas – halb Elb, halb Mensch.

Ein Scharren von Füßen und ein zaghaftes Klopfen am Türrahmen riss sie aus ihren Gedanken. Fionnbarra stand in der Tür.

„Kommen Sie herein."

„Kann ich Sie bitte einen Moment sprechen?"

„Natürlich, was gibt es denn? Ist was mit den Pferden?"

„Nein, die sind okay. Aber ich will Sie oder Ihren Mann um Rat fragen. Ist er hier?"

Tibby schüttelte den Kopf. „Er ist noch nicht aus Tincraig zurück. Kann ich Ihnen helfen?"

Fionnbarra trat näher. „Wissen Sie etwas über einen Einsiedler oben bei den Wasserfällen?"

„Wieso fragen Sie?" Tibbys Schultern verspannten sich unwillkürlich.

Er druckste etwas herum. „Naja, ehrlich gesagt, habe ich einen kleinen Ausflug unternommen, als sie alle in der Höhle waren. Ihrer Freundin ging es ja wieder gut, sie hat mich gehen lassen."

Tibbys Augen blitzten verärgert auf. „Sie haben Ruby allein gelassen?"

„Wie gesagt, ich bin nur kurz da oben gewesen und fand eine Ruine vor. Total abgebrannt alles. Und", Fionnbarra druckste etwas herum, „da waren auch sterbliche Überreste eines Menschen. Nun frage ich mich, ob ich deswegen zur Polizei gehen sollte und wer da oben wohl gelebt hat. Das muss schon lange her sein, so wie das da aussah. Ich dachte, Sie wissen vielleicht etwas darüber, weil Sie doch schon so lange hier leben."

Tibby erstarrte innerlich. Sie hatte all die Jahre geahnt, dass die Vergangenheit sie eines Tages einholen würde. Es war unrecht gewesen, Cormag dort oben einfach verrotten zu lassen, anstatt ihm ein anständiges Begräbnis zu gewähren. Aber Tosh hatte es so gewollt, und sie hatte sich ihm gefügt.

„Nein, ich weiß nichts davon. Gar nichts. Gehen Sie bitte, ich bin müde."

In dieser Nacht schlief Tibby schlecht. Sie träumte wieder vom nebelverhangenen Weg, der sich letztlich vor dem Felsen gabelte. Diesmal leuchtete der ganze Fels in einem intensiven Hellblau. Ihr war, als würde sich darinnen ein Lindwurm winden. Die Atmosphäre war knisternd, vermittelte den Eindruck von Gefahr. Als sie den Fels berühren wollte, schoss ein Adler kreischend aus dem Nebel hervor und hackte auf sie ein. Mit einem Klagelaut schreckte Tibby aus dem Schlaf auf. Sie war schweißgebadet und zitterte. Der Adler hatte ihren Namen gerufen!

„Liebes, was ist mit dir?"

„Tosh? Bist du schon zurück?" Tibby tastete nach dem Schalter ihrer Nachttischlampe. Das Zimmer lag nun in einem sanften Halbdunkel. Sie ergriff dankbar die ausgestreckte Hand ihres Mannes und rutschte in seine Betthälfte hinüber, um sich in seine Arme zu schmiegen. „Wie war dein Treffen in Tincraig?"

„Gut. Wir hatten viel einander zu erzählen. Rupert wird schon wieder Großvater."

„Du lieber Himmel. Es ist das achte Enkelkind, nicht wahr?"

„Nein. Nummer Neun. Und Duncan hat uns zu seinem 75. Geburtstag eingeladen, das ist im September. Davids Frau ist wieder im Krankenhaus."

„Ach, das tut mir leid für David und Kathy. Wer weiß, ob sie es dieses Mal übersteht." Tibby gähnte herzhaft. Ihr Herzschlag beruhigte sich wieder.

„Wie war euer Ausflug?"

„Durch und durch ein Erfolg und Erlebnis. Ruby hat etwas Pech gehabt, sie ist mit dem Fuß umgeknickt und konnte nicht zur Höhle am Wasserfall aufsteigen. Claire hat es gut getan, mal rauszukommen. Und Bonnie und Eliza haben ein Auge auf Bruno Baumgartner geworfen."

„Was denn, der Österreicher? Hat wohl seinen Wiener Charme spielen lassen. Und? War er mehr eine Last, oder kann er wirklich reiten?"

„Er war einfach großartig. Ein kluger Mann, mit einigem Wissen um geomantische Phänomene. Außerdem hat er Fionnbarra beim Aufbauen der Zelte geholfen."

Tosh strich seiner Tibby übers Haar und zupfte an ihrem Ohrläppchen. „Na, bist du nun so weit, mir von deinem Traum zu erzählen?"

„Ich habe doch gar nichts von einem Traum gesagt", nuschelte sie müde.

„Ach, Liebes, als wenn ich das nicht erkennen würde. Du hast wieder schlecht geträumt, sonst hättest du nicht in meinen Armen gezittert."

Tibby schwieg eine Weile. Sie wollte nicht der Realität ins Auge sehen. Aber leider schaute die Wahrheit, die Realität, ihr in die Augen und prüfte ihr Gewissen. „Er ist wieder da."

„Wie meinst du das. Wer ist wieder da?"

„Cormag."

Nun tastete Tosh nach dem Schalter auf seiner Seite und machte mehr Licht an. Sein Gesicht sprach Bände. „Du hast wirklich von Cormag geträumt?"

„Ich träumte von einem Weißkopfseeadler, der mich angriff, als ich den Nebelfels anfassen wollte. Der Traum war diesmal ganz anders, viel bedrohlicher. Tosh, der Adler hat meinen Namen gerufen! Er wusste, wer ich bin und was ich getan habe."

„Tibby-Schatz, wir sehen hier ständig Seeadler fliegen. Allerdings keine Weißkopfseeadler. Und wir hatten einen Falkner engagiert für die Glenmoran Games, der hatte auch Adler dabei. Warum glaubst du, dass ein Traumadler was Schlimmes ist?"

Tibby versuchte zu antworten, aber ihre Stimme versagte. Sie schluchzte leise und eine Träne rann über die faltige Wange. „Wir haben uns versündigt, Tosh. Wir hätten ihn damals dort nicht liegen lassen dürfen."

„Oh, Tibby, ich wusste doch, dass es nicht gut für dich ist, wieder in die Nähe dieses Berges zu kommen. Die Wasserfallhöhle hat dich bestimmt an deine Gefangenschaft erinnert, und nun glaubst du, dass Cormag durch deine Träume geistert, nur weil du einen Adler gesehen hast. Das alles ist über fünfzig Jahre her!"

„Fionnbarra ist oben gewesen. Er hat ein Skelett gefunden."

„Was?"

„Du hast richtig gehört. Seine Überreste haben die Zeit überdauert. Tosh, wir hätten ihn dort nicht einfach liegen lassen dürfen. Er hatte kein ordentliches Begräbnis!"

„Tibby, darüber haben wir doch gesprochen. Immer und immer wieder. Hast du das vergessen?"

„Wie könnte ich", entgegnete Tibby mit bitterer Stimme.

Tosh seufzte leise auf und zog seine Frau noch näher an sich heran. „Nach all den Jahren, mein Herz ... Bist du denn immer noch nicht davon überzeugt, dass es so das Beste für dich war? Was glaubst du, was die mit dir gemacht hätten? Du warst aus der Psychiatrie weggelaufen, warst noch minderjährig. Und du hattest auf deine Mutter körperlich aggressiv reagiert, als sie dein Tagebuch verbrennen wollte. Das stand doch alles in den Akten. Tibby, glaube mir, die hätten dich durch die Mangel gedreht, wenn wir ihnen gesagt hätten, dass dort oben ein Toter in einer abgebrannten Hütte liegt und du mit ihm dort oben gewesen bist, als es brannte. Wir konnten getrost davon ausgehen, dass die Behörden alles dir in die Schuhe geschoben hätten, und zwar nur dir! Meine Eltern haben uns damals nicht ohne Grund davon abgeraten, zur Polizei zu gehen. Außerdem, Cormag hat *dir* ein Unrecht getan, dir! Wieso hast du bloß ein schlechtes Gewissen? Er hat dich entführt, unter Vorspiegelung falscher Tatsachen in die Berge verschleppt. Und er hat versucht, dich zu verführen, deine Gabe auszunutzen. Ich werde es mir nie verzeihen, dass ich ihn damals so falsch eingeschätzt habe. Ich habe ihm mein Liebstes anvertraut. Und er hat …"

„Lass gut sein, du hast ja Recht, Tosh." Tibby rutschte in ihre Betthälfte zurück. „Lass uns versuchen, noch etwas zu schlafen."

Fionnbarra blieb an diesem Abend noch lange wach. Als Stallmeister von Glenmoran bewohnte er eine ehemalige Dienstbotenwohnung, in der früher auch Jenkins, der Butler und späterer Ehemann von Mafalda, gewohnt hatte. Der Muff der alten Tage war restlos verschwunden. Jetzt war es ein helles und freundliches Zwei-Zimmer-Apartment, ausgestattet mit moderner Technik. Er stand unter der Dusche und genoss das heiße Wasser, das auf ihn niederprasselte. Seine Gedanken drehten sich wieder einmal im Kreis. Er hatte den Wunsch, von hier fortzugehen. Diese Welt – Glenmoran, Tincraig, die Stallarbeit – alles gut und schön, aber langsam erstickte er an seiner Sehnsucht. Er wollte reisen, die Welt sehen, die Luft an einem Drehort schnuppern, neue Leute kennenlernen. Sein Lohn war nicht schlecht, er hatte schon einiges zur Seite legen können und auch die Auftritte mit seiner Tanz- und Schaukampfgruppe brachten etwas ein. Aber es reichte nicht aus für die Verwirklichung seiner Pläne.

Und nun war ihm diese silberne Kette in die Hände gefallen. Genau gesagt, hatte er sie einem Toten entrissen. Ein Schaudern glitt über seinen Rücken, wie heißer Schneckenschleim. Fionnbarra fühlte sich irgendwie schuldig, weil er die Kette, die eigentlich einem Toten gehörte, zu Geld machen wollte. Möglicherweise gab es Erben, die das Geld dringender brauchten. Andererseits: Wenn es die gab, hatten sie sich nicht um ihren Angehörigen gekümmert, ihn wohl auch nicht vermisst. Also, warum Gewissensbisse haben? Fionnbarra stellte die Dusche ab und griff zum Handtuch, wickelte es sich fest um seine langen Haare und zog seinen Bademantel an. Er verspürte Hunger und suchte in seiner kleinen Küche, die durch eine unbeschreibliche Unordnung in blanker Agonie lag, nach Essbarem. Schließlich begnügte er sich gezwungenermaßen mit einem halben, alten Weißbrot, das er mit Erdnussbutter dick bestrich. Während er sein spätes Abendessen im Bett vertilgte und es vollkrümelte, hörte er Musik von Runrig. Seine Gedanken wanderten wieder in die Zukunft. Neuseeland wäre toll. Tiefblaue Seen, eisige Gletscher, steile Fjorde. Er wollte über das Land der Maori wandern, zwischen Schwefelseen und Geysiren. Neuseeland bot das totale Kontrastprogramm. Dort gab es auch subtropische Buchten, Baumfarne, goldgelbe Strände ... wie oft hatte er schon im Internet gesurft und sich dorthin geträumt. Auf Dauer Auswandern kam für ihn nicht in Frage, dafür liebte er sein Schottland zu sehr. Aber einige Jahre im Ausland hatten noch keinem geschadet. Vielleicht wäre er längst schon weg, auch mit wenig Geld in der Tasche. Ailith! Sie war es, die ihn hier hielt. Noch nie hatte eine Frau ihn so fasziniert. Sie war einerseits anschmiegsam und hatte offensichtlich Freude daran, seine Wünsche im Bett zu erfüllen und genoss auch seine zärtliche Zuwendung. Andererseits war sie wild und unbeugsam und leichtsinnig, wenn es darum ging, ihren Bewegungs- und Freiheitsdrang zu stillen. Im Bogenschießen hatte sie ihn längst übertroffen. Und nun war sie kurz davor, ihn auch im Schwertkampf zu übertreffen. Als sie sich neulich zwischen ihn und Kester gedrängt hatte, war es nicht nur das Überraschungsmoment gewesen, das ihn für eine ganze Weile unterlegen machte. Er hatte alles an Geschicklichkeit aufbieten müssen, um nicht von ihr in Grund und Boden gestampft zu werden. Wie machte sie das nur?

Während Fionnbarra darüber nachsann, ob sie wohl auf ihn warten würde, während er ein Jahr lang durch Neuseeland tourte, fielen ihm die Augen immer weiter zu. Das letzte Stück Erdnussbutterbrot fiel ihm aus der Hand. Sein Schnarchen erfüllte den Raum.

-4-

Der Ruf aus ferner Zeit

Tosh starrte fassungslos auf den Kreis aus Zuckerwürfeln, den Tibby konzentriert legte. In aller Herrgottsfrühe hatte er sie im Speisesaal des Hotels vorgefunden, wo sie aus den Speisekarten einen Kreis legte – auf dem Fußboden! In der Mitte hatte sie einen Berg Servietten aufgehäuft. Er konnte die Bescherung wieder in Ordnung bringen, bevor das Personal merkte, dass Tibby verwirrt war. Nun saßen sie beide am Frühstückstisch und sie spielte mit Zucker, summte dabei leise vor sich hin.

„Guten Morgen ihr zwei! Ihr seid aber früh dran", bemerkte Ailith überrascht, als sie mit einer Kanne Kakao das private Esszimmer der Familie betrat. „Habt ihr gestern auch eine Postkarte von Logan und Lucy bekommen? Sie waren zuletzt in Falkirk bei den Kelpies."

Normalerweise hätte Tosh sie jetzt ermahnt, ihre Eltern nicht beim Vornamen zu nennen. Angesichts der Umstände schaute er Ailith mit leiser Verzweiflung in die Augen, wortlos um Hilfe bittend.

„Oh. Oma, was machst du denn da? Ich brauche Zucker für meinen Kakao." Ailith griff sich drei Würfel und öffnete den Deckel ihrer Kanne. Tibbys Hand krallte sich blitzschnell um ihr Handgelenk und sie entwand ihr die Zuckerstückchen, fügte energisch die weißen Würfel wieder in den perfekten Kreis ein. Jetzt hatte auch Ailith begriffen, dass tatsächlich etwas nicht in Ordnung war.

„Das Buch muss schuld sein. Ailith, ich weiß nicht, was ich mit ihr machen soll." Tosh fühlte sich so hilflos wie noch nie zuvor.

Seine Enkelin zog blitzschnell die richtigen Schlüsse. „War letzte Nacht Vollmond und das Buch hat wieder geleuchtet?"

„Nicht nur das. Die blauen Lichtwürmer haben sich tief in ihre Augen gebohrt. Sie ist ganz kalt und steif geworden und schwankte hin und her. Ich musste sie aufs Bett legen. Aber ihr Körper entspannte sich bald darauf wieder und sie schlief die ganze Nacht durch."

„Oma, sag, was machst du denn da?" Ailith legte sanft ihre Hand auf die Schulter der alten Frau.

„Sie wird dir nicht antworten. Ich versuche schon den ganzen Morgen, mit ihr vernünftig zu reden. Vorhin hat sie im Saal einen Ring aus Speisekarten gelegt und Servietten aufgehäuft. Dieses verfluchte Buch! Ich zögere aber, sie zum Arzt zu bringen. Wie sollte ich das auch erklären?"

„Ich fürchte, wenn du dem Arzt die Wahrheit sagst, liefern sie euch beide gleichzeitig in die Klapsmühle ein."

„Ailith, sag bitte sowas nicht. Was machen wir bloß mit ihr?"

„Vor allem sollten wir Oma nicht eine Sekunde aus den Augen lassen. Hast du dir das Buch genau angeschaut? Hat es sich irgendwie noch mehr verändert?"

„Das verdammte Ding würde ich gern ins Feuer werfen! Seit dem Moment, als das Licht in ihre Augen drang, ist es wieder nur das Notizbuch. Selbst der Mondschein hatte keine Wirkung mehr. Es ist, als ob all die Jahre dieses blaue Teufelszeug darin geschlummert hat und nun sein Ziel fand. Aber warum? Warum sollte es den Geist einer Erdsängerin verwirren wollen? Ich verstehe das alles nicht, Ailith. Meine arme, liebe Tibby – sieh sie dir doch nur an!"

Toshs Stimme wurde brüchig und er wischte wütend eine Träne aus seinem Augenwinkel. Tibby stand plötzlich auf und ging Richtung Tür. Ailith stellte sich ihr schnell in den Weg. „Wohin willst du, Oma?"

„MacFarlane. Ich will zu MacFarlane."

„Endlich sprichst du wieder!" Tosh war die Erleichterung deutlich anzusehen. „Aber was willst du von ihm?" Er fasste Tibby an beiden Schultern und drehte sie sanft zu sich herum. Mit Schrecken sah er, dass ihre Augen ihn nicht fixierten, sie schaute durch ihn hindurch.

„MacFarlane", flüsterte Tibby. „Muss zu ihm. Hilfe." Tibby begann zu zittern, weil ihr der Weg versperrt wurde.

„Er soll dir helfen? Liebling, lass mich doch helfen. Was brauchst du?"

Ailith überlegte fieberhaft. Im Geist ging sie die Lektionen durch, die der tibetische Mönch sie gelehrt hatte. Dann fiel es ihr wieder ein.

„Opa, lässt du mich bitte eine Weile mit Oma allein? Ich glaube, ich kann etwas für sie tun. In der Zeit könntest du den Gärtner holen. Aber wartet bitte vor der Tür, wenn du zurück bist."

Tosh schaute sie verständnislos an. „Warten?"

„Bitte, vertrau mir einfach. Und nun geh!"

Als Tosh die Tür hinter sich geschlossen hatte, summte Ailith eine Weile vor sich hin, um sich zu lockern. Dann stimmte sie einen Obertongesang an, von dem der Tibeter gesagt hatte, man würde ihn in seiner Heimat zu Heilzwecken benutzen. Ihr exzellentes Gedächtnis half ihr nun, den Gesang perfekt zu imitieren. Gleichzeitig imaginierte sie einen schützenden Lichtwasserfall, der ihre Großmutter und sie selbst einhüllte. Ailith hatte damals intensiv mit dem Mann geübt und konnte sogar auf Anhieb instinktiv Gehirnwellenfrequenzen unterscheiden. Sie hatte gelacht, als er sie scherzhaft als wandelnden Enzephalograph bezeichnete. Er hatte in ihr eine Art Wunderkind gesehen, gar vermutet, sie sei ein Tulku. Nun, ein Wunder würden sie heute vielleicht brauchen. Ailith konzentrierte sich auf ihre Wahrnehmungen, während Tibby im Zimmer unruhig auf und ab lief. Sie stand unter Zeitdruck und hatte im Hinterkopf die Warnung des Tibeters, dieses niemals allein und ohne Aufsicht eines erfahrenen Heilers zu tun. Mit Ingrimm verbannte sie diese Gedanken. Sie hatte keine Wahl. Was Ailith letztlich bei Tibby vorfand, hatte sie nicht erwartet: Vertex-Wellen, charakteristisch für den Schlaf-Wach-Übergang. Ihre Oma war gefangen zwischen Schlafen und Wachen! Sie verstärkte ihre Anstrengungen, auf Tibbys Gehirn Einfluss zu nehmen und rief aus tiefstem Herzen innerlich die Hilfe der Luftgeister herbei. Ailith verstummte abrupt, als sie spürte, dass die Hirnwellen sich endlich bei Alpha einpendelten.

„Oma, wach auf!", befahl sie.

Tibby blieb augenblicklich stehen und rieb sich die Augen. Sie rang nach Luft und erschauerte. „Das Siegel wurde gebrochen", wisperte sie. „Sie hat eindringlich zu mir gesprochen."

Ailith stellte Tibby einen Stuhl hin. „Setz dich bitte, Oma, du bist ganz blass. Wer hat zu dir gesprochen? Gaia?"

„Nein. Nicht Gaia. Eine Jägerin. Die Zeit ist abgelaufen. Die ganze Welt ist in Gefahr."

„Geht es dir gut?"

„Das wollte ich dich gerade auch fragen. Du siehst elend aus, Kind."

„Kopfweh, weiter nichts." Ailith rieb sich die Stirn und unterdrückte eine aufsteigende Übelkeit. Sie fühlte sich wie auf hoher See, der Raum schwankte auf und ab. *Das muss Yeshi wohl mit seiner Warnung gemeint haben,* dachte Ailith bestürzt. *Ich glaube, ich muss gleich ...*

„Wo ist Tosh? Und warum bin ich nicht im Schlafzimmer? Eben war doch noch tiefe Nacht, der Mond schien ins Zimmer und dann war alles in ein blaues Licht getaucht."

„Oma, ich muss dich mal kurz allein lassen. Opa ist schon unterwegs hierher, warte einfach und lauf nicht weg." Ailith presste ihre Hand vor den Mund und hastete aus dem Raum. Diese Übelkeit war ganz anders wie die, die sie seit einigen Tagen hin und wieder morgens überfiel und manchmal von einem leisen Ziehen im Unterleib begleitet war. Fast hätte sie ihren Großvater und den Gärtner umgerannt, die soeben um die Ecke bogen.

„Das Anklopfen erübrigt sich wohl?", fragte Tosh lakonisch. Eilig betrat er den Frühstücksraum und atmete erleichtert auf beim Anblick seiner Frau, denn sie sah ihm eindeutig bewusst in die Augen. „Tibby-Liebes, ich bringe dir MacFarlane."

„MacFarlane, Sie schickt der Himmel! Guten Morgen, Tosh! Keine Zeit für Frühstück. Wir haben Arbeit."

Als Ailith sich nach einer Viertelstunde wieder aus dem Bad hinauswagen konnte, fand sie einen leeren Raum vor. Suchend lief sie durchs Hotel. Sie wich Bruno Baumgartner aus, der mit Bonnie plaudernd an der Rezeption stand. Was wollte die denn hier? Für Smalltalk hatte sie jetzt keine Zeit. Draußen vor dem Eingang sah sie Fionnbarra, der einen Rappen am Halfter vom Stall zur Schmiede führte. Ailith huschte hinaus und lief ihm entgegen.

„Hast du meine Großeltern gesehen?"

„Ja, sie gingen vor einer Weile mit Rufus Richtung Park."

Ailith machte auf der Stelle kehrt und rannte ihnen hinterher. Sie musste nicht weit laufen, denn die Gesuchten kamen ihr entgegen. Der Gärtner sah leicht verwirrt aus, Tosh verstört und Tibby entschlossen.

„Bring mir was zum Schreiben, Mädchen. In den Kleinen Salon! Und Sie, MacFarlane, wissen, was Sie zu tun haben. Hören Sie nicht auf Ihren Boss, sondern auf mich. Ich will, dass Sie spätestens in drei Tagen damit fertig sind."

Kurze Zeit später saß Tibby im Salon und zupfte gedankenverloren die alte keltische Harfe, die seit jeher in diesem Raum stand. Es war ein schön gearbeitetes Instrument aus Rosenholz, mit zweiundzwanzig Saiten. Blumenschnitzereien im Korpus und keltische Ornamentintarsien im Bogen verliehen ihr ihren besonderen Zauber. Tosh und Ailith hatte sie hinausgescheucht. Sie wollte, nein, sie musste jetzt allein sein. In ihr formierten sich Bilder, wie Nebelfetzen schwer zu ergreifen. Eine Stimme hallte in ihrem Geist, noch sehr leise. Tibby blendete die Außenwelt weitgehend aus, konzentrierte sich auf die Vorgänge in ihrem Inneren. Das Buch hatte zu ihr in der Nacht gesprochen. Die Erinnerung kam allmählich zurück und wurde immer deutlicher. Tibby fühlte sich ängstlich, denn etwas Fremdes hatte Macht über sie erlangt. Sie stand, bildlich gesehen, nun tatsächlich vor dem in Nebel gehüllten Scheideweg, den sie im Traum schon so oft gegangen war. Nun galt es, sich zu entscheiden. Tibby brachte die Saiten der Harfe mit flacher Hand zum Schweigen. Jetzt wurde es immer deutlicher! Sie ging zum Tisch, griff nach dem Stift und begann Seite um Seite zu füllen:

Die Mond-Rune spricht für mich. Vernimm meinen Ruf aus ferner Zeit! Dies musst du wissen, meine Schwester in Gaia: Bevor die ersten Menschen und Elben durch Albions Wälder wandelten, erwachte die erste der Hagedornköniginnen und so auch ich, ihre Zauberin. Sie, die Gestalt gewordene Kraft unserer Götter Danu und Dagda, hauchte das Wort der Macht aus und Albion wandelte seine Wildheit unter den Sternen.

Wir sangen Lieder, wir träumten.

Wir waren die heiligen Götterkinder.

Wir waren die Hüterinnen der Insel.

Jeder Gesang aus königlicher Kehle war eine Weisung an den erstarkenden Geist der Insel. Als ihr Werk getan war, fiel meine Königin in den großen Schlaf und zog sich in den Hagedorn zurück. Ich, die Zauberin, wob aus den Lebensfäden, die ihrer heiligen Hand entströmten – nunmehr ein zarter Ast – den großen Schicksalsteppich. Ich wob das Schicksal Albions, verknüpfte die Leben der Helden mit denen der einfachen Leute. Mit Andacht nahm ich die Lebensfäden von Königen und Priestern auf und flocht sie in das Gewebe ein. Weisheit, Güte, Charakterfestigkeit – all das gab ich den Herrschern und Helden des Volkes. Schöner und prächtiger, weiter und tiefer, so malte ich fortan das Lebensgemälde der Insel, die von den Göttern so sehr geliebt wurde.

Danu und Dagda schenkten den Inselbewohnern Weisheit und Gesetz.

Die Hagedornkönigin und ich fügten Kraft und Fruchtbarkeit hinzu.

Die Väter der Urzeit, die Drachengötter, lehrten den Gebrauch des Feuers und der Schmiedekunst.

Menschen und Túatha Dé Danann, waren ein Volk, sie nahmen gemeinsam ihr Leben auf.

All die wunderbaren Tiere und Pflanzenvölker lebten mit ihnen auf der Insel. Mit Liebe und tiefer Freude schaute ich ihnen zu. Sie alle waren die Kinder Danus, der Großen Mutter.

War ich nicht achtsam genug gewesen? War ich gar hochmütig geworden angesichts der Herrlichkeit, die ich aus dem Reich der Möglichkeiten hinabholte auf die jungfräuliche Insel? Zu spät, zu spät ... Schattenschlangengleich verdarben jählings fremde Fäden die Harmonie, die hehre Absicht. Hader und Zwist schlängelten sich hassgetränkt im Gewebe, wickelten sich würgend um Einigkeit und Redlichkeit. Verzweifelt sah ich mich um. Woher kam es?

Da sah ich ihn! Rotäugig, flammenzüngelnd, lugte ein Dämon hinter dem Heiligen Stein hervor. Sein langer Hals reckte sich mir entgegen, seine vier dicken Beine stampften vor Vergnügen auf Erde und Moos, das zischend verdorrte. Hämisch grinste er mich an. Mit scharfer Kralle ritzte er eine Dunkel-Rune in den Fels und offenbarte mir seine wahre Natur: Er war der übelste Dämon von allen, der, von dem man in Sagen und Legenden nur wispern und flüstern wird - der König der Dämonen, der falsche Drachengott! Er sprach zischelnd und sabbernd zu mir: Alle bekommen Geschenke, nur wir Dämonen nicht? Wehe euch, ihr Götter und Zauberer! So werde ich, in all meiner Freigebigkeit, euch beschämen und den Kindern Danus auch ein Geschenk geben. Ich sende ihnen Hader, Zwist und Brudermord.

Doch die noch größere Schande, der FREVEL dieses Dämons, würde etwas anderes sein ... ich konnte es sehen, die Fäden woben sich nun von selbst, und so warf ich einen Blick in die Zukunft. Durch seine Tat wird das Verlangen, sich der Finsternis zuzuwenden, weitergetragen werden, Generation für Generation. Gewalt und Lüge, Feigheit und niedere Gesinnung – all das wird die Schönheit der Schöpfung im Zeitenlauf mindern und hemmen. Furchtbar: Er bannte die Seelen der wahren Drachengötter in Stein und setzte ein Siegel darauf. Klagend singen sie nun ein Lied der Sehnsucht nach den Sternen, ihrer wahren Heimat.

Ich rief nach Danu und Dagda, doch sie schliefen in der Krone Yggdrasils, ebenso wie meine Königin im Hagedorn schlief. Gaia jedoch, der Schutzgeist der Erde, antwortete mir. Ich sah sie wie im Traume. Sie wob neue, funkelnde Fäden in den Schicksalsteppich und vollendete ihn für mich. Meine Dankbarkeit darob wurde sogleich überlagert von Zorn, der mit ihrer Kraft gesättigt und geheiligt war. Der Zorn bemächtigte sich meiner. In diesem Moment wurde aus mir die Jägerin! Den dämonischen Drachen vom Erdboden zu tilgen, das war nun mein einziges Ziel. Büßen sollte er für diese ruchlose Tat, er hatte den Grundstein für Zwist und Hader gelegt. Töten wollte ich ihn. Keine Gnade zeigen.

Doch Gaia gebot mir Einhalt. Sie flüsterte in meine zuckenden, fuchsfelligen Ohren, was das Gebot der Stunde sei: Bannen und strafen, denn zum Töten würde meine Kraft nicht ausreichen. Sie wisperte von vier Erdsängerinnen und dem Adler – diese würden kommen und vollenden, was ich nun beginnen musste.

Ich sah dann ein magisches Schwert, kunstvoll geschmiedet aus elbischer Hand. Ein Drache wand sich um das Gehilz. Ich sah Feuer vom Himmel fallen. Doch ich konnte nicht sehen, was dann geschehen würde … der Herr der Zeit verbarg es vor mir.

Meine Jagd begann. Wie lang dauerte sie an? Tag und Nacht, Tag und Nacht, immer wieder, nicht enden wollend …

Hoch im Norden der Insel stellte ich ihn endlich. Doch ich war erschöpft, und so gelang es ihm, mir eine Wunde zuzufügen. Gift sickerte in mich hinein. Mit List und magischer Gewalt zwang ich ihn, sich von seinem Echsenkörper zu trennen. Das Scheusal flüchtete in den schwarzen Bergsee, bar seines dämonischen Geistes, von nun an wird es dort animalisch vegetieren. Sein langer Hals schlug angstvoll hin und her und zertrümmerte Fels und Baum. Der Echsenkörper schrie ohne Unterlass! Den zitternden, entblößten Geist des Dämons, den bannte ich mit letzter Kraft in Stein. Dort soll er machtlos verharren, bis mein Zauber sich erschöpft. In ferner, ferner Zukunft soll er, gefesselt durch die schützende

Zaubermacht des Schattenfürsten, in das Totenreich der Dämonen eingehen, all seine Schlechtigkeit mitnehmen und daran ersticken und zugrunde gehen. Geschieht dies nicht, wird es der Untergang der Menschheit sein.

Müde bin ich nun. Das Gift wirkt immer stärker in mir. Ich gab meine ganze, verbliebene Kraft in die Jagd. Meine letzten Gedanken gelten dem Mann mit zweierlei Blut, den Gaia ausersehen hat, das magische Buch mit der Mond-Rune zu finden und zu bewahren, in welches ich diese Worte jetzt mit Mondlicht schreibe. Mögen seine Schritte gesegnet sein und ihn zu gegebener Zeit zum Steinkreis am See führen, wo ich – erschöpft bis ins Mark – niedergesunken bin. Mit meinem letzten Atemzug male ich dieselbe Mondlicht-Rune in den Stein, dem Elben und den kommenden Sängerinnen zum Zeichen.

Ich schwinde ... mögen die Götter Albions mir gnädig sein!

Erschöpft legte Tibby den Stift nieder. Ihre Hand zitterte. Sie verschränkte ihre kalten Finger ineinander und atmete tief ein und aus. Die Tragweite der Botschaft aus der Vergangenheit war überwältigend. Ihr Verstand weigerte sich, den Worten Glauben zu schenken. Und doch wusste sie instinktiv: Alles ist wahr. Sie spürte auch, dass etwas zurückgehalten wurde. Der Rest der Botschaft lag in ihr, verschnürt wie ein Paket. Und das machte ihr mehr Angst als alles andere.

MacFarlane schlenderte gemächlich auf den Stallmeister zu. Fionnbarra konnte seinem Gesichtsausdruck entnehmen, dass er gleich mit dem allerneuesten Glenmoran-Klatsch versorgt werden würde. Innerlich stöhnte er auf und wappnete sich gegen unvermeidliche Minuten der Langeweile. Niemand war klatschsüchtiger als dieser Gärtner, der immer die gleiche Tweedjacke mit abgewetzten Ellbogen trug. Ein Teil des speckigen Kragens hing lose an einem Faden. Mit Schwung fuhr Fionnbarra über das Fell des Rappen und bürstete es auf Hochglanz, hoffend, dass dieser Kelch auf zwei Beinen an ihm vorübergehen würde.

„Ey, Barra, mein Freund. Mal ganz im Vertrauen … die Alte ist durchgeknallt." MacFarlane setzte ein wichtiges Gesicht auf und nickte bedeutungsvoll in Richtung Park. Währenddessen kratzte er geräuschvoll seinen dicken Bauch. Die Knöpfe des Hemdes spannten sich bedenklich. „Die war ja schon immer etwas schräg mit ihrer Tanzerei zwischen den Rhododendrenbüschen und so, aber jetzt schießt sie den Vogel ab. Ich soll doch tatsächlich um den Fels herum einen Kreis aus Weide, Hasel und Hagedorn pflanzen, zusätzlich zu den drei Eiben. Und auch noch viel zu eng! Ich sag's dir – mit der stimmt was nicht. Ganz gewaltig nicht."

Fionnbarra fuhr wortlos fort, das Fell zu pflegen und machte nur „Hmpf."

MacFarlane, der immer etwas verschleimt war, schniefte, holte schnorchelnd den Rotz aus dem Rachen hoch und spuckte aus. Fast hätte er Fionnbarras Stiefel getroffen. „Pass auf, das geht so: drei Weide, drei Hasel und einmal Hagedorn, in der Reihenfolge. Das soll ich im Kreis pflanzen, mit Abstand von jeweils zwei Handlängen, immer in diesem Muster. Die Eiben einbezogen. Nach Osten hin soll ich eine Öffnung lassen. Kannst du mir sagen, was das wird? Nein, natürlich kannst du das nicht. Das kann keiner."

Der Rappe zuckte nervös mit den Ohren. Er konnte den Gärtner nicht leiden. Unruhig stampfte er mit dem rechten Vorderbein auf und schnaubte.

„Pass auf, Rufus, der meint es ernst. Geh lieber einen Schritt beiseite." Fionnbarra wirkte mit Absicht nicht beruhigend auf das kräftige Pferd ein, doch es nützte ihm nichts. MacFarlane trat nur einen halben Schritt beiseite und fuhr fort. „Aber das ist noch nicht alles, mein Junge. Ich habe sie gesehen, durchs Fenster. Am frühen Morgen. Die hat im Salon doch tatsächlich mit den Speisekarten und Servietten rumgemacht, wie so ein kleines Gör, das mit Mamas Sachen spielt. Wie ich schon sagte: Durchgeknallt!"

„Ich muss jetzt den Rappen neu beschlagen. Hältst du sein Bein, Rufus?"

„Bin doch nicht lebensmüde! Nee, du, dafür such' dir einen anderen Deppen. Ich gehe jetzt und besorge das junge Holz. Wird gar nich' so einfach werden. Für die Hagedornbäumchen werde ich wohl nach Tincraig runterfahren müssen, in das Gartencenter. Vielleicht sogar noch weiter nach Terrymore oder Meadowkirk. Also, man sieht sich!"

Erleichtert atmete Fionnbarra auf. Den war er erstmal los. Doch schon im nächsten Moment zuckte er zusammen, denn eine zarte Hand strich in eindeutiger Absicht über seinen Po. Er grinste breit und sagte: „Ailith, du kannst doch nicht ..." Er fuhr herum, um nach ihrer Hand zu greifen, doch es war Shona, das Zimmermädchen, das sich von hinten angeschlichen hatte. Sie schaute ihn anzüglich an und raunte: „Und ob ich das kann, mein Schöner." Mit aufreizendem Hüftschwung schlenderte sie weiter in Richtung Hotel und war mit ihrer Leistung, Fionnbarra in Verlegenheit gebracht zu haben, sehr zufrieden.

Es wird Zeit, hier wegzukommen, dachte der junge Mann genervt. Dann widmete er sich dem Huf des Rappen und entfernte das lose Hufeisen.

-5-

Der Adler ist fort

Ailith kochte innerlich. Sie musste unbedingt ihre angestaute Energie loswerden. Für einen Ausritt war es schon zu dunkel, aber ein Schwertkampf wäre jetzt genau das Richtige für sie. Das Drachenschwert ruhte in ihrer kräftigen Hand. Sie vollführte einige Übungen zum Aufwärmen und rief dann nach Fionnbarra, der im Stall ahnungslos aufräumte, bevor der Feierabend kam. Er trat vor die Tür und zog eine Augenbraue hoch. So war das also. Sein Mädchen wollte es mal wieder wissen. Nun, dieses Mal würde er sich nicht übertölpeln lassen.

„Augenblick. Bin gleich wieder da." Er lief zu seinem Apartment und holte sein Schwert, tauschte noch schnell die Arbeitsschuhe gegen bequemere und riss sich sein verschwitztes Arbeitshemd vom Leib. Minuten später klirrten die Schwerter aufeinander und das Kräftemessen war im Gange. Seine Tätowierung, die sich eindrucksvoll über Schulter, Arm und den halben Rücken erstreckte, erweckte den Anschein von Wildheit. Aber in Wahrheit war das Mädchen der wildere Teil in diesem Zweikampf, wie er bald schon feststellen musste. Einige Gäste hatten sich im Vorhof versammelt und schauten zu. Sie feuerten die ungleichen Kämpfer an und genossen den Tanz der Schwerter, weil sie glaubten, die Vorführung wäre nur für sie. Ailith war hochkonzentriert. Der Schweiß durchtränkte ihr Shirt zwischen den Schulterblättern und ihre weißblonden Haare lagen klatschnass an, doch sie schenkte dem nicht die geringste Beachtung. Dieses Gefühl in ihr, diese brennende Eifersucht, zehrte sie auf. Wie konnte er sich nur in aller Öffentlichkeit von Shona an den Hintern fassen lassen? Und, was viel schwerer wog, es hatte ihm gefallen, sie hatte ihn dabei lachen sehen! Mit einem zornigen Schlag von oben nach unten bedrängte sie Fionnbarra, er konterte dies mit einem oberen Einwinden in einen Gegenstich. Der lange Arbeitstag hatte seine Spuren in seinem Körper hinterlassen, und so trat er etwas zurück, um zu verschnaufen. Sie umkreisten lauernd einander und hielten die Schwerter für einen Moment gesenkt. Ein Wind war aufgekommen und zerrte an den Dreadlocks des jungen Mannes.

„Es hat dir auch noch gefallen", warf Ailith ihm vor. Ihre Augen funkelten wütend.

„Warum sollte mir deine Herausforderung zum Kampf nicht gefallen?", konterte er, obwohl er jetzt lieber mit einer Tüte Chips und der neuen Star-Trek-DVD alleine wäre.

„Das meine ich nicht, du Mistkerl. Du lässt dir von dieser Schnepfe an den Hintern packen und grinst auch noch dümmlich dabei und alle sehen es!

Warum tust du mir das an?", fragte sie ihn leise. Ein Donnergrollen rollte über den Hof und die Windstärke nahm weiter zu. Die Hotelgäste flüchteten sich einer nach dem anderen ins Trockene. Die ersten Regentropfen fielen.

„Shona?", fragte Fionnbarra ungläubig und blieb unvermittelt stehen. „Du regst dich über diese blöde Schlampe auf?"

„Aha! Du gibst es also zu", schrie sie ihn an.

„Was zum Teufel gebe ich zu?", brüllte er zurück. „Gar nichts gebe ich zu, da ist nichts, was ich zugeben könnte!"

„Ihr habt was miteinander! Du gehst auch mit ihr ins Bett! Das ist doch offensichtlich! Lüg mich jetzt bloß nicht an."

„Teufel, nein. Unterstell mir doch nichts! Hast du deine Tage, oder was? Du phantasierst dir was zusammen."

Ein Donnerschlag knallte über das Gelände, es roch nach Ozon. Über Ailiths Kopf tanzten winzig kleine, weiß-bläuliche Funken. Die Pferde im Stall wieherten ängstlich und schlugen mit den Hufen gegen die Boxen. Es wurde immer dunkler. Eine gewaltige Wolkenwand hatte sich über Glenmoran aufgebaut. Ailith liefen jetzt Tränen des Zorns über die Wangen, sie vermischten sich mit dicken Regentropfen. Ein gewaltiger Blitz erhellte die Szenerie. „Wie soll ich dir das glauben?", schrie das Mädchen gegen den Sturm an. Sie erhob ihr

Drachenschwert und wollte weiterkämpfen, so lange, bis die Eifersucht ihren Körper verlassen hatte. Ihre Liebe zu Fionnbarra war stark und besitzergreifend. Das Gewitter nahm wiederum an Kraft zu, parallel zum Grad ihrer inneren Aufgewühltheit. Im Hinterkopf meldete sich bei ihr ganz leise die Stimme der Vernunft, doch es war zu spät. Sie konnte ihre Kraft nicht länger zurückhalten und so entlud sich ihre emotionale Energie in die Umgebung. Die Luftgeister nahmen ihre unbewusste Aufforderung zum Tanz an. Ihrer Art gemäß bestimmten sie den nächsten Schritt. Ein kleiner Blitz, nur als Warnung gedacht, fuhr krachend ein in das Drachenschwert – und sprang über auf Fionnbarra. Für einen schrecklichen Moment waren beide jungen Menschen in ein Elmsfeuer gehüllt. Ihre Körper sanken nieder. Regen prasselte hart auf sie herab. Die Luftgeister zogen weiter. Ihre anmaßende menschliche Gespielin hatte ihre Lektion erhalten. Die Luft knisterte noch eine Weile. Ailith lag im Schlamm und rang nach Atem. Sie zitterte wie Espenlaub. Ihre rechte Hand, der ganze Arm, war taub. Das Drachenschwert lag zwischen ihr und Fionnbarra. Winzige Flämmchen huschten auf dem Blatt hin und her, flackernd, sterbend. Ein Summen ging von ihnen aus. Bildete sie es sich ein, oder hörte sie wirklich auch ein Flügelrauschen? Dann setzte ihr Verstand schlagartig wieder ein und sie kroch zu ihrem Liebsten hinüber, entsetzt darüber, was sie angerichtet hatte. Ihre Beine wollten nicht gehorchen, sie musste sich mit den Armen voranziehen.

„Fionn, sag doch was", flüsterte sie weinerlich, „bitte, sag was!" Sie legte ihre eiskalte Hand auf seine Brust und fühlte nach dem Herzschlag, nach dem Atem. Er lebte! Dankbarkeit stieg in ihr auf, tief empfundene Dankbarkeit. Und Scham. Es war ihre hässliche Eifersucht gewesen, die dazu geführt hatte, dass sie beide in Lebensgefahr geraten waren. Hatte wirklich ein Blitz in ihr Schwert eingeschlagen und sie hatten es überlebt? Fionnbarra regte sich leicht und röchelte. Dann setzte er sich, wie von Fäden gezogen, auf und starrte ungläubig seine Hände an. Er drehte sie vor seinen Augen hin und her, als wären sie ein Wunder. Dann strich er mit den Handflächen über Brust und Beine, erhob sich schwankend, taumelte und fiel wieder hin, richtete sich erneut auf. Er starrte auf Ailith hinab, als würde er sie zum ersten Mal sehen, und lief unsicher davon. Ailith versuchte erneut, auf die Beine zu kommen, doch ihr Körper gehorchte nicht ihrem Willen. Der Boden war auch ganz schräg. Die Welt kippte zur Seite. Sie hatte das Bedürfnis, ihre Finger in die Erde zu krallen, um nicht vom Rand der Erde fallen zu müssen. Bilder von Asterixfilmen stiegen absurderweise in ihr auf. Ja, ihr war geschehen, was die Gallier immer befürchteten: Der Himmel war ihr auf den Kopf gefallen und die Erde war eine Scheibe. Ailith war verwirrt. Es sah so merkwürdig aus, wie MacFarlane auf sie zugelaufen kam, in diesem abstrusen 45°-Winkel. Sie begann zu kichern und als er sie erreichte, war das Kichern übergegangen in ein haltloses Schluchzen und Jammern. Wie durch ein trübes Glasfenster hindurch sah Ailith ihren Großvater, der ebenfalls auf sie zulief. Ihre Oma stand händeringend im Eingang des Hotels. Und dann, dann erst, sank die junge Frau in eine tiefe Ohnmacht.

MacFarlane winkte energisch seinen Chef zurück. „Ich trage das Mädchen hinein, holen Sie einen Arzt!"

Gegen Mitternacht, als der Arzt wieder gegangen war, trat Tibby mit gramzerfurchtem Gesicht auf Tosh zu. In ihren Händen trug sie das Zeremonialschwert. Es starrte vor Schmutz. Sie deutete mit zitterndem Zeigefinger auf die kleine, hellblau opalisierende Fläche unterhalb des Schwertgriffs. Mehrmals musste sie zum Sprechen ansetzen.

„Der Adler ist fort."

Die Nacht sollte kurz und hart werden. Tibby fand keine Minute Schlaf mehr. Als endlich die Nacht dem Tage endgültig wich und die ersten Vögel ihr Lied anstimmten, verließ sie ihr Bett und zog sich warme Kleidung an. Leise bewegte sie sich durch das Zimmer, um den schlafenden Tosh nicht zu stören. Zunächst warf sie einen Blick in Ailiths Raum am Ende des Ganges. Das Mädchen schlief tief und fest. Ihre Wangen waren ganz leicht gerötet. Insgesamt machte sie einen gesunden Eindruck und so machte sich Tibby auf den Weg in den privaten Teil der Parkanlage. Hier gab es viel zu tun für die Erdsängerin. Der Gärtner und sein Gehilfe hatten ganze Arbeit geleistet. Der Kreis aus Weide, Hasel und Hagedorn stand. Die alten Eiben standen wie antike Säulen zwischen den Jungbäumen. Hier würde etwas Großes geschehen, aber sie wusste noch nicht, was. Doch war ihr eines klar: Was gestern Abend passiert war, war Teil davon. Mit Mühe verdrängte sie die Erinnerungen, die Bilder, die sich unauslöschlich in ihr Gedächtnis eingegraben hatten. *Ailith, wie sie auf Fionnbarra zukroch. Fionnbarra, der vom Blitz erschlagen war.* Sie hatte geglaubt, ihr Stallmeister wäre tot. Tibby kletterte ein wenig mühsam auf den breiten, flachen Fels. Vorsichtshalber nahm sie jedes einzelne Bäumchen in Augenschein. Tatsächlich, da hatten die Männer einen Fehler gemacht. Vier Haseln statt drei. Mit Anstrengung konzentrierte sich die alte Frau auf ihre Gegenwart, auf das, was sie jetzt tun wollte. Tibby sprang vom Fels hinab und verfluchte sich selber gleich dafür. Ihre Knie und Knöchel machten so etwas nicht mehr mit. Mit schmerzverzerrtem Gesicht humpelte sie zur Pflanzung und flüsterte der Hasel zärtlich zu, worauf sie sich leicht und mit bloßer Hand aus der Erde ziehen ließ. Sie brachte sie außerhalb des magischen Kreises wieder in die Erde und kehrte danach zu ihrem Standpunkt auf dem Fels zurück. Tibby atmete tief ein und aus, bis ihr Körper gut mit Sauerstoff versorgt war. Sie versetzte sich mit einem Singsang in eine leichte Trance, verband sich geistig mit Gaia, der Erdenseele, und verkündete ihre Absicht.

Gaia hatte geduldig auf diesen Moment gewartet. Jahrtausend um Jahrtausend. Zeit war für sie ohne Bedeutung. Und so gab sie ihre Weisung an Wurzel und Blatt, an Wasser, Wind und Licht, dem Willen der Erdsängerin Folge zu leisten.

Drei Stunden lang tanzte und sang Tibby auf dem Fels, mit gelöstem Haar und nackten Füßen. Um sie herum wuchsen Hasel und Weide in die Höhe, der Hagedorn wuchs quer und errichtete mit seinen Dornen eine undurchdringliche Barriere. Blüte und Frucht trieb er, und als die Arbeit getan war, war der Fels überdacht von einer lebenden Kuppel. Sonnenlicht drang durch die Ritzen und warf ein herrliches Schattenmuster über die Erdsängerin und den Fels. Eine Öffnung oben in der Mitte lenkte das Licht auf den Felsen. Der Wind strich zärtlich mit seinem luftigen Hauch über das Grün und ließ es rascheln. Es klang, als würden tausend kleine Elfen jubeln.

Ailith schlief bis in den späten Vormittag hinein bis der Arzt erneut zu ihr kam, um ihr den Puls zu fühlen, das Herz abzuhorchen und den Kopf zu schütteln über so viel jugendliche Unvernunft und unverdientes Glück. Seine dringende Empfehlung, ins Krankenhaus zur Beobachtung zu gehen, schlug Ailith wiederholt aus. Es ging ihr gut. Auch ihre Hand fühlte sich wieder normal an. Sie wollte unbedingt zu Fionnbarra und schlich sich an ihren Großeltern vorbei. Ungesehen gelangte sie ins Erdgeschoss, lief heimlich in den Dienstbotenflügel und klopfte an seine Tür.

„Fionnbarra?" Ohne auf seine Antwort zu warten, trat sie ein. Überrascht sah er auf. Er saß ungewaschen in seinem Sessel. Ailith traute ihren Augen nicht. Er trug eine protzige Silberkette um den Hals. Überall lagen offene Chipstüten, Pizzakartons und leere Bierdosen herum. Fionnbarra stopfte ungeniert eine fette Käsepizza in sich hinein und starrte sie an. „Na, wer kommt denn da zu Besuch?", nuschelte er mit vollem Mund. Er grinste breit und wischte sich mit dem Handrücken über die fettigen Lippen.

„Ich wollte sehen, wie es dir geht, aber ... feierst du hier eine Party oder was? Ich, ich ...", geriet Ailith ins Stottern.

Fionnbarra stand plötzlich auf und packte sie mit einer Hand im Nacken und zog sie zu sich heran. „Sowas Hübsches wie du hat mir jetzt noch gefehlt." Seine Augen funkelten gierig und er küsste sie grob auf den Mund. Ailith wehrte sich gegen ihn und schob ihn energisch von sich weg. „Spinnst du? Du stinkst und hast noch Pizza im Mund. Was zum Teufel ist in dich gefahren?" Er lachte und ließ sich wieder in den Sessel fallen. Das Mädchen ahnte ja nicht, wie passend ihre Frage war. „Komm her. Ich will dich. Aber erst esse ich diese großartige Pizza auf." Fionnbarra rülpste ungeniert. Dann packte er plötzlich ihr Handgelenk und zog sie zu sich herunter. Seine freie Hand glitt fordernd unter ihr T-Shirt und suchte ihre Brust. Ailith schrie „Nein!", riss sich los und schlug ihm ins Gesicht. Aufheulend rannte sie aus seinem Zimmer und hörte noch, wie er manisch lachte. „Renn du nur, ich kriege dich ja doch!"

Ailith lief so schnell sie nur konnte in den privaten Bereich des Schlosses zurück. Tränen strömten über ihr Gesicht. Als sie Tosh sah, fiel sie ihm um den Hals und weinte bitterlich.

„Kindchen, was ist denn passiert? Tut dir was weh, soll ich den Doktor rufen?" Etwas hilflos streichelte er über den Rücken seiner Enkelin und sah sich nach Tibby um. Tränen waren eindeutig ihr Ressort.

„Fionnbarra!", schluchzte Ailith.

„Was ist mit ihm? Geht es ihm schlecht? Ist er tot?" Sofort regte sich das schlechte Gewissen in Tosh. Er hatte in der Aufregung der gestrigen Nacht total vergessen nach dem Stallmeister zu sehen, der ja auch vom Blitz getroffen worden war. Jedenfalls hatte es vom Fenster aus so ausgesehen.

„Er ist so ganz anders", schluchzte Ailith. „Ich kann ja verstehen, dass er auf mich böse ist, aber das ist doch kein Grund ... ist doch kein Grund, mich so schlecht zu behandeln." Sie rieb sich den immer noch schmerzenden Nacken. Ihr Handgelenk zeigte rote Abdrücke. Tosh zählte eins und eins zusammen. Den Kerl würde er sich kaufen! „Setz dich und warte hier auf Oma. Sie muss doch irgendwo hier sein. Warte, hörst du? Keine Widerrede!"

Tosh machte sich auf die Suche und fand Fionnbarra letztlich im Stall. Er wurde Zeuge, wie der Rappe scheute und nach dem Stallmeister biss. Der Kerl versetzte dem Tier doch tatsächlich einen heftigen Schlag auf die Nüstern!

„Hey, Mac Daragh! Was fällt Ihnen ein?", schrie Tosh erbost. Der junge Mann drehte sich langsam um und starrte seinem Gegenüber in die Augen. Sein Blick flackerte kurz, dann hatte er sich wieder in der Gewalt. Ein höhnisches Lächeln umspielte seine Lippen. Er öffnete den Hemdkragen etwas weiter und zog eine Silberkette hervor, die er um den Hals trug. Tosh stutzte. Mit leisem Entsetzen sah er, wie sein Stallmeister zu einem Messer griff.

Er würde doch nicht ...? Panisch sah Tosh sich nach etwas um, womit er einen Angriff abwehren könnte. Der Kerl war ja wirklich verrückt geworden! Nicht auszudenken, dass Ailith in seiner Nähe gewesen war. Doch dann geschah etwas Unerwartetes. Mit dem Messer schnitt er sich nur die Dreadlocks ab, Strähne für Strähne. Er ließ sie achtlos auf den strohbedeckten Boden fallen und grinste Tosh spöttisch an, ergötzte sich an seiner offensichtlichen Angst. Dann begriff Tosh. Die Kette! Aber, das konnte doch nicht sein? Großer Gott! Sein Herz stolperte. Rückwärts verließ er den Stall und eilte zurück ins Schloss. Er musste sie warnen! In der Eingangshalle blieb er stehen, um zu verschnaufen. Tosh hatte Seitenstiche. Das Innehalten brachte ihn dazu, seinen Gedankenfokus zu erweitern. Wenn es wirklich so war, wie er dachte, waren dann auch die Gäste in Gefahr?

„Mr. Warrington! Alles in Ordnung?" Die Hausdame an der Rezeption schaute besorgt zu ihrem Chef.

„Nein, Lizzy. Ich fürchte, nicht. Haben Sie meine Frau gesehen?"

„Ja, sie ging vor einer Weile nach oben. Wie geht es denn Ailith? Ich hörte, es ist ihr gestern Abend etwas zugestoßen."

Tosh wurde einer Antwort enthoben, denn das Telefon klingelte und Lizzy nahm eine Reservierung entgegen. Er wollte gerade die Treppe hochgehen, aber eine Gruppe von Hotelgästen hielt ihn auf. Sie beschwerten sich darüber, dass ihre Pferde nicht wie vereinbart zum Ausritt fertig seien. Tosh versprach, sich darum zu kümmern und vergaß das Anliegen seiner Gäste sofort wieder. So schnell er konnte, hastete er nach oben und atmete erleichtert auf, als er Frau und Enkelin wohlauf und zusammen vorfand.

„Ich muss euch etwas sagen!" Doch Tosh stockte der Atem. Tibby und Ailith standen ehrfürchtig am Fenster und er sah auch gleich, warum. Dort war etwas Neues. Eine grüne Halbkugel war über den Fels gewachsen. Ungefähr zehn Fuß hoch. Gestern war sie noch nicht dort gewesen, sondern nur ein Haufen brauner, weitgehend unbelaubter Stecklinge. *Ist das jetzt gut oder schlecht für uns*, überlegte Tosh entmutigt. „Oh Gott, Tibby, warst du das wieder? Was sollen denn die Leute denken? Wie sollen wir das dem Personal oder den Gästen erklären?"

Erstaunt drehte sie sich zu ihrem Mann um. „Natürlich war ich das, mein Lieber. Und erklären müssen wir gar nichts. Wir sind die Herren von Glenmoran. Ich muss mit euch beiden sprechen."

„Ich mit euch auch." Mitleidig legte Tosh seine Hand auf Ailiths Schulter. „Mein Mädchen, du musst jetzt ganz tapfer sein. Dein Fionnbarra, er ist nicht mehr er selbst."

Zu Tibby gewandt ergänzte er: „Wie du gestern schon sagtest, der Adler ist nicht mehr im Schwert. Er ist jetzt im Stallmeister. Ich habe gesehen, wie er den Rappen geschlagen hat. Das würde unser Fionnbarra niemals tun. Tibby, er trägt die Silberkette mit dem Adler! Wie ist das nur möglich?"

Tibby bekam weiche Knie und musste sich hinsetzen. Ailith hingegen erstarrte.

„Unser Ausflug zum Wasserfall, da fing es an. Fionnbarra hat offenbar nicht nur Cormags Skelett gefunden. Er muss die Kette von dort mitgebracht haben. Hätte sie nicht damals im Feuer schmelzen und vergehen müssen? Großer Gott. Ailith, was genau ist gestern Abend geschehen?"

Verwirrt und ungläubig schaute die junge Frau von einem zum andern. Sie versuchte, sich genau an die Geschehnisse des Vorabends zu erinnern. Plötzlich hatte sie im Schlamm gelegen, die Erde kippte zur Seite und Fionnbarra lief weg. Das Schwert lag zwischen ihnen, ein Knistern – nein, ein Rauschen wie von Flügeln hatte sie gehört. Sie hatte es für ein Ohrgeräusch gehalten. Der Blitz, der Donner, ihre Eifersucht. Der schreckliche Moment, als sie dachte, Fionnbarra wäre tot ...

„Ich glaube, ich verstehe, was ihr meint. Cormags Seele hat sich aus dem Schwert befreit und ist in Fionnbarra gefahren. Ich erinnere mich an den Tag, als du mir deine Geschichte erzählt hast und mir das Schwert als mein Erbe überreicht. *Ist Cormag immer noch im Schwert?"*, habe ich dich gefragt. Im Lauf der Zeit nahm ich an, dieser Teil wäre eine Art Gruselgeschichte gewesen, um meine Aufmerksamkeit zu wecken. Aber du hast es ganz ernst gemeint, oder?"

„Warum? Warum jetzt?", fragte Tosh erregt.

Tibby deutete zum Schreibtisch. „Ailith, sei so gut und hole aus der oberen Schublade meine Notizen. Die drei losen Blätter, die obenauf liegen. Ja, die sind es. Setzt euch bitte beide. Ihr macht mich nur nervös, wenn ihr da so steht und auf mich herabschaut. Wie ihr wisst, hat das alte Notizbuch zu mir gesprochen. Es war einst unser Urahn Fearghas, der es unter merkwürdigen Umständen in einem Steinkreis fand. Und dass er es fand, war volle Absicht. Auch, dass es jetzt im Mondlicht erwachte. Es mag unwahrscheinlich klingen, aber dieses Buch, diese Nachricht, ist viele Tausend Jahre alt! Sie stammt von der Zauberin der ersten Hagedornkönigin. Ich spreche hier also von der magischen Welt, die die Welt, wie wir sie kennen, mitgestaltet hat. Sie nennt mich ‚Schwester in Gaia'. Und sie sprach von Erdsängerinnen und einem Adler. Wir haben eine Mission, die keinen langen Aufschub duldet. Darum auch das beschleunigte Wachstum der lebenden Felskuppel." Tibby deutete mit der Hand vage Richtung Fenster. „Fragt mich nicht, wozu das Ding da ist. Ich weiß es noch nicht. Lasst uns einfach vertrauen auf Gaias Weisheit und Fürsorge."

„Darf ich es lesen?" Ailith streckte die Hand nach den Papieren aus.

„Sicher, Kind. Lies es bitte laut vor, damit Tosh auch gleich in Kenntnis gesetzt wird."

Ailith kam ihrer Aufforderung nach: *„Die Mond-Rune spricht für mich. Vernimm meinen Ruf aus ferner Zeit! Dies musst du wissen, meine Schwester in Gaia: Bevor die ersten Menschen und Elben durch Albions Wälder wandelten, erwachte die erste der Hagedornköniginnen und so auch ich, ihre Zauberin. Sie, die Gestalt gewordene Kraft unserer Götter Danu und Dagda, hauchte das Wort der Macht aus und Albion wandelte seine Wildheit unter den Sternen. Wir sangen Lieder, wir träumten. Wir waren die heiligen Götterkinder. Wir waren die Hüterinnen der Insel."*

„Meine Güte, an der ist aber eine Poetin verloren gegangen", murmelte Ailith. Ein strenger Blick ihrer Großmutter verriet ihr, besser keine Kritik am Schreibstil zu üben. Also las sie weiter vor.

Diesmal war es Tosh, der den Vortrag unterbrach. „Sag, Liebes, all diese Worte, wie konnten sie in einem unscheinbaren Buch die Zeit überdauern, unsichtbar zudem. Und nun hast du das alles gehört oder gesehen? Ich verstehe das nicht. Es klingt, als wäre das eine Inspiration für Shakespeares ‚Sommernachtstraum' gewesen. Aber ich las oder hörte niemals etwas über Drachengötter, die den Gebrauch des Feuers und die Schmiedekunst lehrten. Den alten Sagen nach war es Prometheus, der den Menschen das Feuer brachte und furchtbar dafür büßte."

Tibby wedelte ungeduldig mit der Hand. „Möglicherweise ist die Prometheus-Sage wesentlich jünger als das, was wir jetzt gewahr werden durch meine Schwester in Gaia. Er könnte ein Sinnbild sein für die drei Drachengötter, die Väter der Urzeit. Du weißt, wie sehr sich Geschichten im Lauf der Zeit verändern, wenn sie mündlich weitergegeben werden und sich dabei Fehler einschleichen. Aber nun lass Ailith weiterlesen."

Die junge Frau las nun konzentrierter und ihr anfänglicher Widerstand schwand mehr und mehr. *Menschen und Túatha Dé Danann, waren ein Volk, sie nahmen gemeinsam ihr Leben auf. All die wunderbaren Tiere und Pflanzenvölker lebten mit ihnen auf der Insel. Mit Liebe und tiefer Freude schaute ich ihnen zu. Sie alle waren die Kinder Danus, der Großen Mutter.* Ailiths Faszination für das Gelesene wuchs von Zeile zu Zeile. Atemlos las sie ihren Großeltern vor. Der Satz über die wahre Heimat der Drachengötter verblüffte sie. *Furchtbar: er bannte die Seelen der wahren Drachengötter in Stein und setzte ein Siegel darauf. Klagend singen sie nun ein Lied der Sehnsucht nach den Sternen, ihrer wahren Heimat.*

Jetzt unterbrach Tibby selbst. „Habt ihr das mitbekommen? ‚Sehnsucht nach den Sternen'! ‚Wahre Heimat'! Das könnte bedeuten, dass sie Reisende von einem anderen Planeten waren. Vielleicht sogar kamen sie aus einer anderen Galaxie? Die ‚Väter der Urzeit, die Drachengötter genannt wurden, sind möglicherweise keine Humanoide, sondern wirklich Reptilien. Intelligente Reptilien! Erinnert ihr euch an den Film ‚Enemy mine"?"

„Ach komm, Oma. Jetzt geht aber deine Fantasie mit dir durch! Warum sollten drei Alien-Echsen sich der Mühe einer so weiten Reise unterziehen, nur um einem Haufen behaarter Affen, sorry, behaarter Hominiden, im Gebrauch des Feuers zu unterweisen? Was hätten die denn davon?", rief Ailith.

„Allerdings, das Mädchen hat Recht", wand Tosh ein. „Du vergisst auch dabei, dass diese Schöpfungsgeschichte die Ebene der Magischen Welt beschreibt und nicht wirklich das materielle Gewebe der Erde. Warum sollten Sternenreisende mit Göttern verkehren? Oder waren damals die Ebenen noch miteinander verwoben und nicht so klar getrennt wie heute? Außerdem, ich habe dir schon immer gesagt, du sollst nicht so viele Hollywood-Filme anschauen."

„Die Ebenen sind auch heute nicht wirklich völlig und klar voneinander getrennt. Das solltest gerade du doch wissen, wo du eine Erdsängerin zur Frau hast! Es ist nur für den Menschen sehr viel schwieriger geworden, die magische Götterwelt wahrzunehmen." Tibby war nun ein wenig beleidigt, weil ihre Idee von den Sternenreisenden einfach so vom Tisch gefegt wurde in den Papierkorb der Lächerlichkeit. „Aber egal, jetzt kommen wir gleich zum wichtigsten Teil der Botschaft. Lies weiter, Kind."

Ailith fand ihre Großeltern heute besonders anstrengend. Doch sie ließ es sich nicht anmerken. Laut las sie ihnen weiter vor, doch den letzten Satz flüsterte sie fast. *Mit meinem letzten Atemzug male ich dieselbe Mondlicht-Rune in den Stein, dem Elben und den kommenden Sängerinnen zum Zeichen. Ich schwinde ... mögen die Götter Albions mir gnädig sein!*

Ailith atmete nach dem Vorlesen tief durch und legte die Blätter hastig weg, als wäre die Tinte aus Gift. Der Untergang der Menschheit! Sie weigerte sich zu glauben, was die Mondlichtworte durch die Zeit getragen hatten: Die Erdsängerinnen waren ausersehen, die Welt zu retten. Auch ihr Urahn war Teil der Prophezeiung, ebenso das zeremonielle Drachenschwert, mit dem sie ahnungslos Schwertkampf geübt hatte.

Tibby fragte mit rauer Stimme: „Ist euch klar, was auf dem Spiel steht? Habt ihr es verstanden?

Das Problem ist, ich weiß nicht, wo dieser See mit dem Stein ist."

Tosh schwieg lange. Mit gerunzelter Stirn dachte er nach. Innerlich war da ein Ziepen, er wusste, irgendetwas kam ihm daran bekannt vor. Und dann fiel es ihm wie Schuppen von den Augen. Die Mond-Rune! Er hatte sie schon einmal gesehen. Das war viele, viele Jahre her. Ein Ausflug mit den Eltern, Lady Annella und dem Laird von Glenmoran.

„Ich weiß, wo wir hinmüssen", flüsterte er.

„Was?"

„Ja, du hörst ganz recht. Ich erinnere mich. Der See bei Devilhenge, dort habe ich die Rune das erste Mal gesehen. Das liegt nicht sehr weit von hier. Ein Ausflugsziel, aber ich bin mit dir nie dort gewesen. Ich kenne es aus meiner Jugend. Bei den Einheimischen heißt die Gegend auch: ‚Der See mit dem bösen Stein'. Es gibt Ortslegenden, die von einem Ungeheuer im See erzählen, so wie Loch Ness in der Art. Manchmal heißt der Stein auch ‚Drachenstein'. Aber mir ist nicht klar, was wir dort tun sollen. Was meint deine Gaia-Schwester mit: *Vier Erdsängerinnen und der Adler – die kommen und vollenden.* Was soll vollendet werden und vor allem, wie? Sollt ihr etwa einen Dämon in die Hölle werfen? Auch seid ihr nur zwei Erdsängerinnen. Und ist mit dem Adler wirklich Cormag gemeint? Äh, Fionnbarra ..." Tosh schaute unglücklich drein. Er fühlte sich überfordert.

Ailith brach ärgerlich ihr Schweigen. „Das ist mir alles egal! Ich will Fionnbarra zurück. Dieser verdammte Schwertgeist soll raus aus ihm! Jetzt sofort!"

Tosh wurde blass. Fionnbarra. Den hatte er ja ganz vergessen. Ob er es Ailith sagen sollte, dass er sich die Haare abgeschnitten hat? *Irrelevant,* entschied er. „Aber wenn das alles vorhergesehen wurde, längst entschieden wurde in der Vergangenheit, dann würde das auch bedeuten, dass Cormags Geist jetzt in Fionnbarra sein soll. *Soll!"*

„Nicht unbedingt", meinte Tibby. „Es hätte doch auch gereicht, wenn wir das Drachenschwert mit seiner Seele zum Stein am See mitnehmen."

„Aber was genau soll denn nun geschehen?"

Tibby stöhnte auf. „Ich weiß es doch auch nicht! Aber ich habe die ganze Zeit schon so ein Gefühl, als wäre die Botschaft nicht vollständig. Und das ist ein sehr hässliches Gefühl. Ich fürchte, dass auf uns mehr zukommt, als wir jetzt ahnen."

„Aber es könnte auch sein, dass wir nur die Silberkette mit dem Adler mitnehmen müssen."

„Nein, mein Gefühl sagt mir, dass vor allem das Schwert mit muss. Und der Mann."

-6-

Der Schattenfürst erwacht

Der Mann röchelte. Dann setzte er sich, wie von Fäden gezogen, auf und starrte ungläubig seine Hände an. Er drehte sie vor seinen Augen hin und her, als wären sie ein Wunder. Dann strich er über Brust und Beine. Er erhob sich schwankend, starrte auf die junge Frau hinab, als würde er sie zum ersten Mal sehen, und lief davon. Panik erfüllte ihn. Wie ein verletztes Tier einen Unterschlupf aufsucht, um sich seine Wunden zu lecken, taumelte er durch die Nacht dem großen Gebäude entgegen. Er fühlte, dass dort sein Ort der Ruhe war. Sein Handeln war instinktgetrieben, denn er konnte keinen klaren Gedanken fassen. In seinem Kopf war etwas Fremdes, Drängendes und er hatte Schmerzen, fühlte sich elend. Das Ding in ihm war wie ein Krake, es schlang sich um seine Gehirnwindungen und quetschte all sein Bewusstsein hinaus, sein eigenes Wesen schwand dahin und wurde mehr und mehr durch etwas Andersartiges ersetzt. Als er steifbeinig auf sein Zimmer zu torkelte und die Klinke herunterdrückte, war er schon nicht mehr Fionnbarra. Dieser war blind und taub geworden und versank in einer bedrückenden Schwärze, die ihm keinen Halt bot.

Das fremde Wesen aber war auch von Panik erfüllt. Eben noch war es in seiner klar strukturierten Welt gewesen. Da gab es ihn, Cormag, den Schamanen, und auch eine geistige Präsenz, die ihrem Wesen nach durch und durch nicht-menschlich war. Außerdem eine Sphäre der Erinnerungen eines weiteren nicht-menschlichen Wesens. Das war seine ganze Welt, über die er als Herrscher thronte. Alles war dunkel, still und wohlgeordnet gewesen. Bis zu diesem unerwarteten Moment der Verwirrung, als alles in einem gewaltigen Lichtblitz explodierte und ihn hinausschleuderte, hinein in einen männlichen Körper. War es Illusion? War er nun doch wahnsinnig geworden und halluzinierte wieder, aber dieses Mal so stark, dass sich alles nicht nur echt, sondern sogar wirklich lebendig anfühlte? In jeder Sekunde, die verstrich, verband sich sein Geist mehr und mehr mit diesem Körper.

Es war überwältigend. Allein schon Finger zu haben und sie bewegen zu können, einzeln, alle gleichzeitig. Eine Hand zur Faust ballen! Oder, das Gefühl zu erleben, wie Haut über Haut strich. Ein Handrücken war etwas Faszinierendes. Und erst diese Adern, wie sie sich unter der Oberfläche entlang schlängelten! Als seien es kleine, eifrige Schlangen, blutgefüllt, prall gefüllt mit warmer Lebenskraft. Leben! Cormag war wieder Teil eines lebenden Körpers. Überwältigend! Er hatte schon fast vergessen gehabt, wie es war, ein echtes Lebewesen zu sein. Und welches Glück, welches aberwitzige Glück, im Körper eines jungen, gesunden Mannes zu sein! Er war stark, oh ja, er hatte einen wirklich starken Willen. Es kostete Cormag einiges, dessen Geist in Schach zu halten. Er wehrte sich natürlich gegen die Besetzung. Aber selbst diese Kopfschmerzen, die der innere Kampf verursachte, waren köstlich.

Er erkundete vorsichtig die Wohnung, in der er sich nun befand. Fremdartig war sie, und, verglichen mit seinem alten Crofterhaus, das er bewohnt hatte bevor das Drachenschwert seine Seele fraß, geradezu luxuriös! Er verstand nicht Sinn und Zweck aller Geräte, die dort standen oder lagen. Aber er war im Paradies! Cormag genoss alles. Das Atmen, das Sehen, das Fühlen. Er hatte lange unter der Dusche gestanden. Heißes Wasser, kaltes Wasser. Kühle Luft auf nasser Haut. Gänsehaut. Eine Offenbarung! Dieser Körper war gut in Form. Er bewunderte die grandiose Tätowierung mit Tribalmustern, die sich über die rechte Körperhälfte zog, bis hin zu der knackigen Pobacke. Er war wieder jung! Sein Magen war prall gefüllt mit kalter Pizza. Er kannte diese Speise nicht, aber auf dem Pappkarton stand „Pizza". Das Bier, das er dazu getrunken hatte, sechs oder acht Dosen, so genau wusste er es nicht, war zwar nicht so gut wie Whisky, den er in dieser Junggesellenwohnung schmerzlich vermisste, aber immerhin! Alkohol war schon immer eines seiner Lebenselixiere gewesen. Mehr und mehr erinnerte er sich an sein altes Leben als Mensch in der Welt der Menschen. Schottland! Er war durch und durch Schotte und liebte die Highlands. Ach, und diese Freude, als er in den Sachen seines unfreiwilligen Gastgebers seine Adlerkette fand! Sofort legte er sie sich um den Hals. Ein gutes Omen. Aber wie war sie hierhergelangt? Warum war sie verformt? Und dann diese junge Schönheit, die vorhin hereingeschneit war. Oh, wäre er nicht so abgefüllt gewesen, er hätte sie sich ohne zu zögern genommen. Inzwischen wusste er sogar, wer sie war. Ja, er war jetzt in der Lage, in den Erinnerungen seines uncharmanten Gastgebers zu wühlen. Nicht so tief und weit, wie er es wollte. Der Bengel legte sich geistig einfach quer vor so manche Erinnerung und war wütend wie ein angeschossener Grizzlybär. Das Beste war, dass Cormag genau wusste, wo er sich befand. In Castle Glenmoran! Und, wer hätte das je gedacht? Der liebe kleine Tosh war jetzt Laird, und er hatte doch tatsächlich die Erdsängerin zur Frau genommen. Die ihm selbst zugestanden hätte! Cormag verzog wütend sein Gesicht. Er hatte die enormen Kräfte dieses Mädchens als erster erkannt, sie gehörte ihm! Aber er hatte sie unterschätzt. Sie war raffiniert. Sie hatte seine Schwäche instinktiv erkannt: Seine Gier nach Macht und Wissen. Er hatte dem Drachenschwert nicht widerstehen können und zahlte bitter dafür.

Oh, so bitter. Anfangs war es noch interessant gewesen, das Wesen des Schwertes und des ihm innewohnenden Metall-Elementals zu erforschen. Ein Elemental war die geistige Ebene, die Intelligenz eines Elementes. Metalle waren klar strukturiert, auf ihre Art faszinierend, aber sobald Cormag die molekulare Anordnung vollständig erkundet hatte, begann es ihn zu langweilen. Er konnte dort gar nichts tun! Er konnte nichts beeinflussen, nichts erschaffen. Nur sein. Und denken. Dann hatte Cormag herausgefunden, dass er mit dem geistigen Teil des Elementals kommunizieren konnte und sie entwickelten eine Art gemeinsame Sprache, sogar kleine Spiele. Doch auch das wurde Cormag irgendwann zu langweilig, denn dem Elemental waren natürliche Grenzen gesetzt. Mehr und mehr wurde das Schwert zu einem Gefängnis. Dann fand er allerdings heraus, dass der Elb, der dieses Schwert geschmiedet hatte, einen Teil seines Geistes hier drin verbarg. Cormag hatte wieder etwas, was eine ausführliche Erkundung wert war. Dieser Bruchteil des Elbenbewusstseins erschloss ihm Zugang zu allen Erinnerungen, die der Elb bis zu dem Moment der Anrufung der alten Drachengötter angesammelt hatte. Ein unfassbarer Schatz für Cormag – seine Existenz hatte wieder einen Sinn. Doch letztlich verschlimmerte die Schönheit dessen, was er aufnehmen konnte aus der Welt mit Namen Magiyamusa, nur sein Leiden. Er konnte nur betrachten, überdenken – aber nicht Teil davon sein.

Er war außerhalb.

Er war einsam.

Er war hilflos.

So vollkommen hilflos und ausgeliefert. Seine Gefühle überwältigten ihn. Damals, wie jetzt auch. Das Herz des Körpers, den er nun bewohnte, reagierte auf seine Gefühle und schlug schneller, es hämmerte gegen die Brust, die sich in raschen Atemzügen hob und senkte. Cormag wurde übel. Er ließ sich auf das Bett fallen und klammerte sich an die Wolldecke. Er wollte nicht allein sein. Hier zu sein, in diesem Zimmer, war plötzlich genauso furchtbar isolierend, wie im Schwert zu sein. Er brauchte menschliche Gesellschaft! Ob das schöne Mädchen wiederkommen würde? Ach nein, er hatte sie respektlos behandelt. Sie würde nicht zurückkommen. Doch konnte er anderen Menschen vertrauen? Konnte er sich so gut verstellen, dass er den Eindruck erweckte, er wäre tatsächlich Fionnbarra Mac Daragh? Cormag setzte sich wieder auf. Er musste nachdenken, durfte nicht schwach sein. Was konnte er mit diesem neuen Leben anfangen? Wäre es nicht besser, er würde diesen Ort verlassen? Dorthin gehen, wo niemand diesen Fionnbarra kannte?

Spontan beschloss er, in den Stall zu gehen und ein Pferd zu stehlen. Doch bald schon musste er feststellen, dass alle Pferde in seiner Nähe scheu wurden. Der Rappe wagte es sogar, nach ihm zu schnappen. Erbost versetzte er ihm einen Hieb auf die Nüstern. Wusste dieses dumme Vieh denn nicht, wer er war? Er war der große Cormag, Herr des Adlers, Schamane, Schwertwanderer! Er war der, der den Tod überwunden hatte! Und plötzlich stand er vor ihm. Er erkannte ihn sofort, obwohl Tosh inzwischen ein alter Mann geworden war. Cormag wurde klar, er hatte mehr als fünfzig Jahre in dem Drachenschwert verbracht. Aus einer Laune und Unsicherheit heraus, griff er nach dem Messer, das auf einer Kiste herumlag. In den Augen seines Gegenübers sah er Angst aufflackern. Das war gut. Alle sollten ihn fürchten, denn er war der Überwinder! Doch diese albernen, verfilzten Haare schmälerten seine Würde. Er schnitt sie einfach ab, Strähne für Strähne und warf sie verächtlich ins Stroh. Der Laird von Glenmoran suchte das Weite. Feigling! Auf einmal wurde er sehr müde. Seine Nerven flatterten. Alles war zu viel, zu viel ... er schaffte es gerade noch bis zum Heuhaufen in der Ecke des Stalles. Dort sank er taumelnd nieder und schlief gegen seinen Willen ein. Sein Brustkorb hob und senkte sich, der Atem wurde flacher – und dann setzte er ganz aus.

Die Pferde wurden noch unruhiger. Sie fühlten, dass mit diesem Menschen, der plötzlich anders roch, anders sprach und anders fühlte, als sie es von ihm gewohnt waren, etwas vor sich ging, was absolut unnatürlich war. Der Mensch röchelte plötzlich, holte tief Luft und seine Arme breiteten sich in einer Schreckbewegung nach oben und seitlich aus, als würde er fallen. Fionnbarra erwachte aus einem sehr seltsamen Alptraum. Sein Schädel brummte. *Was zum Geier mache ich im Stall,* dachte er missmutig, *habe ich es nicht bis ins Bett geschafft? Ich kann mich gar nicht erinnern.* Steifbeinig erhob er sich und zupfte Heu von seiner Kleidung. Die Pferde schienen beunruhigt zu sein. Sie hatten auch kein Futter. Wie konnte er nur so pflichtvergessen sein? Der Rappe wich vor seiner Hand zurück, als er ihm freundschaftlich die Stirn kraulen wollte.

Plötzlich zogen Erinnerungsblitze durch sein Hirn. Etwas stimmte hier nicht. Es war Abend gewesen, Ailith hatte irgendwas zu ihm gesagt. Und dann, dann ... war alles so seltsam und alptraumhaft geworden. Er konnte plötzlich nichts mehr sehen, nicht mehr sprechen. Da war etwas zwischen ihm und der Welt gewesen. *Beim heiligen Haggis meines Großvaters, habe ich sowas wie einen Schlaganfall?* Fionnbarra prüfte seine Gliedmaßen auf Beweglichkeit und tastete seine Mundwinkel ab. Alles in Ordnung. Dann fiel es ihm wie Schuppen von den Augen. Der Blitz hatte eingeschlagen! Er hatte mit Ailith einen Übungsschwertkampf gemacht und das Wetter war plötzlich umgeschlagen. Ailith war zusammengesunken! *Ich muss sofort zu ihr!* Er rannte über den Hof, durch die Eingangshalle, die Treppe hoch. Die Rufe der Hausdame ignorierte er. Nichts würde ihn davon abhalten, nach seinem Mädchen zu sehen. Plötzlich wurde ihm übel, er war erschöpft. Auf dem oberen Treppenabsatz brach er fast zusammen. Er spürte, das sich etwas Fremdes in ihm befand, sich wand und krümmte und wütend war. Stechende Kopfschmerzen machten ihn fast blind. Und da fiel es ihm wieder ein: Er hatte von einem Eindringling geträumt, der sich in seinem Geist breit machte und seine Erinnerungen stehlen wollte. Es war ein furchtbarer Traum gewesen. Der Fremde hatte sich seines Körpers bemächtigt und er selbst war hilflos gewesen, hatte keine Gewalt mehr über seinen Körper und sein Leben gehabt. Das Schlimmste daran war, dass er gar nicht wusste, was genau der Fremde mit seinem Körper machte. Er war blind und taub gewesen. Und völlig verzweifelt. Aber warum ging es ihm jetzt auf einmal so schlecht? Er sah alles doppelt. Hatte der Blitz ihm vielleicht einen Hirnschaden gemacht?

„Ailith", rief er verängstigt. „Bist du da?"

Eine Tür wurde aufgerissen. Tosh Warrington, sein Chef, baute sich breitbeinig vor ihm auf und starrte ihn wütend an. Sah er nicht, dass es ihm schlecht ging? Ailith schob sich an ihrem Großvater vorbei und auch ihre Oma kam auf den Flur. Alle hielten Abstand und schwiegen.

„Sunny, geht es dir gut? Hat der Blitz dir was getan?", brachte er mühsam hervor.

„Fionnbarra?" Zögerlich ging sie auf ihn zu, aber ihr Großvater hielt sie am Arm fest. „Bist du es wirklich? Was hast du mit deinen Haaren gemacht?"

Verblüfft schwieg der junge Mann. Wie war denn das gemeint? „Sunny, es geht mir auf einmal so schlecht. Dabei wollte ich sehen, wie es dir geht. Mr. und Mrs. Warrington, ich wollte Sie nicht stören, entschuldigen Sie bitte, dass ich so hereinplatze, aber ich machte mir Sorgen um Ailith. Ich ..."

Fionnbarra kam nicht mehr dazu, weiterzusprechen oder über Haare nachzudenken. Er brach vor den Augen der Familie zusammen. Ailith riss sich los und kniete neben ihrem Freund nieder. Er musste er selbst sein, niemand außer ihm wusste, dass er sie kosend ‚Sunny' nennen durfte.

„Fionnbarra, was ist mit dir? Sag doch was!"

Ailith rüttelte an seiner Schulter. „Oh mein Gott, er atmet nicht mehr! Opa, hilf mir doch! Oma, tu doch was! Er stirbt ja", heulte sie auf.

Da schlug er die Augen wieder auf und röchelte, zog gierig Luft in seine Lungen. Er packte grob den Nacken der jungen Frau und sagte mit einem widerlich schmierigen Grinsen: „Da bist du ja wieder, meine Schöne, kannst nicht von mir lassen, was?"

Tosh riss Ailith fort und schubste sie zu Tibby. „Verschwindet, ihr zwei. Es ist wieder Cormag. Steh auf, du Elender. Du wirst nie wieder meine Enkelin berühren und auch meiner Frau nicht zu nahe kommen, sonst töte ich dich."

Cormag erhob sich gelassen und bedachte den alten Mann mit einem verächtlichen Blick.

Unten in der Eingangshalle stand unschlüssig die Empfangsdame und lauschte. „Alles in Ordnung da oben? Mr. Warrington, braucht jemand Hilfe?"

„Nein, Lizzy, vielen Dank, ich habe alles unter Kontrolle. Sagen Sie Michael, er soll sich heute um den Stall kümmern, Fionnbarra ist krank."

Tosh machte eine unwirsche Geste, Tibby und Ailith sollten endlich ins Wohnzimmer zurückgehen. Er überlegte fieberhaft, wie er die Sicherheit der Frauen gewährleisten konnte. Dann fiel ihm etwas Hilfreiches ein. „Los, Cormag, auch ins Zimmer, wir haben zu reden. Und halte Abstand, ich warne dich!" Unauffällig ergriff Tosh den rasiermesserscharfen Strumpfdolch, der dekorativ auf der Spiegelkonsole lag, und verbarg ihn in seiner Hosentasche. Er warf einen kurzen Blick auf die

Frauen. Ailith war leichenblass und hatte nasse Augen, aber sie behielt die Kontrolle über sich. Tibby hatte ein grimmiges Feuer in den Augen. Tosh erkannte, dass Gaia bei ihr war und ihr Kraft verlieh. Die blaue Haarsträhne, die ihr Elbenblut bezeugte, schimmerte metallisch und ließ ihr weißes Altfrauenhaar noch prächtiger aussehen. Fionnbarras Körper schien wieder in Ordnung zu sein. Tosh hatte den Verdacht, dass das Aussetzen der Atmung mit dem Bewusstseinswechsel zusammenhing. Als er den Stall verlassen hatte, war Cormag an der Oberfläche gewesen, hatte die volle Kontrolle gehabt. *Es wäre hilfreich zu wissen, wie Fionnbarra es geschafft hat, die Oberhand zurückzuerlangen, denn eben noch, das war eindeutig der gute Junge gewesen, den wir alle kennen und der sich wirklich um sein Mädchen sorgt. Warum ist Cormag wieder Herr der Lage*, grübelte Tosh. Doch jetzt war die Zeit zu reden, nicht zu grübeln. Er durfte Cormag nicht die Führung des Gespräches überlassen.

„Setz dich dort in den Sessel, damit ich dich immer im Auge habe. Und dann erklärst du, was du mit dem Jungen gemacht hast."

Cormag deutete eine kleine Verneigung an und gab sich übertrieben unterwürfig. Es machte ihm Spaß, dieses Spielchen zu spielen. Auch wenn ihm nicht klar war, wie er so plötzlich aus dem Stall hierher gelangt war. Sollte Tosh doch glauben, er hätte ihn unter Kontrolle.

„Oh, der schläft. Naja, oder auch nicht. Ich habe ihn ein wenig zur Seite gedrängt, schließlich brauche ich seinen Körper."

„Kannst du ihn freigeben?"

„Können? Ob ich will, meinst du wohl. Nein, ich will nicht. Darum kann ich nicht. Dieser Körper ist jetzt mein Eigen. Tut mir leid, Schnuckelchen", säuselte er an Ailith gewandt, „aber wenn du mal Sehnsucht nach diesen herrlichen Muskeln und Lenden verspüren solltest, sprich mich ruhig an."

„Du verfluchter Mistkerl!" Tosh zückte den Strumpfdolch und war mit einem Satz bei Cormag, packte ihn am Schopf und drückte hasserfüllt die Klinge nahe an seine Schlagader. Ein dicker Tropfen Blut rollte langsam den Hals hinab, schlängelte sich über die schwarzen, geschwungenen Muster der Tätowierung.

„Nein, Tosh! Wir brauchen ihn noch." Tibby griff einer Eingebung folgend in die Schale, die auf der Fensterbank stand, und nahm einen Gegenstand heraus. „Kannst du dich daran erinnern, Cormag?"

Der ungebetene Gast aus der Vergangenheit blinzelte überrascht. Seine Atmung beschleunigte sich. Daran hatte er so lange nicht mehr gedacht.

„Du weißt, wem diese Brosche gehört hat! Was hast du mit ihr getan?" Tibby sprach mit unverhohlener Wut. Sie hatte so eine Ahnung …

Cormag starrte der Eule in die Augen. Sie hatte weiße Augen, so wie Ilysa ein weißes, blindes Auge gehabt hatte. Die Eulenbrosche trug sie damals quasi Tag und Nacht, sie war ihr Glücksbringer, ihr Alter Ego gewesen. Ilysa ... wenn sie ihm nur nicht gedroht hätte. Sie war doch selber schuld, dass ihre Knochen in der Schlucht verrotten. Er hatte ein Recht auf freie Wahl gehabt! Tibbys Macht war ungleich größer und nützlicher gewesen, als Ilysas Fähigkeit, durch die Zeit zu sehen. Cormag schnaufte nun und begann zu schwitzen. Ja, er hatte das Mädchen getötet. Ein Schlag ins Gesicht, und sie schwieg. Ein Stoß, und der Körper fiel hinab in die Schlucht. Das war es schon. Es hatte gar keine Mühe bereitet. Den Steinrutsch loszutreten, der ihren zerschlagenen Körper vor den Augen zufälliger Wanderer verbergen sollte, war schon anstrengender gewesen.

„Sie ist selber schuld!", stieß er hasserfüllt hervor. „Sie hat mir gedroht! Niemand droht Cormag, dem Schattenfürsten. Ja, ich habe sie getötet, ich! Ich hatte das Recht dazu!"

„Schattenfürst nennst du dich? Interessant. Ich habe eine Aufgabe für dich. Du wirst mit einem Schatten aus tiefster Vergangenheit deine Kräfte messen. Gaia befiehlt es dir! Dein Name steht im Mondrunenbuch."

Cormag spuckte verächtlich aus. „Niemand befiehlt mir! Ich habe den Tod bezwungen. Ich bin wieder da! Und meine Macht ist größer als je zuvor."

„Träum weiter. Deine Macht reicht nur bis hier und keinen Millimeter weiter." Tibby griff hinter den Fenstervorhang und holte schwungvoll das Drachenschwert des Elben hervor. Mit der Spitze zielte sie auf sein Herz. „Ein Zentimeter weiter, nur ein Zittern meiner Hand – und du bist wieder ein Schwertgeist. Willst du das?"

Cormag begann zu zittern. Er wimmerte wie ein kleines, verängstigtes Kind und schlug die Hände vors Gesicht. Tosh konnte noch gerade rechtzeitig den Dolch von seinem Hals nehmen. Verblüfft, aber auch hochzufrieden, schaute er seine Frau an. Sie hatte instinktiv das Richtige getan, um diesen Mistkerl unter Kontrolle zu bringen.

Ailith hingegen war entsetzt. So hatte sie ihre Großeltern noch nie erlebt. Würden sie Fionnbarra tatsächlich verletzen? Töten? Zum ersten Mal seit Langem sehnte sie sich nach ihren Eltern. Ihre Hände waren eiskalt. Das hier, das war etwas anderes, als mit einem Pferd über Hindernisse zu springen. Das hier machte ihr wirklich Angst und überforderte sie.

„Hör mir jetzt gut zu, Cormag, du feiger Mörder", fauchte Tibby. „Was du damals mit mir gemacht hast, ist mir einerlei. Ich bin damit fertig. Aber ich werde nicht zögern, Ilysa zu rächen, wenn du auch nur falsch mit der Wimper zuckst. Du wirst mir und

Gaia gehorchen. Vielleicht verschone ich dich dann."

Cormag begehrte auf: „Du würdest doch niemals diesen Körper töten, das würde das Püppchen dir nicht verzeihen."

„Ailith ist auch eine Erdsängerin. Nenne sie nicht ‚Püppchen'. Sie gebietet über das Element Luft. Es ist ihr ein Leichtes, einen Wirbelsturm herbeizurufen, und sie kann auch gezielt einen Blitz vom Himmel herabfahren lassen. Möchtest du mit Feuer und Schmerz Bekanntschaft machen? Weißt du eigentlich, dass deine Leiche verbrannt ist, zusammen mit der Berghütte?"

Tosh, der hinter Cormag stand, signalisierte Tibby, es nicht zu übertreiben. Man konnte nicht wissen, wie er reagieren würde, wenn sie ihn zu sehr in die Ecke drängte. Ailith bedeutete er, sich rauszuhalten. Mit den Lippen formte er lautlos: *Vertrau uns.*

„Wir bieten dir ein Geschäft an. Du kommst mit uns mit zum Drachenstein am See", begann Tosh. „Dort wirst du den Erdsängerinnen helfen, den Dämon aus dem Stein auszutreiben. Gaia will es so. Und danach, wenn deine Arbeit getan ist, lassen wir dich gehen. Wenn du deine Sache gut machst, gebe ich dir sogar eine Starthilfe. Na, sagen wir, in Höhe von 5000 Pfund. Und du wirst nie wieder in die Highlands kommen, ist das klar?"

Cormag überlegte fieberhaft: *Meine Kräfte messen mit einem Dämon, mit dem Gaia nicht allein fertig wird? Faszinierend. Sie wäre mir und der Schattenwelt zu Dank verpflichtet. Als Lohn könnte ich die kleine Blonde fordern. Oder, noch besser, ein Fürstentum in der Anderwelt. Ich werde zum Schein auf die Forderungen eingehen.* „In Ordnung. Um der alten Zeiten willen, als wir uns noch am Kaminfeuer gegenseitig Geschichten erzählt haben. Ich füge mich, aber haltet dieses vermaledeite Schwert von mir fern!"

Tibby zögerte einen Moment, dann senkte sie das Schwert und trat einen Schritt zurück. Sie traute ihm nicht, sie sah den Wahnsinn in seinen Augen. Aber er musste mit, koste es, was es wolle. „Morgen früh fahren wir. Bis dahin bist du unser *Gast.*"

Tosh verstand die Betonung des Wortes. Er führte Cormag zum nächstgelegenen Gästezimmer, den Dolch am Hals, und sperrte ihn ein. Als die Tür verschlossen war, begann er zu zittern. Die Aufregung war zu viel für sein altes Herz. Er lehnte sich an die Wand, schloss die Augen und sprach ein kleines Gebet, bat um Vergebung. Er hörte, wie Ailith ihrer Großmutter aufgebracht Vorwürfe machte. Doch ihm fehlte die Kraft, sich jetzt einzumischen.

Die Nacht war lang. Cormag hatte Mühe, diesen Körper wach zu halten. Er spürte nur allzu deutlich, wie sein rechtmäßiger Besitzer gegen ihn, den Besetzer, ankämpfte. Was so ein einzelner Buchstabe doch ausmachte … Cormag lächelte in sich hinein. Das Bett lockte. Doch die Gefahr, dass Fionnbarra wieder zu vollem Bewusstsein erwachen würde, war einfach zu groß. Cormag ging auf und ab, schaute aus dem Fenster, suchte im Zimmer nach interessanten Sachen, die ihn ablenken würden. Die Deckenlampe war ihm zu grell, er schaltete nur die Nachttischlampe an und drehte sogar den Schirm zur Wand, damit das Licht nicht in seine Augen fiel. Es überforderte ihn schlichtweg nach einem halben Jahrhundert ewiger Dunkelheit. Je länger Cormag nachdachte, umso mehr kam er zu dem Schluss, dass das alles kein Zufall sei, sondern Bestimmung. Ein gewolltes, herbeigeführtes Ereignis. Und da kam nur eins in Betracht: Die Schattenwelt rief nach ihm! Sie riefen nach einem starken Herrscher. Ja! Das, und nur das, kam als Erklärung infrage. Es musste sich herumgesprochen haben, dass der einzigartige Schamane, der Schatten-Schotte, sich auf eine Quest begeben hatte und nicht einfach so gestorben war. So ein lächerliches Missgeschick würde ihm nicht passieren. Was ist schon ein verbrannter Körper? Jetzt hatte er einen neuen, unverbrauchten jungen Körper. Grandios! Und sein genialer Geist hatte in der Verbannung nur noch an Kraft und Brillanz gewonnen. Ja, die Schattengeister sehnten sich nach ihm! Sie hatten Kenntnis erlangt von seiner Wiederkehr in die Welt. Doch waren sie nicht von dieser Welt. Seltsam. Hier war eine Lücke in der Logik. Cormag wischte diesen Gedanken unwillig beiseite. Sein Blick fiel auf eine gerahmte Fotografie. Sie zeigte einen Weißkopfadler. Majestätisch glitt er auf unsichtbaren Luftwegen über das Land. Natürlich! Das war es. Der Adler war sein Krafttier, sein Schlüssel zur Macht. Durch die kleine Ablenkung des unerwarteten Tods seines Körpers war der Adlerdämon, den er vor langer Zeit beschworen und gebannt hatte, wieder freigesetzt. Daher das Gefühl der Unvollständigkeit. Cormag lächelte wieder. Zeit, diesen widerspenstigen Vogel erneut unter seine Kontrolle zu bringen. Er war sich sicher. Das konnte er jetzt auch ohne Ritual, Rauch und Trommel zustandebringen. Derlei Konzentrations- und Hilfsmittelchen hatte er nicht mehr nötig. Er war der Schattenfürst!

Mittels einer Atemtechnik versetzte er sich in Trance. Spürte dem Flug der Adler in der Nebenwelt nach, lauschte dem vielstimmigen Flügelschlag ... jaaa, dort flog er, dort zog er seine Bahnen! Genoss nichtsahnend seine Freiheit und die Gesellschaft anderer Geistadler. Doch was war das schon gegen die Aussicht, dem Fürsten zu neuer Kraft zu verhelfen? Diese Ehre! Cormag breite seine

Arme aus, Fionnbarras kräftige Arme. Reckte seine Brust der Schattenwelt entgegen, öffnete seine Aura, schlug im Gleichtakt mit den Flügeln. Ja! Seine Arme wurden zu mächtigen Schwingen in seiner Vorstellung. Er hob ab, er flog! Er flog mit den Adlern, wurde zu einem der ihren. Unauffällig glitt er mit ihnen durch die giftgrünen Lüfte der Schattenwelt, seine Tarnung war perfekt. In aller Ruhe konnte er suchen und wählen. Und er wollte denselben wie damals. Dort, dort war er! Sich jetzt nur nichts anmerken lassen ... die Flugbahn leicht ändern, seine Nähe suchen ... jetzt flog er etwas seitlich versetzt über ihm. Dieser hier war nicht der Stärkste, nicht der Mutigste von allen. Nein, es war der, der das größte Bedürfnis zu dienen verspürte. Der Unterwürfigste, derjenige, der nichts mehr als Macht begehrte und bewunderte, doch sich selbst nicht für würdig hielt. Noch eine weitere kleine Änderung durch einen winzigen Flügelschlag. Jetzt war Cormag genau über ihm. Es war nun ein Leichtes, sich auf ihn zu stürzen, ihn in die Krallen zu bekommen und in sich selbst hineinzuziehen, ihn zu unterwerfen! Rasch kehrte Cormag in das Reich der Erde zurück. Seine Füße machten ein plumpes Geräusch, als sein Körper wieder von der Schwerkraft des Planeten beherrscht wurde.

Jetzt konnten die Dinge ihren Lauf nehmen. Er war auf alles vorbereitet.

Es war fünf Uhr in der Früh, als Tibby es nicht länger aushielt. Sie zog sich an, ging in die Küche hinunter und stellte ein Tablett mit einem nahrhaften Frühstück für Cormag zusammen. *Genaugenommen ist es für Fionnbarra*, dachte sie betrübt. *Junge Männer haben immer Hunger. Gaia, sag mir bitte, dass wir das Richtige tun.* Langsamen Schrittes stieg sie die Treppen hoch. Sie war froh, dass um diese Zeit noch niemand im Hotelbereich zugegen war. Der Tee schwappte ein wenig über und benetzte eine Scheibe des Haferbrotes. Das Muster ähnelte einem fliegenden Adler. Der Anblick ließ sie frösteln.

„Tosh, was machst du denn hier?" Verblüfft schaute sie auf ihren Mann, der sich einen Polstersessel direkt vor die Tür des Gästezimmers gezogen hatte. Das Drachenschwert lag auf seinen Knien, eine Hand fest am Knauf.

„Ich halte Wache."

„Ich habe gar nicht gemerkt, dass du aufgestanden bist."

„Bin gegen zwei Uhr aufgestanden. Hielt es für eine gute Idee. Soll das für mich sein?", fragte er hoffnungsvoll.

Tibby schaute bestürzt drein. „Nein, ehrlich gesagt, nicht. Das ist für Fionnbarra. Sozusagen. Wir können ihn doch nicht hungern lassen."

Tosh erhob sich aus dem Sessel, schob ihn beiseite. „Ich schließe jetzt auf, dann stellst du das Tablett gleich vorn im Zimmer ab und verschwindest. Wer weiß, wozu der imstande ist. Vor ein paar Minuten dachte ich, er wäre aus dem Bett gefallen, denn ich hörte ein Geräusch, als ob was runterfällt. Aber geh nur. Ich beschütze dich mit dem Schwert." Er zog den Schlüssel aus seiner Westentasche und steckte ihn ins Schloss. „Bist du dir ganz sicher?"

Tibby nickte. „Aber, Tosh, verstehe mich nicht falsch. Ich werde selbst hineingehen und dort bleiben. Ich will mit ihm reden. Und du wirst mich nicht davon abhalten."

Grimmig presste Tosh seine schmalen Lippen aufeinander. Diese Halsstarrigkeit seiner Frau trieb ihn noch mal in den Wahnsinn! „Ich lasse die Tür einen Spalt offen. Beim kleinsten Zeichen von Gefahr bin ich bei dir und steche ihn mit dem Schwert."

„Tosh, wir wissen nicht einmal, ob das Schwert wirklich ein zweites Mal seine Seele raubt. Es könnte möglicherweise auch einen von uns töten, wenn ich es mir recht überlege." Tibby wurde eine Spur blasser. „Die Schwert-Wesenheit ist ja wieder einsam."

„Oder sie ist auch in Fionnbarra drin! Weiß man's? Liebes, das alles ist so unnatürlich. Wir wissen im Grunde gar nichts sicher. Ich wünschte, Gaia ließe dich endlich in Ruhe!"

„Tosh! Wie kannst du das nur sagen? Gaia zu dienen ist mein Wesen, meine Berufung!"

Anstelle einer Antwort schloss er seufzend die Tür auf und ließ sie eintreten. Cormag stand am Fenster, die Hände auf dem Rücken verschränkt. Er murmelte leise vor sich hin, war in einer leichten Trance. Doch der Duft des Rühreis, der gebratene Speck und die Hefearomen des frischen Haferbrotes rissen ihn in die Realität zurück. Der Körper hatte Hunger. Mehr oder weniger gegen seinen Willen griff Cormag zum Teller und fing an, gierig zu essen. Er stöhnte leise, denn der sinnliche Genuss überwältigte ihn erneut. Der krosse Speck schmeckte ihm am besten, er leckte sich sogar das salzige Fett von den Fingern.

Tibby warf Tosh einen zufriedenen Blick zu. Wenigstens war Fionnbarras Körper versorgt. Ob er sie jetzt sehen und hören konnte? Wie fühlte er sich? Tibby war entschlossen, alles Menschenmögliche zu tun, um ihn von seinem Besetzer zu befreien. In erster Linie um seinetwillen, der so unschuldig in diese schreckliche Situation geraten war, aber auch für Ailith, die Fionnbarra von Herzen liebte.

„Cormag, sag, warum hast du damals in der Hütte das Drachenauge eingesetzt? Ich hatte dich doch gewarnt, dass das Schwert dadurch gefährlich wird. Kannst du dir auch nur ansatzweise vorstellen, wie furchtbar das für mich war, dich am Morgen tot vorzufinden? Ich war doch noch so jung. Du hättest es besser wissen müssen."

Der Mann atmete tief ein und aus. Dann verschränkte er nachdenklich seine Hände vor dem Bauch. „Ich kann mich erinnern. Die Versuchung war einfach zu groß. Ich wollte die Macht, die in dem Schwert lag. Es ist ein magischer Gegenstand, einzigartig. Du kannst das nicht verstehen. Nein, du kannst es dir nicht im Geringsten vorstellen, wie sehr du und dein Schwert mich fasziniert haben. Wir zusammen, wir hätten die Schattenwelt beherrscht. Du solltest meine Königin werden! Ich hätte dir ein ganzes Reich zu Füßen gelegt. Stattdessen hast du nun den da, der vor der Tür steht und sich nicht hineintraut."

„Tosh hat keine Angst vor dir. Es war mein Wunsch, allein mit dir zu sprechen. Du solltest keinen von uns unterschätzen."

Cormag starrte sie gebieterisch an, aber sie hielt dem Blick Stand. Zu ihrer Überraschung fing er innerhalb einer Minute an zu blinzeln und sah unsicher aus. Er räusperte sich und fragte dann mit belegter Stimme: „Du hattest gesagt, mein Körper wäre mit der Hütte zusammen verbrannt. Hast du aus Rache Feuer gelegt?"

Fassungslos schüttelte Tibby ihren Kopf. „Nein, so etwas würde ich niemals tun! Es war ein Blitzschlag, der das Feuer verursachte. Wie kannst du nur so von mir denken? Cormag, lassen wir die Vergangenheit beiseite. Ich bin hier um dich, bei allem was dir heilig ist, zu fragen, ob es eine Möglichkeit gibt, Fionnbarra zu retten. Siehst du eine Alternative?"

„Nein."

Tibby ließ ihre Schultern hängen. Sie hatte es befürchtet, doch sie wollte nichts unversucht lassen. Aber es musste einen Weg geben! Gaia konnte doch nicht solch ein Opfer fordern. „Du wirst aber zum Drachenstein mitkommen, ohne uns Ärger zu machen?"

„Ja, verlass dich darauf. Mir ist klar geworden, dass ich etwas gutzumachen habe. Es war falsch, Ilysa zu töten und dich zu bedrängen. Gaia hat mich bestraft mit der Gefangenschaft im Schwert, das weiß ich nun. Ich werde dir mit meiner ganzen schamanischen Kraft helfen bei dem, was du zu tun gedenkst."

„In zwei Stunden fahren wir los. Bis zum Abend sind wir da."

„Und danach lasst ihr mich gehen? Mit dem Geld?"

„Ja", flüsterte Tibby.

Als sie den Raum verlassen hatte und die Tür wieder verriegelt war, legte der selbsternannte Schattenfürst sich gemächlich aufs Bett und starrte an die Decke. Ein hämisches Lächeln zog über sein Gesicht. Die Macht im Drachenstein, die würde er seinem Willen unterwerfen und gegen die Warringtons wenden. Ja, sie würden seine Geiseln sein. Gaia hatte keine Chance gegen ihn. Eine grandiose Zukunft lag vor ihm!

-7-

Devilhenge

„Ailith, du fährst. Deine Oma sitzt vorn bei dir. Ich gehe mit Cormag nach hinten und behalte ihn ständig im Auge. Lizzy weiß Bescheid, dass wir heute erst sehr spät wiederkommen und Fionnbarra mitnehmen." Tosh gab energisch Anweisungen und überspielte damit seine Nervosität. In seiner Jackentasche lag schwer der Dolch. Er hoffte inständig, dass er ihn nicht brauchen würde. Jetzt musste er nur noch Fionnbarra herunterholen und zum Wagen bringen. *Nein, nicht Fionnbarra,* korrigierte er sich, *Cormag.* Es war zum Verzweifeln. Tosh verwünschte heimlich den Tag, an dem Tibby das Drachenschwert gefunden hatte. Er klopfte an die Tür des Gästezimmers und schloss auf. „Komm, es ist soweit. Mach uns keine Schwierigkeiten. Denk an die Abmachung."

Schweigend gingen die beiden Männer nach unten, durchquerten den Eingangsbereich des Hotels und traten vor die Tür. Cormag blieb wie angewurzelt stehen. Sein Herzschlag beschleunigte sich und er fing an zu keuchen. Er schwankte, klammerte sich an Toshs Arm. „Ich kann nicht", wimmerte er und lief zurück in die Hotelhalle. An der unteren Treppenstufe, die zum Privatflügel der

Warringtons führte, holte Tosh ihn ein und wollte ihn nach draußen zerren, aber Cormag stemmte sich dagegen. „Ich kann nicht."

„Was soll das heißen?", zischelte Tosh. Sein Blutdruck stieg im selben Maß wie seine Frustration. Die kleine Ader an seiner Stirn schwoll an und pulsierte rhythmisch mit dem Pulsschlag.

„Sie ist so groß."

„Wer ist groß? Ich verstehe nicht."

„Die Welt. Der Himmel über uns. Der Raum ist unendlich! Ich habe das Gefühl zu fallen, nach oben zu fallen."

„Aber das ist doch blanker Unsinn!" Doch ein Blick in die Augen des Mannes, der wie ein Häufchen Elend auf der Stufe hockte, sagte Tosh, dass diese Angst echt war. *Irgendwie verständlich, er war für eine halbe Ewigkeit in Dunkelheit und Einsamkeit gesperrt gewesen. Und jetzt der weite Himmel, all das Licht, die Sinnesüberforderung ...* Aus dem Augenwinkel sah Tosh, wie Lizzy neugierig ankam und überlegte blitzschnell eine Strategie.

„Geht es Fionnbarra nicht gut?" Die Hausdame legte mitleidig ihre Hand auf die Schulter des Stallmeisters. Unwillig stieß er ihre Hand weg.

„Er hat eine schlimme Bindehautentzündung und das Tageslicht tut ihm weh. Lizzy, dürfen wir uns Ihr Halstuch ausleihen? Wir bringen ihn jetzt zum Augenarzt."

Er band das Tuch um Cormags Augen und führte ihn zum Wagen. Tatsächlich beruhigte sich der Mann durch die Sinnesdeprivation. Dafür klopfte jetzt Toshs Herz ein wenig schneller und nicht so regelmäßig, wie es sollte. *Nicht zu fassen, wir sind noch nicht wirklich unterwegs, und ich bin schon fix und fertig. Ich bin zu alt für diesen Scheiß!*

„Fahr los, Ailith."

„Tosh? Warum die Augenbinde?" Tibby schaute ihren Mann skeptisch an. „Das sieht so nach Entführung aus."

Tosh lachte bitter auf. „Mein Herz, genau das ist es im Grunde auch, was wir hier machen. Aber es ist eine Hilfe für Cormag. Das Licht und die Weite unter dem Himmel überfordern ihn."

Nach einiger Zeit hatten das leise Brummen des Motors und das sanfte Schwingen des Wagens Cormag beruhigt. Er streifte die Augenbinde ab, blinzelte vorsichtig. Mit langsamen Bewegungen strich er über die Wagendecke, das Fenster, die Autotür. Ein tiefer, wohliger Seufzer entfuhr dem Mann.

„Besser, viel besser so. Fast so eng wie im Schwert. Nur mit dem großen Unterschied, dass ich in menschlicher Gesellschaft bin und große Dinge sehen kann. Echte Wolken! Seht doch nur, wie majestätisch sie fliegen! Und erst die Highlands, gepriesen sei der große Adler, wie sehr habe ich die Berge vermisst!"

Er gab noch einen wohligen Laut von sich. Dann kam er ins Erzählen und wollte nicht mehr aufhören.

„Ihr könnt euch das nicht vorstellen, wie es ist, nur Geist zu sein. Es ist so völlig anders. Ich konnte die molekulare Ebene des Metalls wahrnehmen und erkunden. Immer tiefer, immer tiefer vordringen. Aber da war eine Grenze. Ich ahnte, wenn ich diese Barriere durchstoße, würde ich mich auflösen und nicht mehr sein. Oder aber, ich wäre auf der anderen Seite das große Ganze geworden. Vom Tiefsten, Kleinsten wechseln zum Höchsten, Größten – ich wäre das Universum gewesen! Das hat mich sehr erschreckt.

Und wenn ich keine Erinnerungen mehr in mir fand, die ich betrachten konnte, dann dachte ich mir welche aus und redete mir ein, so sei es gewesen. Ich sah vor meinem geistigen Auge, wie meine Kollegen mich hochleben ließen und meinen Erfolg mit mir ehrlich feierten. Sie waren meine Freunde! Ja, sie mochten mich wirklich und ich mochte sie. Das wiederholte ich so lange, bis ich es als wahr fühlen konnte. Und dann war ich glücklich. Ich habe sogar den Geschmack von Kuchen auf meiner nicht vorhandenen Zunge gehabt. Und wenn ich es wollte, war ich wieder ein kleiner Junge und saß auf dem Schoß meines Vaters, zupfte an seinem Bart. Ich lag auch in meinem Bettchen und lauschte der sanften Stimme meiner Mutter, die mir Geschichten zur guten Nacht erzählte, wenn ich kränkelte und nicht schlafen wollte. Und wenn mir dies langweilig wurde, dann ersann ich mir Geschwister. Haustiere! Ich machte unser Haus groß – ich machte es ganz klein, so winzig klein, dass wir in einer Erbsenschote Platz hatten. Ja, ich war der Herrscher meiner Welt. Aber ich war auch ihr Gefangener. Manchmal, wisst ihr, wenn ich dem Wahnsinn nahe war, dann flog ich wie wild zwischen den winzigsten Teilchen der Materie des Schwertes umher. Ich stellte mir vor, so schnell zu fliegen, dass ich einen gleißenden, glühenden Feuerstreif hinter mir herziehe. Damit es endlich hell würde."

Die letzten Worte flüsterte er. Cormag schwieg nun abrupt. Ein Schluchzen entfuhr seiner Kehle. Dann begann er haltlos zu weinen. „Es war so dunkel, so schwarz! Ich habe mich so sehr gefürchtet!" Er heulte auf wie ein kleiner Junge.

Betroffen und verunsichert nahm Tosh kurz die Hand des Mannes, dessen Seele in Scherben zerbrach. Er tätschelte hilflos seinen Handrücken, um sein Mitgefühl auszudrücken. Tibby hatte Tränen in den Augen. Welches Leid hatte sie Cormag beschert, indem sie damals das Schwert zu ihm brachte! Und nun war sie im Begriff, ihn ein zweites Mal zu töten. Sie ahnte es, und je länger sie diesem Gefühl nachspürte, umso mehr wurde es zur Gewissheit. Sie wandte sich um und streckte ihren

Arm zwischen den Vordersitzen hindurch und legte ihre Hand auf sein Knie. „Es tut mir so leid, bitte verzeih mir."

Die Schultern des Mannes, dessen Geisteskraft sich mehr und mehr erschöpfte, bebten. „Ich muss wach bleiben", wisperte er. „Aber ich bin so müde. Muss wach bleiben. Sonst kommt er wieder nach oben."

Tosh räusperte sich, um den Kloß im Hals loszuwerden. „Schlaf doch ruhig, bis wir bei Devilhenge sind. Du wirst deine Kraft für den Kampf brauchen." Fionnbarras Körper sah sehr erschöpft aus. Er hatte dunkle Schatten unter den Augen, sein Gesicht war bleich und auf Hals und Wangen hatte er hektische, rote Flecken. Tosh hoffte inständig, dass Cormag der Müdigkeit nachgab, damit Fionnbarra wieder an die Oberfläche kommen konnte. Doch Cormag öffnete das Türfenster. Die frische Luft sollte ihm helfen, wach zu bleiben.

„Tibby? Oder sollte ich dich lieber Lady Isabell nennen? Mrs. Hochwohlgeboren Warrington? Ach nein, du bist ja Geringgeboren. Wie hätte die Erdsängerin es gern?" Cormags Tonfall glitt wieder ins Spöttische, und Toshs Mitgefühl verringerte sich schlagartig gegen Null. „Wäre es nicht an der Zeit, dass du den Schattenfürsten in seine Aufgabe einweist?", insistierte Cormag.

„Ja, Oma, weise uns doch mal in deine Pläne ein", kam es schnippisch von Ailith rüber. Irritiert vom Tonfall schaute Tibby zu Tosh, doch der zog nur ratlos seine Augenbrauen hoch und schaute zwischen Cormag und Ailith hin und her.

„Ich werde es wissen, sobald wir am Ziel sind. Gaia wird dort zu mir sprechen."

Cormag versank in ein tiefes Schweigen. Ebenso Ailith. Sie warf während der Fahrt immer wieder einen nervösen Blick in den Rückspiegel. Als sie die Ortschaft Tincraig lange hinter sich gelassen hatten und zwischen Rapsfeldern fuhren, trat sie plötzlich auf die Bremse und brachte den Wagen zum Stehen. Ein nachfolgender Kleinbus konnte im letzten Moment ausweichen. Der Fahrer gestikulierte wild und wütend. Ailith lief rot an und schlug wutentbrannt auf das Lenkrad ein.

„Ich kann das nicht! Ich will das nicht! Wir fahren jetzt also nach Devilhenge, ohne genau zu wissen, was wir dort tun sollen? Und danach wird Fionnbarra einfach so aus meinem Leben verschwinden? Ihr denkt wirklich, dass ich das so hinnehme? Verdammt, ich liebe ihn! Und es ist meine Schuld, dass jetzt dieser verfluchte Schwertgeist in ihm hockt und seinen Körper stiehlt. Und ihr macht mit diesem Ungeheuer auch noch Geschäfte! Ihr habt ihm Geld geboten! Ich kann euch nicht verstehen. Was ist nur los mit euch?"

Tibby legte beschwichtigend ihre Hand auf den Arm ihrer Enkelin, aber Ailith schlug die Hand unwirsch fort.

„Liebes, das ist nicht mehr der Mann, den du liebst. Fionnbarra ist möglicherweise für immer verloren. Wir können nur zu Gaia und Gott beten und sie bitten, uns zu helfen und zu führen."

„Gaia, Gaia, Gaia! Ich kann das nicht mehr hören. Die benutzt uns doch nur für ihre Zwecke. Was geht mich die Vergangenheit und die Erde an? Wir alle sind doch nicht mehr als Eintagsfliegen für den Planeten." Ailith bebte vor Entrüstung.

Tibby schwieg betroffen. Sie hätte sich mehr Zeit für das Mädchen nehmen müssen, für seine Gefühle und Ängste. Sie hatte ja so Recht. Es wurde zu viel von ihr verlangt. Gab es vielleicht doch einen Weg, Fionnbarra zu befreien? Hatte sie etwas übersehen? Tibby dachte angestrengt nach, doch fühlte sie sofort, dass nicht Denken das Problem lösen konnte. Nein, die Antwort hieß nach wie vor *Vertrauen*. Aber wie konnte sie das ihr glaubhaft machen, wo sie doch selber leise Zweifel hegte? Der Kampf würde ein Opfer erfordern, doch wusste sie nicht genau, worin es bestehen würde.

„Bitte, Ailith. Wir müssen weiter. Soll ich vielleicht lieber fahren?"

Wortlos startete Ailith den Motor und setzte den Wagen wieder in Bewegung. „Eines ist sicher: Wenn ich bei Devilhenge auch nur den Hauch einer

Möglichkeit sehe, Fionnbarra zu retten, so werde ich sie ergreifen."

„Das gilt auch für uns, Kind", entgegnete Tosh mit brüchiger Stimme.

Es war unter Cormags Schattenfürst-Würde, an die Abmachung zu erinnern.

Die Fahrt zum See wurde nur ein weiteres Mal unterbrochen, um ein leichtes Mahl in einem Ausflugslokal einzunehmen. Als Ailith und Tibby eine Weile allein waren, verlangte Ailith umzukehren und mit Fionnbarra einen Arzt aufzusuchen.

„Und was glaubst du, wird der tun? Er wird den Ärmsten für schizophren halten und ihn in eine Anstalt sperren. Dort werden sie ihn mit starken Medikamenten zuschütten. Ich weiß, wovon ich rede! Das ist so sinnlos. Er ist nicht krank, sondern besessen."

„Dann müssen wir eben zu einem Priester. Er soll den Schwertgeist austreiben!"

Tibby verlor langsam die Geduld. „Ein Exorzismus? Träum weiter. Das, was wir vorhaben, ist eine Nummer größer." Sie japste nach Luft, weil ihr schwindelig wurde. Halt suchend griff sie nach Ailiths Hand.

„Oma, deine Haarsträhne schimmert. Gaias Kraft in dir steigt an."

„Ja, ich fühle es schon seit einer Stunde. Wir müssen uns nun beeilen, an den See zu kommen."

Wieder unterwegs, fiel Tibby in eine leichte Trance. Sie sang leise eine eintönige Melodie. Ihr Blick war in die Ferne gerichtet, auf Ansprache reagierte sie nicht mehr. Cormag fiel nach einiger Zeit ebenso leise in den Gesang ein, sein Bariton umspielte und begleitete das Thema kontrapunktisch als zweite Stimme. Es war für Tosh und Ailith schwer, sich der Faszination dieser Klänge zu entziehen. Besonders Ailith, die am Steuer saß, musste aufpassen, dass sie nicht auch noch mitsang und die Konzentration verlor. Und, was ihr besonders nahe ging, sie hörte zum allerersten Mal Fionnbarras Singstimme. Er hatte immer gesagt, sein Gesang sei wie das Krächzen einer angeschossenen Krähe. Dabei war seine Stimme wunderschön. Offenbar wusste er sie einfach nicht zu gebrauchen. Dieser verfluchte Schwertgeist hingegen schon. Je stärker ihr Schuldgefühl wurde, umso mehr hasste sie den Schamanen Cormag. Es musste doch einen Weg geben, Fionnbarra zu befreien. Ob das Schwert der Schlüssel dazu war? Ailith überlegte, ob sie es am See unauffällig an sich nehmen sollte, in der Hoffnung, dass es immer noch nach Blut und Seele hungerte. Fionnbarras Blut, aber Cormags Seele! Die Wunde würde heilen und Fionnbarra würde ihr sicher verzeihen und das Leben ginge wie gewohnt weiter. *Ha! Wenn Mutter wüsste, was wir hier machen ... Vater würde es wohl noch verstehen, wenn auch nicht gutheißen. Aber Mutter? Irgendwann wird sie dahinterkommen, wen sie geboren und großgezogen hat. Und dann?*

Der Himmel verdunkelte sich zusehends. Regen klatschte auf die Windschutzscheibe. Ein böiger Wind ließ das Hinweisschild „*Devilhenge, 5 Meilen*" wackeln. Tosh, erschöpft von der Aufregung des Tages, war in einen Schlummer gefallen. Sein Kopf lehnte an der Fensterscheibe und er schnarchte leise. Ailith fuhr die letzten Meilen schneller als nötig. Die Straße war wie leergefegt, nur auf der Gegenseite kamen mehrere Wagen in schneller Folge entgegen. Es war, als hätte ein Exodus vom Ausflugsgebiet eingesetzt. *Bei der sich rapide verschlechternden Wetterlage kein Wunder*, dachte Ailith. Als sie auf dem nunmehr leeren Parkplatz am See den Motor abstellte, verstummten ihre Großmutter und der Schwertgeist, und auch Tosh erwachte just in diesem Moment. Er fuhr sich verstört durch sein weißes Haar, holte tief Luft und konnte nicht fassen, dass er nicht allzeit wachsam gewesen war. Der Regen ließ nun stark nach. Sogar der eine oder andere Sonnenstrahl fand seinen Weg zwischen Wolkenbergen hindurch hinab zum See. Wortlos verließen die Warringtons und Cormag ihr Gefährt. Ihre Gesichter waren ernst. Sie betraten den Pfad, der zum See und zur Steinformation namens Devilhenge führte. Tosh trug das Schwert in beiden Händen, als wolle er es der Dame vom See überreichen. Doch hier war nicht Avalon und er trug nicht Excalibur. Dieser Ort hatte etwas durch und durch Düsteres, obwohl der wuchernde Ginster blühte und goldgelb erstrahlte, als ob er das Sonnenlicht ersetzen wollte.

Von dem Steinkreis aus grauer Vorzeit standen nur noch drei Megalithen aufrecht. Die anderen lagen kreuz und quer auf dem Boden. Efeu und Moos überwucherten den Granit. Spinnen huschten hin und her. Ihre Netze waren vom Unwetter weitgehend zerstört.

Tibby erzitterte. Sie war nun erfüllt von Gaias Macht. Innerlich hörte sie eine leise Stimme. Es war die Zauberin, die durch das Mondrunenbuch zu ihr gesprochen hatte. Jetzt offenbarte sie den Rest der Botschaft, die durch die Zeit gereist war, um das Schicksal des Dämons zu besiegeln. Tibby hatte es geahnt, dass die Zauberin aus gutem Grund erst jetzt die letzten Anweisungen gab.

„Tosh, gib Cormag das Schwert."

„Was? Ich denke ja gar nicht daran. Das ist viel zu gefährlich, ich traue ihm nicht."

„Tu, was ich dir sage!", herrschte Tibby ihren Mann an.

Toshs Gesichtsausdruck war hart wie der Granit von Devilhenge, als er widerwillig gehorchte. Tibby war jetzt nicht mehr einfach nur seine Frau, sie war jetzt die Gesandte Gaias und er hatte sich zu unterwerfen.

„Sieh dich bloß vor, Cormag", murmelte er. „Ich bin immer noch bewaffnet."

Die Hände des Schattenfürsten zitterten leicht, als er das Zeremonialschwert entgegennahm. Er spürte mit leisem Entsetzen, dass ein Teil von ihm sich in das Schwert zurücksehnte. Dabei fing er doch gerade an, sich in der freien Natur einigermaßen wohl und sicher zu fühlen. Die tiefhängenden Wolken halfen ihm dabei.

„Cormag, geh du von Stein zu Stein und berühre sie alle mit der Schwertspitze. Der richtige Stein wird dir antworten mit dem Aufleuchten einer Rune. Fahre dann mit dem Schwert die Rune nach, bis ich dir sage, du sollst aufhören. Tosh, du gehst bitte an den Anfang des Pfades zurück und sorgst dafür, dass sich kein Tourist hierher verirrt. Bitte, sei so gut. Jetzt! Ailith, du wirst mit mir singen und tanzen. Wir müssen eine außerweltliche Brücke bauen."

Tosh schnaubte vor Wut und Angst. Tibby und Ailith allein lassen mit dieser Kreatur? Und doch gehorchte er. Er fühlte es in jeder Faser seines Körpers, dass hier nun die Magie der alten Zeit die Herrschaft übernahm, und er konnte rein gar nichts tun. Nichts dafür, nichts dagegen. Er konnte es Tibby nur leichter machen, indem er tat, worum sie ihn bat. Und doch ging er nicht den ganzen Weg zurück. Nur so weit, dass er das Geschehen noch einigermaßen im Auge hatte, aber auch den Parkplatz überwachen konnte.

Ailith war nun auch erfüllt von der Macht Gaias. Ihr helles Haar nahm einen leicht blauen Schimmer an. Kleine Funken, Miniaturblitze sozusagen, sprühten aus ihren Haarspitzen.

Tibby flüsterte ihr zu: „Erwecke den Sturm erneut. Wenn ich dir ein Zeichen gebe, dann lass einen Blitz herabfahren auf den Runenstein. Das wird den Dämon wecken. Cormag wird ihn herauszwingen und unschädlich machen."

„Aber wie?", wisperte Ailith.

„Schon vergessen, dass er sich Schattenfürst nennt? Er hat eine finstere Art der Macht in seinem Geist, und sie ist nicht weniger stark als unsere. Sogar noch stärker, weil er skrupellos ist. Doch ich vertraue Gaia."

„Hier ist er!", schrie Cormag. Auf dem mittleren Monolith war ein hellblau schimmerndes Zeichen erschienen, es flackerte wild. Der Wind fuhr über das Wasser des Sees und peitschte es auf. Ailith und Tibby näherten sich dem Stein. Sie konnten nun die Anwesenheit einer zornigen, hasserfüllten Präsenz spüren. Der Dämon regte sich. Die Frauen machten wiegende Tanzschritte und umrundeten langsam in einiger Entfernung den Fels. Durch ihre Fußsohlen strömte die Kraft der Erde in sie hinein, gab Halt und Schutz. Sie stimmten gemeinsam einen Obertongesang an und es war, als würden vier Stimmen singen. Ailith erlag der Faszination der Macht. Sie gab sich ganz hin, wurde Teil des Windes und lenkte die Luftmassen nach ihrem Willen. Der Deva der Luft beugte sich demütig, denn sie war nun Gaias Tochter, eine Sängerin und Magierin. Ailith vergeudete in ihrem Rausch keinen Gedanken mehr an Fionnbarra oder an ihre Großeltern.

Cormag zog ohne Unterlass mit der Schwertspitze die Rune nach. Mit Begeisterung spürte er, dass das Drachenschwert sich mit Energie füllte, es zog die Kraft aus der aufgeladenen, knisternden Atmosphäre. *Endlich! Ich kann meine Kräfte mit einem ebenbürtigen Gegner messen. Die Anerkennung der Schattenwelt ist überfällig. Ich bin der Fürst! Ich habe die Macht! Alle sollen niederknien und mir huldigen,* dachte Cormag mit Inbrunst und gab sich seinem Wahn mit Wonne hin.

„Schattenfürst! Schlage drei Mal gegen den Fels, lass das Drachenschwert tanzen und wecke ihn, den schaurigen Dämon, denn seine Zeit zu Sterben ist nun gekommen!", schrie Tibby theatralisch gegen den Wind an, um Cormags vermeintliche Allmacht kundzutun und seine Eitelkeit zu reizen.

Beim ersten Schlag erbebte der Fels und kleine Steinchen bröckelten.

Beim zweiten Schlag erschien der Dämon und wuchs wie brennendes Licht aus dem Fels heraus, doch war er noch fest gebunden. Seine hässliche Echsenfratze trug Zeichen der Qual. Er jammerte laut: „Gebüßt habe ich – im Stein. Bereut habe ich – mit Schmerz. Gebrannt habe ich – im Feuer der Zeit. Gefleht habe ich um Gnade – doch vergeblich!"

Beim dritten Schlag des Schwertes auf den Stein beendete Tibby die Umkreisung und riss ihre Arme hoch, als Zeichen für Ailith.

Ein Blitz fuhr vom Himmel herab, geführt durch Ailiths Hand, und spaltete mit einem gewaltigen Lärm den Fels. Zischend, geifernd und kreischend fuhr der Dämon aus, gebannt durch das Drachenschwert, beherrscht durch den Schattenfürsten. Das Schwert in seiner Hand vibrierte stark, es zwang den Dämon unter seine Gewalt. Da! Es zerbarst! Für einen Moment waren Schwert, Mann und Dämon vereint, ein Wesen in dreierlei Gestalt. Glühende Funken erhellten Devilhenge wie ein kunstvolles Feuerwerk und fielen zischend in den See und dort, wo sie auf die Erde sanken, verdorrte das Efeu und anderes Grün. Die Spinnen hatten längst Reißaus genommen.

Gaias Stimme, schön und schrecklich zugleich, ertönte aus Tibbys Kehle: *„Was nun endlich sterben soll, muss lebend sterben, zum Wohle der Welt. Es muss in ein lebendiges Gefäß gegossen werden, um wiederum ausgegossen zu werden in den Abgrund, aus dem es kam."*

Ein Adler und eine Echse in geisterhafter Gestalt umkreisten wirbelnd den Mann, dessen Gesicht kreideweiß war. Sie alle kämpften um ihr Leben.

Ailith und Tibby verstärkten ihre Anstrengungen und schufen unsichtbar eine Brücke in eine jenseitige Welt mit der Kraft der Imagination. Der Dämon sollte ein für alle Mal verschwinden und die Erde nicht länger mit seiner Anwesenheit vergiften. Der Kampf nahm zu an Härte und Verbissenheit. Die Tiergeister rangen grausam miteinander, rissen sich mit Klauen und Schnabel fürchterliche Wunden. Die Augen des Mannes, der im Mittelpunkt des Kampfes stand, waren weit aufgerissen. Nackte Angst hatte ihn ergriffen. Doch dann wurde es auf einmal ganz still. Adler und Echse versanken ineinander verschlungen im Körper des Mannes. Ein epileptischer Krampfanfall streckte ihn nieder. Ein Schauer nach dem anderen durchfuhr den bebenden Körper. Schaum quoll ihm aus den Mundwinkeln. An einem Stein schlug er sich die Handknöchel blutig. Ein lautes Stöhnen entfuhr ihm, dann ein Seufzen. Er röchelte, atmete lange aus. Aber nicht mehr ein.

In seinem Inneren tobte ein entsetzlicher Kampf. Cormags Geist hatte seine schamanische Adlergestalt beibehalten. Der Dämon zeigte sich als vierbeinige, geifernde Echse mit spitzen Zähnen. Der Adler krallte sich an den Echsenhals, hackte mit seinem scharfen Schnabel nach den schwarzen Augen. Er hatte sofort erkannt, dass der Dämon die unschuldige Seele Fionnbarras verderben und zu seiner Heimstatt machen wollte. Doch dieser

Körper gehörte ihm, ihm! Ohne Körper war er verdammt, endgültig zu sterben, denn in das Drachenschwert konnte er nicht zurückkehren, nun, da es zerborsten war. Je länger Cormags menschliches Bewusstsein mit dem dämonischen kämpfte, umso mehr erkannte er die Ähnlichkeit zwischen dem dunklen Anteil seiner Seele und der dämonischen Seelenfinsternis. Sein Leben als Mensch und Schamane zog im Bruchteil einer Sekunde vor seinem geistigen Auge vorbei. Er erkannte, je älter er wurde, umso mehr hatten seine schwarzmagischen Praktiken das Licht seiner Seele erstickt, bis er schließlich zu Ilysas Mörder geworden war. Sein Gewissen erwachte mit aller Macht und er sah auch seine Schuld gegenüber der jungen, naiven Tibby, die er getäuscht und entführt hatte, um sich an ihrer reinen, weißmagischen Macht zu nähren. Und doch, er hatte sie auch geliebt. Jetzt erkannte er es, dass sein Begehren zum kleinsten Teil aus echter Liebe entsprungen war. Cormag fühlte die entsetzliche Angst Fionnbarras, der sich an seinen sterbenden Körper klammerte. Doch war es nicht die Angst vor dem Tod, sondern die tiefe Liebe zu Ailith, die ihn um sein Leben kämpfen ließ. Cormag ließ es zu, nur für eine Sekunde, dass sein eigenes Herz sich davon berühren ließ. Doch dann war es zu spät für derlei Gefühligkeit. Drei Wesen - Geistadler, Dämon und Mensch - wurden ruckartig vom Körper ausgestoßen, fortgerissen, und sie fielen in eine raum- und zeitlose Zwischenwelt. Aus lauter Boshaftigkeit wollte der Dämon als letzte Untat noch die Seele des Mannes mit ins Verderben hinabreißen, doch der Adler warf sich entschlossen dazwischen und packte die Echse! Mit gewaltigen Flügelschlägen zog er ihn fort von Fionnbarra, hin zu dem eiskalten Höllenschlund, der sich vor ihnen auftat. *Dies sei meine Buße. Gott, bitte vergib mir*, war Cormags letzter Gedanke.

Er blickte sich ein letztes Mal um und sah, wie ein engelhaftes Lichtwesen Fionnbarras Seele sanft in die Arme nahm und schützend mit Liebe umhüllte.

Der Eisfeuerschlund, die Heimat aller Dämonen, kam immer näher. Cormag ahnte, dort würde seine Seele restlos verdorben werden und selbst zu einem Dämon. Doch es war zu spät für ihn, zu spät! Er ergab sich in sein Schicksal, doch ließ er die nach ihm schnappende, wütende, hasserfüllte Echse nicht aus seinen Krallen. Seine letzte Tat sollte eine gute sein. Im allerletzten Moment kam etwas, das größer und stärker war als er und riss ihn los, schleuderte mit Wucht den Dämon in die Finsternis und verriegelte das Höllenweltentor, setzte ein neues Siegel darauf. Den ermatteten Schamanenadler aber, den nahm es auf seine Fittiche aus Licht und flog mit ihm zu einem anderen Tor. Es tat sich auf und eine Art blauer Himmel war zu sehen über gewaltigen Gebirgszügen und tiefen, grünen Tälern. Der Adler erstarkte augenblicklich und schwebte hinein, fassungslos und zutiefst dankbar. Das war das letzte, was Fionnbarra sah, bevor er in einen Zustand des Seelenschlafes glitt.

Gaia zog ihre Anwesenheit zurück. Die Frauen waren wieder einfache Menschen. Tibby sank erschöpft auf dem nächstbesten Fels nieder und schlug die Hände vors Gesicht. Tosh hielt es nicht länger aus und kam angelaufen. Ailith aber stand fassungslos sekundenlang still und starrte auf den Mann, der dort lag, bleich und tot. Tot! Aufheulend lief sie zu ihm und kniete an seiner Seite nieder. „Fionnbarra, atme! So atme doch." Mit fahrigen Bewegungen versuchte sie, ihn wiederzubeleben. Vergeblich. Sie war entsetzt über sich selbst, weil sie sich ganz dem Machtrausch hingegeben hatte. Sie streichelte das Gesicht des jungen Mannes und ergriff seine schlaffe Hand, um sie mit Küssen zu bedecken. Ihre Tränen nahmen kein Ende. Und dann erinnerte sie sich an die Worte, die Gaia durch ihre Großmutter gesprochen hatte: *...was sterben soll, muss lebend sterben, muss in ein lebendiges Gefäß gegossen werden...* Sie hatte es gewusst!!!

Wut, eiskalte Wut stieg in ihr auf. „Du hast es gewusst, nicht wahr? Du hast alles so geplant!" Ailith baute sich vor Tibby auf, die Hände zu Fäusten geballt. „Wie konntest du nur Fionnbarra opfern? Und du hast mich mit hineingezogen, hast zugesehen, wie ich meinen Liebsten umbrachte! Ich hasse dich!", schrie Ailith.

Traurig blickte Tibby auf und schluchzte. Tosh war völlig von der Situation überfordert. Er hatte seinen Arm um die bebenden Schultern seiner Frau gelegt und wollte gleichzeitig auch Ailith in den Arm nehmen, doch wusste er, dass sie dies nicht zulassen würde. Hatte Ailith etwa recht mit ihrer Anschuldigung? Würde Tibby wirklich so weit gehen in ihrem Dienst als Gaia-Tochter, als Erdsängerin? Doch andererseits – hatte nicht das Schicksal der ganzen Menschheit auf dem Spiel gestanden? War ein Opfer dann nicht gerechtfertigt? Ailith wurde bleich und fiel auf die Knie nieder. Sie krümmte sich zusammen wie ein Fötus und weinte bitterlich. Tosh und Tibby näherten sich ihr und wollten sie tröstend in ihre Arme schließen, doch sie stieß ihre Großeltern barsch von sich. Ein Donner grollte in der Ferne. Wie ein Trauerflor legte sich die Dämmerung über den See. Das Land selbst versank in tiefes Schweigen.

„Es tut mir so leid, mein Kind. Ich wollte das nicht! Habe mich ganz auf Gaia verlassen. Bitte glaube mir, ich habe nicht gewusst, dass Fionnbarra auch ein Opfer sein würde. Oh, der arme, arme Junge! Es tut mir so furchtbar leid, das musst du mir bitte glauben. Ich dachte wirklich, dass Gaia nur Cormag mit dem Dämon sterben lässt." Tibby lehnte sich an Tosh an. Sie fror so entsetzlich und wollte nur noch schlafen, schlafen ... und am besten nie wieder aufwachen. Wie sollte sie mit dieser Schuld leben?

Tosh stöhnte leise auf, wie konnten sie nur so tatenlos und dumm sein? Er holte sein Smartphone aus der Jackentasche. Seine Hände zitterten so sehr, dass es ihm zweimal auf den Boden fiel. „Wir müssen einen Arzt rufen, einen Krankenwagen! Wir verlieren ja viel zu viel Zeit."

„Aber Opa, er ist doch längst tot! Es kann ihm niemand mehr helfen." Auf allen Vieren kroch Ailith kraftlos zu Fionnbarras Leiche und trauerte. Sie bettete seinen Kopf auf ihren Schoß und streichelte zärtlich seine Stirn. Die Zeit verstrich. Die Abendkühle verursachte Ailith eine Gänsehaut, doch sie spürte das nicht. Plötzlich erbebte sein Körper und er gab einen erstickten Laut von sich. Ailith zuckte zusammen und traute ihren Augen nicht: Die Atmung wurde regelmäßig und sein Gesicht nahm wieder Farbe an. Er schlug die Augen auf, starrte ins Leere und tastete nach ihr.

„Sunny, bist du das?"

„Ja, ja!"

Fionnbarra richtete sich mühsam zum Sitzen auf.

„Liebster, du lebst! Wir dachten, du bist tot. Oma, Opa, es ist wirklich Fionnbarra! Cormag ist weg!" Ailith bedeckte sein Gesicht mit Küssen. Tosh und Tibby eilten herbei und waren sprachlos vor Erleichterung und Glück.

„Ich glaube, das war ich auch, tot. Oder ich habe vom Tod geträumt." Fionnbarra klang mehr erstaunt, als verängstigt. „Und ich war da nicht alleine. Das muss ich euch erzählen. Aber könntet ihr vielleicht mal irgendwie Licht anmachen? Es ist ja stockfinster. Ich kann weder den Stall noch das Hotel sehen. Haben wir Stromausfall? Hat der Blitz so viel Schaden angerichtet?"

Tosh legte dem jungen Mann die Hand auf die Schulter. „Erschrick nicht, Junge, aber wir sind nicht mehr auf Glenmoran. Fionnbarra, die Sonne ist zwar untergegangen, aber es ist immer noch relativ hell."

Der junge Mann schüttelte den Kopf und klammerte sich fester an Ailiths Hand. „Nein, es ist ganz dunkel, ich kann euch nicht sehen. Ich sehe gar nichts!"

„Großer Gott", flüsterte Tibby. „Die Explosion des Schwertes hat ihn blind gemacht."

-8-

Euphrasia

Ailith fuhr mit Striegel und Kardätsche über das verschmutzte Fell des Pferdes. Diese Arbeit half ihr sonst immer, zur Ruhe zu finden. Darum hatte sie freiwillig dem Stallburschen den Braunen abgenommen, der von Hotelgästen gemietet worden war. Das Tier trat ihr versehentlich auf den Fuß. Erbost schrie sie auf und stieß ihn von sich. „Du blödes Vieh tust mir weh!" Gleich darauf bereute sie ihren Ausbruch. *Reiß dich zusammen, Ailith, zügele deine Wut,* dachte sie und schämte sich. Sie kratzte dem Braunen den Hals als Friedensangebot und fuhr dann fort, sein Fell zu reinigen. In ihr tobten die unterschiedlichsten Empfindungen: Wut – Scham – Entsetzen – Hilflosigkeit – Verzweiflung. Fionnbarra war blind, und sie gab sich die Schuld daran. Alles hatte mit ihrer blödsinnigen Eifersucht angefangen, mit ihrem egozentrischen Drang, sich zu beweisen, die Lust an Schwertkampf und Kräftemessen. Ailith hielt inne. Nein, genau genommen hatte alles an dem Tag begonnen, als sie, sechzehnjährig und ahnungslos, von ihrer Großmutter das Drachenschwert überreicht bekam. Danach war nichts mehr wie zuvor. Gaia erweckte sie zur Erdsängerin. Fortan erhielt sie Lektionen während des Schlafes. Später dann erschien ihr

Gaia auch im Tagesbewusstsein und bildete sie weiter aus. Großmutter übernahm den Rest der Schulung, bis sie imstande war, sich selbst weiterzubilden und instinktiv die richtigen Leute kennenzulernen, wie den Tibeter. Ailith lachte freudlos auf. Ihre Hand glitt am Vorderbein des Tieres hinab, um den Huf anzuheben. Das Pferd gehorchte zunächst nicht. Erst, als die junge Frau sich zur Ruhe zwang und ganz auf ihre Arbeit konzentrierte, konnte sie den Huf anheben und auskratzen. Als der vierte Huf gereinigt war, erlaubte sie sich, ihren Gedankengängen wieder freien Lauf zu lassen.

Der Tibeter. Der Obertongesang, den sie spielend leicht mit dem Gaiagesang zu verbinden wusste. Ja, es hatte ihr Freude und Genugtuung bereitet, ihr Wissen zu erweitern. Mit dem Wind zu spielen, Regen zu machen und auch Gewitterwolken zu manifestieren. Dieses Allmachtgefühl war großartig gewesen. Und wozu hatte es geführt? Ailith fing an zu weinen. Sie lehnte ihre Stirn gegen den starken Hals des Braunen und krallte ihre Hand in die Mähne. Fionnbarra war blind! Und nicht nur das. Er hatte mit ihr Schluss gemacht. Sie konnte es ihm nicht verdenken. Warum auch musste Tibby ihm unbedingt ehrlich sagen, was passiert war? Warum alles passiert war! Für wen sie es getan hatten ...

Als Fionnbarra die Wahrheit über ihr Erdsängerinnen-Sein erfuhr und was es mit dem Schwertgeist auf sich hatte, überkam ihn eine Mischung aus Wut, Ungläubigkeit und Angst. Er schickte sie weg. Wollte sie nicht mehr sehen. Ailith lachte bitter auf. *Nicht mehr sehen ...* Der Wunsch war ihm gewährt! Als ihr Selbsthass und die Verbitterung auf dem Höhepunkt waren, spürte sie ein leises Wehen und Hauchen in ihrem Nacken. Sie musste sich nicht umdrehen, sie wusste, wer hinter ihr stand. Nein, sie wollte sie nicht sehen. Nie wieder! Doch letztlich besann sich Ailith, denn eine Gaia-Tochter hatte ihre Mutter zu begrüßen. Sie wandte ihr das tränenüberströmte Gesicht zu. Das Pferd spürte auch die Anwesenheit der Erdseele, es war plötzlich ganz entspannt und schnaubte leise zum Gruße. Gaia zeigte sich in einer ihrer menschlichen Erscheinungsformen. Sie trug ein Kleid aus Farn und Rosenblüten gewebt, in ihr langes, vielfarbiges Haar waren Girlanden geflochten aus kleinen, weißen Blüten, die einen gelben Fleck in der Mitte hatten. Sie lächelte ihre Erdsängerin an, legte sanft ihre warme Hand auf die Wange der jungen Frau, strich dann über ihr helles Haar, das nun auch dauerhaft eine blaue Strähne aufwies, und sprach leise die Worte: „Bring ihn zu mir." Dann verschwand sie von einem Moment zum anderen.

Ailiths Herz klopfte wild. Sie griff in ihre Hosentasche und holte ein Taschentuch hervor, putzte sich ratlos die Nase. Zwei Hotelgäste gingen auf den Stall zu und wollten ihre gemieteten Pferde für den Ausritt abholen. Ailith winkte den Stallburschen herbei und übergab ihm den Braunen zum Satteln. Sie brauchte jetzt etwas Zeit für sich und verschwand hinter das Hotel, ging auf den privaten Teil des Parks zu. Am Tor traf sie unerwartet auf Tibby.

„Hast du sie auch vernommen?" Ihre Großmutter wollte ihr zärtlich tröstend über das Haar streicheln, aber ihre Enkelin wich ihrer Hand aus.

„Ja. Habe ich."

„Gaia kam eben zu mir, als ich im lebenden Tempel war. Sie sagte ‚Bring ihn zu mir'. Was hat sie zu dir gesagt, Kind?"

„Dasselbe", entgegnete Tibby einsilbig.

„Dann sollten wir uns ohne zu zögern auf den Weg machen."

„Aber er will von mir nichts mehr wissen", stieß Ailith schluchzend hervor.

„Gib nicht so schnell auf, Ailith. Er liebt dich doch aus tiefstem Herzen, das spüre ich. Lass mich nur machen! Es gibt Hoffnung für ihn. Hast du nicht erkannt, was Gaia in ihrem Haar trug? Nein? Es war Euphrasia, auch Augendank oder Lichtkraut genannt. Ich glaube, sie kann und will ihn heilen."

Ailiths Gesicht hellte sich auf. „Meinst du wirklich? Aber wie? Und warum tut sie es nicht einfach, wieso sollen wir ihn erst hierher holen?"

Wortlos zog Tibby ihre Enkelin zur grünen Kuppel und deutete auf den Felsen. „Deswegen."

Dort, wo Gaia ihre Füße auf die Erde gesetzt hatte, war eine Spur aus Blumen gewachsen. Der Fels war über und über bedeckt mit leuchtenden Euphrasiablüten.

Der Weg zum Krankenhaus war relativ weit. Erst drei Stunden später fuhren Tosh und Tibby mit Fionnbarra vor. Sie lenkten den Wagen hinter das Hotel, um möglichst ungesehen mit ihrem Schützling zum ‚lebenden Tempel', wie sie den Hain nannten, zu gelangen. Ailith erwartete sie. Sie war so nervös, dass sie an ihren Fingernägeln kaute, obwohl sie sich das schon vor Jahren abgewöhnt hatte. Ihre Finger waren eiskalt. Sie versuchte, aus den Gesichtern zu lesen. Ihre Großeltern waren angespannt, das konnte sie erkennen, obwohl ein Fremder die beiden jetzt als gelassen und freundlich beschreiben würde. Fionnbarra wirkte erschöpft und hilflos, aber er war auch irgendwie in Erwartungshaltung. Ailith fragte sich, was sie ihm gesagt hatten. Doch im Grunde war es nicht wichtig. Er war hier! Nichts anderes interessierte sie jetzt. Sie hatte ihn nie mehr geliebt und begehrt als in diesem Moment. Ailith war sich ganz sicher, dass er ihre große Liebe war. Nie wieder würde sie etwas tun, um diese Verbindung zu gefährden. Und dann stand er vor ihr. Sie streckte ihre Hand nach seiner aus, sprach zärtlich seinen Namen. Zuerst versteiften sich seine Schultern, aber dann ließ er sich von ihr umarmen und entspannte sich. Fionnbarra erwiderte fest die Umarmung, vergrub sein Gesicht in ihre Halsbeuge und flüsterte: „Ich habe dich so sehr vermisst. Sunny, ich habe solche Angst. Die Ärzte können mir nicht helfen. Es ist furchtbar, so ganz im Dunkeln zu sein." Ailiths Hände wurden nun warm. Er vertraute ihr wieder! Was hatten die Großeltern ihm nur gesagt? Aber er war so traurig, es zerriss ihr das Herz. Fionnbarra wisperte leise: „Jemand hat mir meine Haare abgeschnitten."

Tibby bedeutete ihr wortlos, ihn in die Kuppel zu führen. Als die jungen Leute sich etwas entfernt hatten, flüsterte sie ganz leise in Toshs Ohr: „Du weißt, was du zu tun hast. Lasse unter keinen Umständen jemanden hier herein."

„Geh nur, Liebste. Viel Glück!" Tosh küsste seine Frau auf die Lippen und sah ihr besorgt nach, wie sie Ailith und Fionnbarra zum Felsen folgte. Er war sich nicht sicher, ob sie erfolgreich zurückkehren würden. Aber Tibby war fest davon überzeugt, das musste ihm reichen. Als Tibby neben ihrer Enkelin stand, öffnete sich, wie von ihr erwartet, leise summend ein Portal. Der Fels wurde durchsichtig. Entschlossen durchschritt sie die Membran, die Welt und Anderwelt voneinander trennte und winkte Ailith, ihr mit Fionnbarra zusammen zu folgen. Er hob seinen Kopf suchend an, lauschte, wandte sich konzentriert der Quelle des Geräusches zu. „Sunny, was ist das? Ist hier ein Bienenschwarm?" Und dann war er auch schon, ohne es zu wissen, über die Grenze getreten und wurde ebenfalls für Tosh unsichtbar. Das Portal blieb offen, summte weiterhin wie ein Schwarm ungewöhnlich leiser Bienen, bot aber keinen Einblick auf die andere Seite.

Tosh war nun allein. Er sprach leise ein Schutzgebet.

„Wohin führst du mich? Sind wir im privaten Garten? Es riecht auf einmal ganz anders. Und wärmer ist es auch geworden. Ist heute ein sonniger Tag?"

Ailith wollte antworten, aber Tibby gab ihr mit einer Geste zu verstehen, dass sie selbst mit Fionnbarra sprechen würde. „Fionnbarra, ich muss dir etwas gestehen", hob Tibby an. „Ich versprach dir ja, dich zu einer Heilerin zu bringen. Eine gute Frau, die ich seit sehr langer Zeit kenne und verehre. Was ich dir verschwiegen habe ist, dass wir dafür auch an einen, sagen wir mal, *anderen Ort* gehen müssen."

„Wie jetzt? Zu Fuß? Warum nehmen wir nicht den Wagen. Ich habe Angst zu stolpern, ich sehe doch nichts! Oder sind wir schon dort? Ich dachte, wir wären in Glenmoran, ich habe doch unsere Pferde gehört."

„Fionnbarra, mein Liebling, rege dich jetzt bitte nicht auf. Oma hat dir nur die halbe Wahrheit gesagt", gestand Ailith nervös. Jetzt kam der Moment der Wahrheit. Würde er es wieder als Vertrauensbruch betrachten? „Wir sind nicht mehr in den Highlands, nicht mal mehr auf der Erde."

Der junge Mann blieb abrupt stehen und ließ ihre Hand los. Unsicher geworden fuhr er sich fahrig übers Gesicht. „Hört mal, Leute, ich bin wirklich nicht in bester Verfassung. Keine Spielchen! Was genau habt ihr vor mit mir?"

„Dir die Augen zu öffnen", ertönte unerwartet eine männliche Stimme. „Im wahrsten Sinn des Wortes und im übertragenen Sinne, Vater von Feuer und Wasser."

Erschrocken torkelte Fionnbarra ein paar Schritte zurück. Er kannte diesen Mann nicht. Seine tiefe Stimme klang angenehm, war Vertrauen einflößend. Aber dennoch … Tibby konnte ihre Augen nicht von dem hochgewachsenen Mann abwenden, der so unvermittelt hinter dem Baum hervorgetreten war. Sie strahlte vor Glück! Endlich sah sie ihn wieder. Ailith schmiegte sich an Fionnbarra an und legte ihre Arme um seine Mitte. „Liebster, das war unser ganzer, heiliger Ernst, als wir dir sagten, wir seien Erdsängerinnen, Gaia-Töchter. Wir sind mit dir in die Anderwelt gegangen. Habe keine Angst. Oma sagt, hier wird dir geholfen."

„Ihr seid doch verrückt. So etwas gibt es nicht. Genau wie die hirnrissige Story mit dem Schwertgeist. Es war ein Blitz, der nah bei uns eingeschlagen hat. Dein Schwert hat ihn wie ein Blitzableiter angezogen. Der Blitz hat mich blind gemacht, aber nicht blöd! Ich sagte euch doch: Keine Spielchen, verdammt noch mal! Und wer ist der Kerl, der hier spricht?"

„Mein Name ist Fearghas, mein lieber Fionnbarra. Gaia hat mir dein Kommen angekündigt. Ich begrüße dich in Magiyamusa, dem magischen Wald der Anderwelt. Ich bin der Stammvater aller Erdsängerinnen. Die, die waren - die, die sind – und die, die noch sein werden."

„Meine liebe Nachfahrin Isabella, liebevoll Tibby genannt, wie die erste der Erdsängerinnen, und auch du, liebe Nachfahrin Ailith - seid gegrüßt!"

Ailith verneigte sich respektvoll vor Fearghas, der eine große Würde ausstrahlte. Das war also der Elb, ihr Urahn, von dem ihre Oma so viel und gern erzählte. Er hatte langes, tiefblaues Haar und trug eine rotgoldene Uniform. Fearghas lächelte, gab Tibby und Ailith einen Handkuss und legte mit festem Griff Fionnbarras linke Hand auf seine rechte Schulter. „Folgt mir. Wir haben alles zu eurer Begrüßung vorbereitet."

Fionnbarra fügte sich überrascht der Autorität dieses Mannes. Die Situation war verwirrend, aber er konnte spüren, dass dennoch alles in irgendwie alles in Ordnung war. *Welt, Anderwelt – sowas gibt es wirklich? Und warum nennt der Typ mich ‚Vater von Feuer und Wasser'? Total abgedreht, das alles,* dachte er fassungslos und ließ sich mitziehen, ja, fast willenlos führen. Er hörte ein leises Rascheln von Blättern und ein Sirren, Knistern und Zwitschern. Von allen Seiten strömten merkwürdige, leise und lautere Geräusche auf ihn ein. Fionnbarra beschloss, fürs Erste mitzuspielen. Vielleicht war das so ein Psycho-Ding, das sich Ailith und ihre Oma für ihn ausgedacht hatten. Der Stationsarzt hatte ja auch etwas Ähnliches vermutet, weil sie keine organische Ursache für seine Blindheit finden konnten. Doch da konnten die lange drauf warten, dass er in eine psychosomatische Klinik ging. Er nicht!

„Fearghas, Ahnherr, wo genau sind wir?", fragte Tibby. „Ich hatte erwartet, Gaia anzutreffen. Dich zu sehen, ist eine große Überraschung, es ist wundervoll! Und diese Welt ist überwältigend. Wie auf der Erde, aber doch ganz anders. Ist das hier der Himmel? Du bist doch als Menschenmann gestorben, aber ich sehe, du bist jetzt wieder der blauhaarige Elb."

„Geduld, meine Sängerin, Geduld. Ich werde euch alles erklären, sobald wir zu Tisch sitzen und ihr euch erfrischt habt." Fearghas führte seine Gäste über einen weichen, moosgepolsterten Weg. Winzige Glockenblumen, so klein, dass man sie kaum sehen konnte, ließen bei jedem Schritt ein fröhliches, melodisches Bimmeln erklingen. Fionnbarra schwieg beharrlich und beschäftigte sich mit der Frage, ob er noch bei Verstand war. Er schien sich wirklich in einer fremden Umgebung zu befinden. Die Frauen hingegen genossen unbeschwert den Gang durch den anderweltlichen Wald und staunten über die Vielfalt der Bäume, die an die irdischen stark erinnerten, aber doch anders waren. Kräftiger, anmutiger, farbenfroher. Und sie hatten das starke Gefühl, dass alle Pflanzen und Bäume hier beseelt waren, ihr Kommen sogar begrüßten. Eine Welle der Zustimmung, Freude und Dankbarkeit schlug ihnen entgegen. Schließlich kamen sie auf einer Lichtung an. Am Rande wuchs ein riesiger Hagedorn. So groß, dass man ein ganzes Dorf in seinen Ästen hätte bauen können. Er trug Blüte und Frucht zur selben Zeit. Tibby hatte den Eindruck, dass dies hier das Zentrum des Waldes war, der heilige Mittelpunkt. Ja, dieser Baum strahlte wahrhaftig Heiligkeit aus. Ein lebender Altar!

„Bitte, nehmt Platz!"

Gleichzeitig mit diesen Worten erschienen wie aus dem Nichts ein runder Tisch und vier hölzerne Stühle. Die Tischplatte trug ein Mosaik aus Labradoritsteinchen und schimmerte in Blau-, Grün- und Goldtönen. Die Armlehnen liefen in geschnitzten Drachenköpfen aus. Die Stuhlbeine hatten die Form von krallenbewehrten Füßen. Aus den Nüstern der Drachenköpfe strömten winzige Rauchsäulen und verbreiteten einen sehr angenehmen Duft. Er hatte eine Wirkung auf die Menschen, sie entspannten sich augenblicklich. Fearghas half Fionnbarra sich zu setzen.

„Eine Erfrischung gefällig?" Der Gastgeber hatte auf einmal einen Krug in der Hand, vier Trinkgefäße standen plötzlich auf dem Tisch. Fearghas schenkte reihum ein. „Es ist euer Lieblingsgetränk", verriet er mit einem Schmunzeln auf den Lippen.

„Aber wir trinken doch nicht alle dasselbe am liebsten", entfuhr es Ailith spontan. Sie nippte am Becher und schaute überrascht auf. Kamillentee!

Tibby genoss einen heißen Kakao mit Sahnehaube und hinterfragte nichts, sondern genoss.

Fionnbarra hatte Erdbeermilch im Becher. Das wusste nicht einmal Ailith, dass dies sein liebstes Getränk war, denn er hielt es für unmännlich, Erdbeermilch zu mögen. Er trank seinen Becher in einem Zug leer. Woher wusste der Mann davon?

Fearghas wechselte ohne Vorankündigung sein Erscheinungsbild. Er war nun nicht mehr der Soldat der Hagedornkönigin, die Ein-Mann-Armee. Jetzt hatte er kurze schwarze Haare, trug altmodische

Kleidung der viktorianischen Zeit und sah müde und abgearbeitet aus. Eine Hand war schrecklich vernarbt.

„Dieses hier ist mein menschliches Ich. Tibby, so kennst du deinen Urahn aus dem Tagebuch der ersten Tibby, meiner geliebten Tochter. Mit dem anderweltlichen Ich habe ich euch empfangen. Und nun werde ich euch mit meinem wahren Ich vertraut machen. Fionnbarra, verzeih, dass du mich jetzt noch nicht sehen kannst."

Anstelle des müden Mannes schwebte übergangslos eine weiß gleißende Kugel aus Licht über dem Drachenstuhl. Kleine rote Flämmchen züngelten über ihre Oberfläche. Tibby und Ailith mussten etwas beiseite sehen, denn sie war so hell, dass ihr Licht sie blendete. Einen Moment später saß wieder der blauhaarige Elb als gesunder, kräftiger Mann am Tisch, diesmal ohne Uniform. Er trug ein bequemes Ensemble aus einem weit geschnittenem Hemd, farngrüner Weste mit zierlichen Stickereien und eng anliegender Hose nach alter magiyamusanischer Mode. „So fühle ich mich am wohlsten, wenn ich hier bin", erklärte Fearghas seinen sprachlosen Erdsängerinnen. „Ich möchte, dass ihr jetzt gut zuhört und versucht zu verstehen. Ihr seid nicht wirklich hier! Nicht körperlich. All das, was ihr seht, entspringt meinem Geist, meiner Vorstellungskraft, die ich in euer Bewusstsein übertrage. Wenn ihr so wollt, träumen wir einen gemeinsamen Traum, den ich erschaffe. Wir, Gaia und ich, haben euch ‚aus der Zeit genommen', als ihr das Felsportal durchschritten habt. Ihr seid außerhalb der Erdschwingung und darum dort nicht mehr sichtbar, nicht mehr greifbar. Die Anderwelt, aus der ich einst entstammte, die mit der Erde lose verbunden und aus ihr heraus entstanden war, gibt es nicht mehr. Aber ich trage sie in mir. Darum könnt ihr jetzt mit mir zusammen hier sein, in meinen Erinnerungen spazieren gehen. Alles wird euch wie echt erscheinen. Ihr könnt Magiyamusa auch scheinbar sinnlich erfahren, mit allen Teilen dieser Welt sprechen und in ihr handeln. Denn alles, das ist mein ‚Ich bin', mit drei Ausnahmen. Diesen Traum werdet ihr nie vergessen, schätze ich."

Der Elb pausierte nun. Das war viel an Information für die Menschen, sehr viel zu verarbeiten. Er gab ihnen Zeit.

Tibby kam am besten damit zurecht. Sie fand alles sehr aufregend und wünschte sich, sehr lange träumen zu dürfen, denn dies war zweifellos der beste Traum, den sie je gehabt hatte. „Aber Fearghas, sag mir, wenn wir hier nur als Bewusstsein sind, wie ein Geist, wie kann dann Fionnbarra Heilung finden? Gaia hat uns doch zu diesem Zweck hierher befohlen."

„Vertraue."

Fearghas lächelte seine Gäste liebevoll an. „Fionnbarra, auf dich kommt es jetzt an, ob auch du mir vertrauen kannst. Die Frauen schicke ich jetzt weg, auf ihre eigene Reise. Was sagst du?"

Fionnbarra räusperte sich. „Ich habe nichts zu verlieren, denke ich. Es könnte wahr sein, was die Frauen mir über dieses Erdsängerinnen-Sein gesagt haben, als wir im Krankenhaus waren. Ich ziehe es in Erwägung, dass wir tatsächlich nicht mehr in Glenmoran sind." Er wandte seinen Kopf zur Seite, wo er Ailiths Stimme gehört hatte. „Verzeih mir bitte, dass ich dich damals der Lüge bezichtigt habe, Sunny."

Ailith holte tief Luft und war sehr erleichtert. Jetzt konnte sie es glauben, dass für ihre Liebe noch berechtigte Hoffnung bestand. „Fionn, ich liebe dich so sehr. Und es tut mir unendlich leid, was geschehen ist. Ich wünschte, ich hätte das Drachenschwert nie zum Kampf in die Hand genommen. Es war ein Fehler. Dein Leid ist meine Schuld."

„In der Tat war es von Gaia nie beabsichtigt gewesen, dich mit hineinzuziehen", erklärte Fearghas. „Es war ein Unfall, eine unglückselige Variante des Zeitenlaufs. Cormags Geist sollte im Schwert bleiben, bis der Dämon aus dem Stein schlüpfen würde im Zeitpunkt der Auflösung des Bannes der Jägerin. Aber nun soll es wiedergutgemacht werden."

Fearghas erhob sich feierlich.

„Ailith, dich schicke ich auf deine ganz eigene Reise. Dieses wundervolle Wesen, das *Chiimori,* wird dein Gefährte sein." Er deutete zum Hagedorn, wo in diesem Moment ein Windpferd herabstieß und mit gezügelter Kraft sanft auf der Wiese landete. Es näherte sich dem Tisch bis auf wenige Schritte und verbeugte sich anmutig vor Ailith.

„Ich darf es reiten?", fragte sie atemlos vor Glück.

„Die Luft ist dein Element, Sängerin. Geh und flieg mit dem Wind und erforsche dein Selbst."

Die junge Frau gab Fionnbarra einen flüchtigen Kuss auf die Wange und erhob sich mit dem Windpferd in die Lüfte. Sekunden später flogen sie über die Krone des riesigen Hagedorns hinweg und verschwanden.

„Und du, meine liebe Dame Tibby, du bekommst einen ruhigeren, bodenständigen Begleiter. Darf ich dir vorstellen? Ein Wulliwusch, es ist gesattelt und dir zu Diensten."

Tibby sprang rasch und voller Begeisterung auf, soweit ihre alten Knochen es zuließen. „Wie entzückend! Nun sieh sich einer diesen drolligen Rüssel an! Aber ich habe doch noch so viele Fragen an dich, Ahnherr."

„Geduld! Fionnbarra wird jetzt meine ganze Aufmerksamkeit bekommen. Geh du nur, wir haben Zeit ohne Ende, denn hier gibt es nur Zeitlosigkeit, Wissen und Freude."

Das Wulliwusch, fast schon im Silberhaarstadium, tätschelte mit seinem weichen Rüssel im Vorbeigehen Fionnbarras Kopf und nahm Tibby mit in den Wald hinein. Fearghas richtete seine Aufmerksamkeit jetzt ganz auf den so schweigsamen Fionnbarra, der seinen leeren Becher festhielt, als wäre dieser das Einzige, was ihn vor dem Absturz in die völlige Irrealität bewahren könnte.

„Mein junger Freund, du hast sicher viele Fragen und Ängste. Doch zuerst möchte ich dir helfen, dein Augenlicht wiederzufinden. Nicht erschrecken, jetzt geschieht eine Veränderung." Das Mobiliar verschwand, auch die Becher. Der Stuhl, auf dem Fionnbarra saß, wandelte sich in ein mannshohes Farnblatt, das sich langsam fast waagerecht neigte und zu einer Liege wurde. „Mach es dir bequem, und keine Bange. Ich will nur, dass du liegst, während ich dir die Augentropfen gebe."

„Augentropfen?", echote Fionnbarra. „Mach keine blöden Witze, Mann. Die Ärzte konnten mir schon nicht helfen, und denen stand ein ganzes Krankenhausarsenal zur Verfügung."

„Warte es ab, *Mann*", Fearghas ahmte schmunzelnd die Ausdrucksweise des jungen Mannes nach. „Mir steht das ganze Arsenal Gaias zur Verfügung. Diese Tropfen waren einst Tau, der bei Sonnenaufgang von den Saiten einer Harfe fiel, die ein Loblied auf das Licht sang."

„Spielte", korrigierte Fionnbarra patzig.

„Sang!"

„Spielte!"

„Sang!! So wahr ich einst Fearghas, der Elb war – die Harfen Magiyamusas *sangen*. Hey, ich dachte, das wäre eine schöne Metapher. Aber du stehst wohl nicht so auf lyrische Bilder? Wundert mich. Vielleicht habe ich es auch etwas übertrieben mit der Poesie. Sag, wie hältst du es denn mit den Erdsängerinnen aus?"

Fionnbarra gab ein Schnauben von sich. „Mit der Alten, ähm, ich meine mit Mrs. Warrington habe ich nicht viel zu tun. Ich bin nur ein Angestellter. Kümmere mich um den Stall und die Pferde. Ailith ist so gar nicht der Typ für Gedichte und so. Die haut lieber mit dem Schwert um sich und reitet wie der Teufel."

„So ist das also!" Fearghas war überrascht. Seine eigene Tochter Tibby, die erste Erdsängerin, war da ganz anders gewesen. Nun denn. „Gut, dann eben auf die direkte Art. Wappne dich!"

Bevor Fionnbarra sich auch nur fragen konnte, wovor er sich wappnen sollte, machte Fearghas eine Handbewegung über seine Stirn und ein grelles Licht durchfuhr ihn vom Scheitel bis zur Sohle. Er keuchte erschrocken auf und sprang fluchtbereit vom Farnblatt. Ihm wurde prompt sehr schwindelig und er sank zurück auf seine Liege, die sich fürsorglich anschmiegte und augenblicklich begann, ihn sanft zu wiegen. Fionnbarra sah wirbelnde, bunte Lichtkreise. Nach und nach verlangsamte sich ihr Wirbeln und die Farben zogen sich auseinander zu Flächen, wurden zu Formen und schließlich sah er über sich das freundliche Gesicht eines Mannes. Fionnbarra erkannte, er war tatsächlich auf einer Waldlichtung. Sehr exotisch. Garantiert nicht die Highlands, und schon gar nicht Glenmoran. Auch die Kleidung des Mannes, der von sich sagte, er sei Fearghas, der Elb – oder sei ein Elb gewesen, was auch immer – war eindeutig nicht die Mode des 21. Jahrhunderts. Fionnbarras Herz schlug heftig vor Freude. Er konnte wieder sehen!

„Danke." Mehr als dieses eine Wort, brachte er nicht heraus. Es war auch völlig genug, der Dank kam hörbar aus tiefstem Herzen. Intensiv betrachtete er Fearghas und die Umgebung. Er sog alles auf wie ein trockener Schwamm, der unverhofft ins Wasser fällt. Diesmal langsam, stand er auf und ging ein paar Schritte auf dem weichen, moosbedeckten Boden. Es ähnelte stark dem irdischen Sternchenmoos. Der Farn verlor die Form einer Liege.

„Deine Blindheit war nie körperlich. Deine Psyche war überwältigt von der Besetzung durch den Schwertgeist und hat sich in sich selbst zurückgezogen. Und der furchtbare Kampf, der zwischen dem Adler und dem Dämon in dir tobte, machte dich blind für die Welt, nachdem du wieder allein in deinem Körper warst. Jetzt aber bist du seelisch und körperlich wieder in Sicherheit, Fionnbarra, Gefährte der Ailith, und Vater von Feuer und Wasser."

„Du hast mich schon einmal so genannt. Was meinst du damit?"

Fearghas lächelte breit. „Auf dich wartet noch eine große Überraschung. Aber zuerst lass uns ein paar Schritte gehen. Du hast doch sicher Fragen zu dem, was dir widerfahren ist."

Fionnbarra wollte etwas sagen, doch seine Schultern bebten auf einmal, er wurde von Weinkrämpfen geschüttelt. Fearghas nahm in väterlich in den Arm. „Das sind jetzt nur die Nerven. Die flattern gern mal. Nun wird alles gut, sei frohgemut", murmelte er.

Fionnbarra erlangte einige Momente später seine Fassung zurück. „Hör mal, wenn du jetzt anfängst, in Reimen zu sprechen, verliere ich wieder die Beherrschung." Er versuchte mit einem schiefen Grinsen die Situation zu entschärfen und schniefte. Der Baum neben ihm reichte beflissen ein großes, weiches Blatt an. Entgeistert pflückte er es vom Ast und putzte sich die Nase. Hilflos schaute Fionbarra das grüne Ding in seiner Hand an und wollte es zusammengeknüllt in seine Hosentasche stecken, aber Fearghas bedeutete ihm lachend, er könne es ruhig zu Boden werfen.

„Als ich aufwachte und blind war, da hatte ich eine Erinnerung an einen Traum. Zumindest hielt ich es für einen Traum. Aber nun, da ich hier bin, denke ich, dass daran mehr gewesen sein muss. War ich wirklich tot?"

„Erzähl mir, was du gesehen hast."

Fionnbarra strich im Vorübergehen mit seiner Hand über Baumrinden. Sie waren so anders als Erdenbäume. Fühlte sich mehr wie eine Art Leder an. Als hätten hier die Bäume eine Haut. Manche schüttelten sogar ihre Äste und Zweige, als wären sie kitzelig. Welch ein Kontrast! Hier diese Zauberwelt, dort seine Erinnerungen an den Todeskampf. Schließlich brach er sein Schweigen. „Ich war in einer Art Nichts. Als würde ich in einem lichtlosen Weltall schweben, aber dort war es weder kalt noch heiß. Es war ... eben „nichts", es war leer und ohne Bewegung, ohne Bestimmung. Dann sah ich Schatten, nur ein wenig heller als die Dunkelheit. Eine Adlersilhouette und etwas, das man eigentlich nur als Ungeheuer beschreiben kann. Eine dämonische Echse, das trifft es wohl am ehesten. Sie wollte mich in ihre Fänge bekommen, ich spürte ihre Gier nach Boshaftigkeit. Ein letztes Mal wollte sie etwas Böses tun, nämlich mich gefangen nehmen und verderben. Es war, als könnte ich ihre Gedanken lesen.

Doch der Adler warf sich dazwischen. Er war auch irgendwie böse, aber längst nicht so sehr wie die Echsengestalt. In ihm war noch etwas Licht vorhanden, ich konnte ihn auch deutlicher sehen. Der Adler krallte sich in das Ungeheuer und mit gewaltiger Kraft und Anstrengung ließ er seine Flügel schlagen. Er zog ihn fort von mir. Ich war so erleichtert. Dann fühlte ich, wie etwas Warmes, was gut und schön war, mich auf seine Arme nahm. Oder waren es Flügel? Ich sah es nicht, ich fühlte es aber in meinem Herzen. Ja, ich war geborgen und sicher. Das letzte Mal habe ich mich so gefühlt, als ich noch ganz klein war, bei meiner Mutter auf dem Arm. Sie hat so gut gerochen."

Fionnbarra seufzte und hing dieser frühen Erinnerung eine Weile nach. Dann fuhr er fort zu berichten. „Ein letztes Mal schaute ich zurück und sah, wie ein großer Adler aus reinstem Licht den Schattenadler von der Echse trennte, die in einen Abgrund geschleudert wurde, wo sich sofort ein Tor auftat. Es fällt mir schwer, dafür die richtigen Worte zu finden. Eiskaltes Feuer, oder brennende Eiseskälte – das wäre ein halbwegs passender Vergleich. Ein Schrecken erregender Ort! Beide Adler flogen dann in eine freundliche Welt und ich verlor das Bewusstsein. Ja, und dann wachte ich in Ailiths Armen auf und war blind. Aber ich kann mich nicht daran erinnern, dass dieser Cormag in mir war. Ich weiß nur von einem großen Unwohlsein und Angst, bevor ich den Kampf sah und blind erwachte."

Fearghas schaute mitfühlend auf den jungen Mann, dessen Stimme immer leiser geworden war. Er war unvorbereitet mit Dingen konfrontiert worden, die eines Menschen Kraft schnell übersteigen konnten. *Beeindruckend, dass er nicht den Verstand verloren hat, sondern nur mit einer psychischen Blindheit reagierte*, dachte Fearghas. *Ein guter, starker Gefährte für Ailith.*

Mittlerweile waren sie an einem weitläufigen See angelangt. Blaue Schwäne ließen sich über das Wasser treiben. Ein einzelner Weißer war unter ihnen und strahlte vor Schönheit. Eala war der Name des königlichen Tieres, zu dem Fearghas – damals, als die alte Anderwelt noch existierte – eine besondere Beziehung hatte. Doch jetzt war alles nur noch eine Erinnerung, ein lebendes Bild. Der Elb merkte, wie seine Gedanken abschweiften. Er klopfte Fionnbarra auf die Schulter und deutete auf eine Felsgruppe am Ufer.

„Komm, wir setzen uns dort hin und ich erkläre dir alles."

Die Felsen waren überraschend bequeme Sitzgelegenheiten. Fionnbarra spürte, wie sie sich seinem Hintern anpassten und er nahm es amüsiert zur Kenntnis.

„Ich weiß nicht, wieviel dir Tibby schon gesagt hat. Ich gebe dir eine Kurzfassung. Einst, vor sehr langer Zeit, verdarb dieser Dämon einen Teil der Schöpfung durch seine vergiftende, ansteckende

Boshaftigkeit. Die Menschheit leidet bis heute darunter. Die damaligen Götter und ihre Helfer konnten es nicht ungeschehen machen, konnten nur korrigierend eingreifen. Er wurde gejagt und in Stein gebannt. *Devilhenge* wird die Gegend heute noch von euch Menschen genannt. Schon immer war zu spüren, dass etwas Unheilvolles dort schlummert.

Nun kam die Zeit des Erwachens immer näher, weil der Bann der Jägerin zeitlich begrenzt war. Sie lag im Sterben, als sie ihre Magie über den Dämon warf. Als letztes hinterließ sie eine Warnung, eine Nachricht: Das Mondrunenbuch. Es war mein Schicksal, durch die Zeit geworfen zu werden und es zu finden. Gaia setzte die Erdsängerinnen in die Welt, was ein schwieriges Unterfangen war, bei dem gegenwärtigen Entwicklungsstand der Menschen. Die Kraft von vier Sängerinnen zur selben Zeit auf der Erde ist nötig, um den Dämon aus der Erdenwirklichkeit zu entfernen. Doch leben derzeit nur zwei Sängerinnen in den Highlands. Der Mann, der Cormag genannt wurde, machte sich zum Teil des Schicksals durch seine Verderbtheit, die von Gaia zu einem guten Zweck genutzt werden konnte.

Gaia sah voraus, dass die Feuer- und Wassersängerinnen nicht rechtzeitig geboren werden konnten. Darum ließ sie es zu, dass Cormag, der Schamane, sich der jungen Tibby in unlauterer Absicht näherte und gewaltsam in das Drachenschwert einging. Ich selbst habe es geschmiedet, aber das ist wieder eine andere Geschichte. Er sollte mit seiner verderbten Adler-Magie die fehlende Kraft von Feuer und Wasser ersetzen. Tibby gehört zum Element Erde, Ailith zur Luft, sie gebietet über den Wind und das Wetter. Und eure ... ungeborenen Töchter gehören dem Feuer und Wasser an."

Fionnbarra erstarrte. „Willst du damit sagen, Ailith ist schwanger?"

„Genau das."

„Darum hast du mich ‚Vater von Feuer und Wasser' genannt?"

„Ja."

„Warum hat sie mir das nicht gesagt?"

„Sie weiß es selber noch nicht."

„Ich werde Vater", murmelte Fionnbarra. „Ich werde Vater!" Er sprang auf und lief am Ufer auf und ab. Er fuhr sich mit beiden Händen aufgeregt durch die Haare. Tastete noch mal drüber. „Und warum zum Teufel hat der Kerl meine Haare abgeschnitten?", kreischte er wütend. „Es hat so viele Jahre gedauert, ehe sie so waren, wie ich sie wollte!"

Fearghas war irritiert. *Man sollte meinen, er hätte jetzt andere Probleme,* dachte er bei sich.

„Du hast noch viel zu lernen und zu verstehen. Möchtest du mehr wissen über die Natur deines Planeten und was hinter ihr steht, was sie nährt und formt? Die Naturreiche sind eigene Lebensströme. Sie verlaufen parallel zur Entwicklung des Menschen. Naturgeister wie Sylphen, Elfen und Salamander sind Realität. Ja, glaub es mir ruhig. Selbst eure putzigen Gartenzwerge sind Abbilder einer Existenz hinter eurer Realität. Auch das Mineralreich ist nicht unbelebt. Es hat sogar Intelligenz bis zu einem gewissen Grad. Möchtest du mehr hören? Ich weiß alles darüber! Wirklich alles."

Fionnbarra starrte entgeistert den Mann an, der da entspannt auf dem Felsen hockte und eifrig von Gartenzwergen faselte. *Man sollte meinen, wir hätten jetzt andere Probleme,* dachte Fionnbarra bei sich.

Ailiths Reise

Hoch über dem magiyamusanischen Wald flog das Chiimori in großer Geschwindigkeit. Die Hufe erzeugten kleine Blitze, die Mähne spritzte Regentropfen weit über das Land und der Schweif schickte mit jeder Bewegung Donnerschläge in die Luft. Die junge Frau lief Gefahr, vom Reittier zu fallen und in die Tiefe zu stürzen. Aber sie wollte es so, sie ging an ihre Grenzen und berauschte sich an der Geschwindigkeit. Sie liebte diese Adrenalinschübe. Instinktiv wusste sie, dass ihr hier nichts geschehen konnte – denn es war ja nicht real! Oder doch?

Übermütig dachte sie: *Gleich werde ich es wissen* – und ließ die Mähne los. Sie flog, ja sie flog! Wie ein Vogel frei im Wind. Irrsinnigerweise fiel ihr in diesem Moment ein Witz ein, den der Gärtner von Glenmoran ihr neulich erzählt hatte: *„Ich habe geträumt, ich sei ein Vogel." „Und? Bist du geflogen?" „Nein, ich habe einen Wurm gefressen."* Ailith genoss den Flug bis zu dem Moment, als sie merkte, dass sie nicht mehr sie selbst war, sondern ein Chiimori. Sie war zu einem Windpferd geworden! Verunsichert verkrampfte sie sich und fiel prompt wie ein Stein herab. Ihr taumelnder Sturz wurde von Baumtänzerbäumen und anderen freundlichen grünen Wesen abgefangen und so glitt sie schließlich sanft auf den Waldboden herab. Unversehrt richtete sie sich auf und stand auf zwei Beinen. Menschliche Beine, wie sie erleichtert feststellte. Neben ihr stand gelassen das Chiimori und sprach erstmals zu ihr.

„Wusstest du nicht, dass Windpferde Sinnbilder für Seelen sind? Mein Name steht für die innere Kraft eines Menschen. Diese Kraft, die ganz die deine ist, hilft dir, das Gleichgewicht zwischen Vater Himmel und Mutter Erde zu finden. Unerlässlich für eine Erdsängerin."

Ailith schaute betreten zu Boden. „Das habe ich wohl noch nicht wirklich gefunden, oder?"

„Nein, du hast deine Mitte noch nicht stabilisiert. Wisse dies: Gute Taten stärken die Kraft deiner

Seele, und alles, was das Gleichgewicht verhindert, wie übergroße Leidenschaft oder das Überschreiten der eigenen Grenzen oder auch Schlechtigkeiten, lässt deine Kraft schwinden. Du solltest ein wenig milder mit dir und deinen Mitmenschen umgehen. Der Hüftbruch sollte dich ausbremsen, aber leider hat er dich in deiner Wildheit nur angefacht."

„Woher weißt du davon?"

„Ich bin ein Chiimori, ein Seelenpferd, ich weiß alles über dich. Auch das, was du nicht weißt."

„Mit dir so schnell zu fliegen war also etwas Schlechtes?"

„Nein, es war nur übertrieben, weit außerhalb der goldenen Mitte. Lerne, dich ein wenig zu zügeln. Und lerne, wann du deine ganze Kraft entfesseln darfst, geradezu entfesseln musst!"

„Was war das eben für eine Verwandlung? Ich war plötzlich du und hatte vier Beine. Mach das bitte nicht noch einmal, das war gruselig."

Das Pferd wandte sich von Ailith ab und begann zu grasen. „Das war nicht ich", murmelte es mit einem Büschel Gras im Maul. Unschlüssig stand Ailith zwischen den merkwürdigen Bäumen, die sich neugierig lauschend ihr zuneigten, und schenkte ihnen keinerlei Beachtung. Sie fühlte Sehnsucht nach Fionnbarra. Wie weit sie wohl inzwischen entfernt war? Und wo war Gaia? Den Weg zurück hatte sie sich nicht gemerkt im Überschwang der

Gefühle. Gelangweilt schaute sie sich etwas in der Gegend um. Dann beschloss sie, wieder aufzusitzen um sich das riesige Gebirge anzuschauen, welches sie während des Fluges gesehen hatte. Danach konnte sie immer noch zurück zu ihren Leuten. „Komm, Chiimori, ich will weiter. Diesmal bestimmst du das Tempo!"

Doch die Antwort blieb aus. Es war verschwunden. *Tja, ein normales Pferd hätte ich angebunden, aber eines aus Wind lässt sich nur schwerlich festhalten.* Verärgert stapfte sie durch den Wald in die Richtung, in der sie das Gebirge vermutete. Sie erkannte, wie sinnlos das Unterfangen war. Eine solche Entfernung konnte sie nicht zu Fuß zurücklegen. Also doch lieber zurück zur Lichtung. Aber wo lag sie? Ailith war zu stolz, das Windpferd zu rufen. Sollte es sich doch vor Fearghas verantworten müssen, wenn sie zu spät kam. *Zu spät wofür eigentlich?* Auf sehr unangenehme Weise krabbelte ein Zweifel, ein Angstgedanke, tief aus ihren Eingeweiden an die Oberfläche und hinterließ eine heiße Spur in ihrem Magen. War das möglich? Wenn sie nicht zurückfand, musste sie dann für immer hierbleiben? Würden Oma und Fionnbarra ohne sie nach Glenmoran zurückkehren? Nervös geworden, ließ die junge Frau ihre Blicke schweifen. Ihre Aufmerksamkeit wurde von einem Weg angezogen. Immerhin! Wo ein Weg war, war auch ein Wille.

Oder war das umgekehrt? Sie schlug ihn ein, in der Hoffnung, auf dem richtigen Wege zu sein. Bald schon zog etwas anderes ihre Aufmerksamkeit auf sich. Ein Tor. Mitten auf dem Weg! Daran ein Schild: „Privat". *Wie albern, hier ein Tor zu setzen. Man kann doch einfach außen herumgehen! Davon lasse ich mich nicht abschrecken. Schließlich ist das hier der einzige Weg, den ich gehen kann. Was hat der Ahnherr noch gleich gesagt? ‚Ihr seid hier in mir' oder so ähnlich. Logischerweise ist eh alles privat. Er kann mir also keinen Vorwurf machen.*

Ailith setzte einen Fuß vor den anderen und widmete ihrer Umgebung jetzt mehr Beachtung. Diese Bäume hier schienen zu tanzen. Ständig wechselte ihre Form. Und bei manchen machten sich die Blätter anscheinend einen Spaß daraus, auf einen Schlag gemeinsam abzufallen, manisch um den Stamm zu wirbeln, um sich dann wieder an die Äste und Zweige zu heften. Eine Variante des Spiels war, dass die Blätter von Baum zu Baum sprangen. Im Unterholz huschten kleine Wesen umher, blieben aber ungesehen. Ailith lauschte. Stimmen! Vorne weiter schienen Leute zu sein. Neugierig beschleunigte sie ihre Schritte. Der Weg unter ihren Füßen tat dasselbe. Sie kam sich vor wie auf einem Laufband im Fitnessstudio, nur mit dem Unterschied, dass hier keine Regelung für die Geschwindigkeit zu sehen war. Die Bäume rasten plötzlich an ihr vorbei, wurden zu grünen Querstrichen und eine Geräuschkakophonie raubte ihr den letzten Nerv. Dann war es still, sehr still. Dunkelheit und eine feuchte Wärme umschlossen sie. Nur ein rhythmisches Geräusch, wie Herzschlag, war zu hören. Ailith fürchtete sich. Ja, sie fürchtete sich vor dem ... *Außen*! Der Weg hinaus war eng, so bedrückend, dass es fast wehtat. Die Luft wurde ihr knapp und als sie meinte, sie könne das alles nicht mehr ertragen, wurde es hell und eine Stimme sagte: „Es ist ein Knabe!"

Es folgten intensive Gefühle wie Hunger, Einsamkeit, Kälte. Diese wurden aber zuverlässig gelindert, sobald er schrie. Da war ein wunderbarer Duft, der Sicherheit und Liebe versprach. Hände, die über seinen Kopf streichelten. Stimmen, die für ihn leise sangen und ihn in den Schlaf wiegten. Weiche Haut, die sich an seine schmiegte. Kräftige Hände, die ihn hochwarfen und sicher wieder auffingen, bis er vor Freude juchzte und atemlos war. Dann ein Sprung durch die Zeit. Sein Name wurde gerufen: „Fearghas!" Kinderstimmen, die ihn auslachten. Der Duft, der Liebe versprach, war fast vergessen, das Kind lebte nun woanders. Alles war hier anders, und er tat sich schwer, sich anzupassen. Er musste Unterricht nehmen bei Endurion. Ein Kessel, der fürchterlich stinkenden Rauch hervorbrachte, erschien auf der Bildfläche. Wieder das Lachen von Kindern. Es war ein gehässiges Lachen. Dann erschien ein brizzelndes Portal, er sprang hindurch und nahm auf der anderen Seite der Wirklichkeit Drachengestalt an! Er war glücklich. Dann sprang der Weg auf der Zeitlinie wieder ein Stück weit voran.

Ailith war nur stille Beobachterin, sie konnte sich nicht mehr rühren, nicht einmal mehr atmen, wie es schien. Sie hatte keine Ahnung, was mit ihr geschehen war und ob das alles so seine Richtigkeit hatte. Die Zeit rauschte in Bildern an ihr vorbei und sie wurde Zeugin eines Elbenlebens im alten Magiyamusa. Fearghas war nun ein junger Mann. Innerlich verunsichert, weil seine Mutter ihn ständig kritisiert hatte und der Vater sich nur selten Zeit für ihn nahm, trat er seine Stelle als Soldat der Hagedornkönigin an. Zum ersten Mal waren seine Eltern stolz auf ihn! Fortan diente er mit Hingabe der launischen Königin, die mal Kind, mal Weib, mal Alte war und dann, nach dem Hagedornschlaf, den Zyklus von Neuem begann.

Schließlich ein Gefühl von Gefahr! Wahnsinn und Angst breiteten sich in der Anderwelt aus. Sie war in Auflösung begriffen. Ein gefräßiger, weißer Dunst forderte viele Leben ein. Zusammen mit einem Pulk aus verirrten Menschen wurde Fearghas von einem schrecklichen weiblichen Wesen durch Raum und Zeit geschleudert – er fiel direkt in eine Feuerstelle. Von da an war er auf der Flucht in einer fremden, feindlichen Welt. Ailith erlebte dies derart, als sei sie selbst der Elb. Dann ein Gasthaus. Wärme, Zuflucht. Ein bekanntes Gesicht. Aber auch wieder Ablehnung, nicht alle waren mit seiner Anwesenheit einverstanden. Das Erwachen von Liebe und Begehren: Robena! Das Gefühl, am Ziel angekommen zu sein. Endlich lieben dürfen, aus ganzem, unverfälschtem Herzen! Und dann: Schmerz, Haut bricht auf, Wandel. Krallen statt Finger. Drachenhaut. Flucht. Einsamkeit. Zurückschleichen. Ein altes, schiefes Haus. Die Schmiede. Vertrautes Feuer. Der Duft von Metall. Kameradschaft. Das Schwert! Dann ein Lauf durch die Straßen von Glasgow, Alarm! Feuer, tödlich. Menschen, die voll Abscheu *Teufel* rufen. Robena retten, nur das zählt. Angst und Mut zugleich. Stärke, aus tiefer Liebe geboren. Was mit ihm geschieht, ist völlig egal, solange nur Robena am Leben bleibt. Aus Drachenaugen blickt er in ihr rußverschmiertes Gesicht, er nimmt Abschied. Sein Herz stirbt in diesem Moment. Das alberne Ding schlägt weiter in seiner Brust, nicht wissend, dass es tot ist. Wieder Flucht und Einsamkeit. Dann nimmt er Witterung auf, er ist fast ein Tier, Instinkte überwältigen sein elbisches Bewusstsein. Kampf! TOD! Er tötet, ohne zu bereuen. Dann der Mondregenbogen. Den Göttern sei Dank! Doch sie verstoßen ihn, werfen ihn durch das Regenbogenmondlicht in die Unendlichkeit. Warum? Vater, was tust du? Auflösung? Er wäre einverstanden mit ewigem Schlaf. Alles so sinnlos. Alles verloren.

Dann das Erwachen auf der Wiese. Ein Kind, das mit ihm spielen will. Sein Kind! Die Götter zeigen Gnade – Robena ist da! Ein neues Leben als Mensch. Tiefes Glück, fassungslos vor Glück. Heimat. Das Drachenschwert kehrt zu ihm zurück und fordert eine Seele ein. Gaia schreitet ein. Segensreicher Alltag. Und doch. Andersartigkeit. Robenas Augen schreien ihn immer öfter ohne Worte an. Überforderung auf beiden Seiten. Dann der Unfall. Seine Hand! Nur noch eine Klaue, Opfer des Feuers und seiner Unachtsamkeit. Seine Flucht vor der Ehe, vor den Erwartungen, die er nicht erfüllen kann. Das Gefängnis. Die Freude der Malerei. Neubeginn. Wieder Flucht vor Robenas schreienden Augen, die ihm vorwerfen, nicht mehr er selbst zu sein. Das Mondrunenbuch. Seine Tochter Tibby ist nun erwachsen. Die Zeit des Abschieds naht.

Die Bilder nehmen wieder an Geschwindigkeit zu. Ailith spürt, wie ein frischer Wind aufkommt und sie – oder ist sie Fearghas? – emporhebt. Sie hört wieder Stimmen. Neubeginn, immer wieder Hoffnung, Sinn, Zugehörigkeit, die Magie des körperlosen Lebens. Der Dienst an der Schöpfung. Das Licht Gottes. Die Gotteskindschaft. Sternenlicht, das Leben gebiert. Dann Schwärze. Die Ewigkeit. Sie ist nicht für Ailith bestimmt, jetzt noch nicht. Sie spürt einen Sog und sieht vor sich Fearghas' Augen, riesengroß ist sein Gesicht. Dann schrumpft es auf normale Größe und sie steht wieder auf der Lichtung, wo ihre Reise begonnen hatte. Die Via Dolorosa ihres Ahnherrn liegt hinter ihr. Fearghas schaut sie wissend an. Ein leises Lächeln umspielt seine Lippen. Das Chiimori steht unter dem Hagedorn und schlägt mit dem Schweif. Es donnert leise. Dann prescht es davon. Sein Werk ist getan.

Ailith bat stumm um Vergebung für ihre Indiskretion. Die von ihm gesetzte Grenze hatte sie willentlich und leichtfertig überschritten. Es war ihr peinlich. Und doch ... sie hatte dadurch auch ein Geschenk erhalten: Einblick in ein Leben, das ihre Vorstellungskraft weit überschritt. Diese Intensität! Diese tiefe Leidenschaft für das Leben und die Liebe, und all diese geheimnisvollen Sachen im Sternenlicht – sie verstand die letzten Bildsequenzen gar nicht. Fearghas war der beeindruckendste Mann, dem sie je begegnet war. Sie fühlte sich ganz klein und demütig, angesichts dessen, was er erlebt und erlitten hatte und doch letztlich siegreich war. Denn ohne ihn, ohne seine Opferbereitschaft, gäbe es heute diese Familie nicht, gäbe es sie selber nicht! Und der Dämon würde immer noch die Menschheit beeinflussen. Ja, er wäre jetzt entfesselt und brächte noch größeres Unheil über die Welt. Ailith begriff jetzt, das alles so kommen musste, wie es gekommen war. Mit Ausnahme von Fionnbarras Beteiligung und

Blindheit, was allein sie verursacht hatte ... Fionnbarra! Wo war er?

„Ahnherr, wo ist mein Fionnbarra?"

„Dort drüben, geh nur zu ihm hin". Fearghas deutete mit der Hand auf ein weites Feld, das mit roten Mohnblumen schier übersät war. In der Ferne konnte sie ihn sehen. Er war nicht allein. Ailith gab es auf, über diese „Welt" in vernünftigen Bahnen nachzudenken. Sie wollte lieber nicht wissen, wie sie eben diese enorme Entfernung in wenigen Augenblicken zurückgelegt hatte. Illusion, alles Illusionen! Auch dieses Mohnfeld, dessen Schönheit schier überwältigend war, hatte es bei ihrer Ankunft noch nicht gegeben. Je mehr sie sich beeilte, zu Fionnbarra zu kommen, umso weiter entfernte er sich. Was hatte das nun wieder zu bedeuten? Ailith war gestresst. Sie begann zu rennen, aber auch das half nicht. Im Gegenteil. Verwirrt ließ sie sich nieder. War es ihr nicht erlaubt, zu ihrem Liebsten zu gehen? War das hier vielleicht eine Lektion, gar eine Bestrafung für das Überschreiten der privaten Grenze?

Die Mohnblumen in ihrer unmittelbaren Nähe kicherten leise und flüsterten miteinander. „Was für ein albernes kleines Ding, so drollige Gedanken!"

„Hey, ich kann euch hören!" Ailith war entrüstet. Sie entdeckte bei genauerem Hinsehen, dass sie mit winzigen Mohnelfen sprach, nicht mit den Blumen.

Die Elfchen hatten es sich zwischen den schwarzen Staubgefäßen gemütlich gemacht.

Die Elfen setzten ihre Plauderei fort, ohne auf Ailiths Einwand einzugehen. „Sie ist eine Erdsängerin und hat dennoch nicht die geringsten Manieren." „Ja, und sie scheint wirklich zu glauben, sie müsse sich immer anstrengen und immer ihren Willen durchsetzen." „Dabei könnte sie es viel leichter haben!" „Ich stimme dir zu, doch sie begreift es nicht." „Wir sollten ihr helfen!" „Ach was, Menschen wie die da, die lassen sich doch gar nicht helfen. Die wollen alles allein aus eigener Kraft erreichen." „Aber wir könnten es doch wenigstens versuchen." „Du mit deinem Helfersyndrom! Lass sie ruhig noch ein wenig schmoren." „Im eigenen Saft!" „Hahaha!" „Wenn ihr meint." „Vielleicht kommt sie erst in hundert Jahren auf den richtigen Trichter." „Na ja, hier in der Zeitlosigkeit wäre das kein Drama." „Wieso bittet sie nicht einfach darum, sich Gaia und Fionnbarra nähern zu dürfen?" „Oh nein! Dass du aber nie deinen Mund halten kannst!" „Du bist wirklich eine Landplage, jetzt hast du uns den Spaß verdorben." „Wir wollten doch sehen, ob sie von alleine darauf kommt!" „Du Plaudertasche, du!" „Tut mir leid." „Aber nicht weh!"

Ailith hatte genug gehört. Sie stand wieder auf, strich ihre Kleidung und ihr Haar glatt und konzentrierte sich auf ihr Ziel. „Ist es mir erlaubt, näher zu kommen?", fragte sie höflich in die Ferne gerichtet, ohne ihre Stimme zu erheben. Im nächsten Moment stand sie neben Gaia und Fionnbarra.

„Aber sicher doch, mein Kind. Nimm Platz. Wir sind gerade fertig geworden mit unserem Gespräch. Nicht wahr, Fionnbarra?" Gaia lächelte ihn mütterlich an. Sie trug immer noch Euphrasiablüten im Haar.

Der junge Mann erhob sich und strahlte Ailith an. „Wie schön, dich zu sehen! Und das meine ich wortwörtlich."

„Gaia hat dich geheilt! Danke, Mutter, tausend Dank!" Mit ehrlich empfundener Ehrerbietung neigte sie ihr Haupt vor der Erdseele.

„Ich habe nur den Weg geebnet, meine Tochter. Dein Dank gebührt Fearghas."

„Oh."

„Na los, nun küsse ihn schon. Das willst du doch. Lasst euch nicht von mir stören, Kinder." Gaia lächelte und zog sich an den Rand eines Sees zurück, der in diesem Moment in der Seelenlandschaft von Fearghas erschienen war.

Als die jungen Leute sich nach einem innigen Kuss wieder voneinander lösten, schwiegen sie zunächst. Ihre Herzen waren übervoll. Sie hielten einander an den Händen und waren für den Moment wunschlos glücklich.

Fionnbarra war es, der das süße Schweigen brach.

„Sie will auch mit dir sprechen, Sunny."

Überrascht nahm Ailith in seinen Augen eine Mischung aus Ernst, leichter Unsicherheit und Freude wahr. Es kribbelte ihr unangenehm in Bauchnabelnähe. *Irgendwas stimmt hier nicht,* dachte sie alarmiert.

„Geh nur, ich warte bei Fearghas auf dich. Du hast einen tollen Ur-Ur-Ur-Opa, oder hätte ich vier Mal „Ur" sagen müssen? Das hätte ich mir nie träumen lassen, in was für eine Familie ich mal einheiraten würde."

„Heiraten?"

„Sicher! Jetzt, wo du ... da sollten wir doch besser ... ach, jetzt geh einfach zu Gaia. Ich warte mit dem Elb auf die Rückkehr deiner Oma."

Im nächsten Moment, bevor Ailith etwas entgegnen konnte, war er bei Fearghas und sie stand neben Gaia am See.

Tibbys Reise

Erwartungsfroh und aufgeregt wie ein kleines Mädchen, schritt Tibby hingerissen neben dem Wulliwusch einher. Ihr war bewusst, das alles hier, das war Gaias Gnade, ein Geschenk an ihre Erdsängerinnen. Jeder Baum fühlte sich für sie wie eine Kathedrale an. Sie sog die Schönheit der Seelenlandschaft ihres Ahnherrn in sich auf und fragte sich, ob die echte Anderwelt wohl genauso ausgesehen hatte, oder ob die Erinnerungen, in denen sie nun spazieren ging, verklärt waren.

Der Rüssel des Wulliwusch kräuselte sich an der Spitze, was das Äquivalent war zum menschlichen Lächeln. „Ich kann deine Gedanken lesen, weißt du?"

Abrupt blieb Tibby stehen. „Das kannst du? Ich habe nicht mal angenommen, du könntest sprechen. Verzeih bitte, aber ich hielt dich für ein schlichtes Reittier."

„Weißt du, was mich wundert, Erdsängerin?"

„Nein, was?"

„Dass du dich nicht über mich wunderst." Wieder kräuselte sich die Rüsselspitze.

„Alles hier ist voll der Wunder, einfach wundervoll. Ich wundere mich die ganze Zeit, ehrlich gesagt. Seit ich hier bin, bin ich ein staunendes Kind und auch voller Vertrauen. Ein Wesen wie dich habe ich in der Tat nicht erwartet. Du siehst aus wie ein süßer Elefant, dessen Mama fremdgegangen ist." Tibby war damit herausgeplatzt und schämte sich nun etwas für ihre Worte. Wie ungehörig von ihr! Aber ihr Begleiter kräuselte nur umso heftiger seinen Rüssel. Sogar das feine, dichte Fell geriet in amüsierte Aufruhr.

„Du bist wirklich lustig, Menschenfrau. Ich kann eh deine Gedanken lesen, also nur frei heraus! Übrigens bin ich kein ‚Begleite*r*'."

„Verzeih mir meine Unwissenheit, dann bist du also eine Sie, eine Wulliwuschin?"

„Nein, ich bin Wulliwusch. Weder das eine, noch das andere. Wir haben kein Geschlecht in eurem Sinne. Unser echter Name ist für Menschen und Elben unaussprechlich. ‚Wulliwusch' ist mehr ein Spitzname, ein Kosewort. Die vierte Hagedornkönigin hat uns so genannt. Im Grunde sprachen wir auch fast nie. Zu Zeiten der ersten Anderwelt, als dein Ahnherr noch ein Elb Magiyamusas war und noch nicht um seinen menschlichen Anteil wusste, hat mein Sippenmitglied, das ihn durch die Zeit führte, sogar nur in Zwei-Wort-Sätzen geredet. Wir sind für körperliche Sprache einfach nicht geschaffen. Aber da wir uns hier nun von Geist zu Geist begegnen, erlebst du unser Gespräch als wortreichen Austausch.

Willst du vielleicht wissen, wie das damals für ihn war? Ich kann dir das zeigen. Du würdest es als stiller Betrachter miterleben können."

„Wenn Fearghas nichts dagegen hat? Ich würde das sehr, sehr gern erleben." Tibby bekam vor lauter Begeisterung und Vorfreude rote Wangen und ihre Augen glänzten, was sie jünger aussehen ließ.

„Lass uns ein Stück weiter in den Wald hineingehen. Ich weiß dort ein hübsches Plätzchen, wo wir gänzlich ungestört sind."

„Gern. Ich gehe meilenweit, wenn es nötig ist. Mir tun hier nicht mal meine Gelenke weh, darum genieße ich das Gehen auch so sehr." Tibby lachte hell auf. „Kein Wunder, ich habe ja auch keine Gelenke, sondern bin hier nur ein Bewusstsein ohne irdischen Körper. Gar nicht mal so schlecht, ehrlich gesagt. Ist es so, wenn man tot ist? Ach, lass mal. Brauchst nicht antworten. Aber, wenn du erlaubst, würde ich gern auf dir reiten. Ist sicher ganz anders als zu Pferde."

Das Wulliwusch hielt an und senkte seinen massigen Körper ab. Tibby stieg gemächlich auf und machte es sich in dem wunderschön gepunzten und mit Edelsteinen bestückten Sattel bequem. Sie fühlte sich wie eine echte Lady, denn es war ein altmodischer Damensattel. Wenn Tosh sie doch nur jetzt sehen könnte! Nach einer Weile hatte sich Tibby an den wiegenden Schritt gewöhnt und entspannte sich zusehends. Welch prachtvoller Wald! Bäume und Sträucher in den herrlichsten Farben. Niemals grell, immer angenehm für das Auge. Einige leuchteten von innen heraus. Manche waren sehr kräftig, andere wieder zart und fast unscheinbar. Und von überall her erklangen Töne, Melodien.

„Sag mir, wer macht hier die Musik? Sind es Elfen? Warum zeigen sie sich mir nicht?"

„Das, was du Musik nennst, ist Duft! Du hast elbisches Blut in dir, meine Liebe. Wenn Elben eine

Geruchswahrnehmung haben, dann hören sie das. Du bist zum allergrößten Teil Mensch, darum ist das auf der Erde für dich anders. Aber manchmal hast du etwas gleichzeitig gehört, ganz leise, wenn eine Pflanze besonders gut geduftet hat, nicht wahr? Hast gedacht, die Engel singen."

„Ja! Woher weißt du das?"

„Schon vergessen?"

„Ach ja, du liest meine Gedanken. Aber ich habe daran eben gar nicht gedacht."

„Doch, schon. Es war dir nur nicht bewusst." Die Ohren des Wesens zuckten unentschlossen hin und her. Dann traf es eine Entscheidung und nahm das Gespräch wieder auf. „Ist dir eigentlich bewusst, dass du zu einem ganz winzigen Teil auch Götterblut in den Adern hast? Und Ailith auch?"

Tibby versteifte sich. Der Gedanke erschreckte sie. „Nein, darüber habe ich ja nie nachgedacht! Aber du hast Recht. Fearghas war der Sohn des Midir, und dieser war ein keltischer Gott. Oder Halb-Gott. Das weiß ich gar nicht so genau. Andererseits hatte ich ihn immer eher für eine mythologische Gestalt gehalten und nicht für ein reales Wesen, das sich auch noch mit einer menschlichen Frau fortpflanzt. Nein, darüber habe ich nie ernsthaft nachgedacht."

„Ja, was meinst du denn, woher deine, für menschliche Verhältnisse, enormen Fähigkeiten stammen? Das ist nicht einfach nur elbisch, das ist ein Hauch Anderwelt-Göttlichkeit. Ich hoffe, du bist nicht allzu erschüttert?"

„Doch, schon." Tibby runzelte die Stirn. „Heißt das, ich bin nicht wirklich von der Erde, kein richtiger Mensch?"

„Sei beruhigt, du bist ein richtiger Mensch, aber eben ein besonderer. Auch die Anderwelt war mal Teil der Erde. Wusstest du das? Ich kann dir die Schöpfungsgeschichte der Anderwelt vortragen, wenn du möchtest. Die gehört übrigens zum Repertoire eines jeden magiyamusanischen Elbenkindes. Da kam keines drumherum. Der Meisterlehrer Endurion ließ nicht mit sich handeln, was das anging."

„Gern! Aber zuerst möchte ich mehr erfahren über diese Zeitreise, die Fearghas gemacht hat."

Das Wulliwusch wackelte lustig mit seinen Ohren. „Wir sind gleich am Ziel."

Schließlich hielt es in einer Talsenke an. Ein Baumtänzerbaum stand wie ein Wächter am Rande und begrüßte Wulliwusch und Frau mit einem fröhlichen Blättertanz. Ein besonders vorwitziges Blatt flog direkt in die Rüsselspitze und kitzelte drauflos. Das ergab einen so heftigen Nieser, dass die Blätter allesamt vom Baum gepustet wurden und die Reiterin aus dem Sattel fiel! Tibby hielt sich den Bauch vor Lachen. So unbeschwert wie hier, war sie seit Jahren nicht mehr gewesen. Schließlich, als sich alle wieder beruhigt hatten, saß sie in einer kleinen Kuhle, die mit viel weichem Sternchenmoos ausgekleidet war, und das Wulliwusch hatte sich ihr gegenüber niedergelassen.

„Genau an dieser Stelle hat dein Ahnherr Fearghas seine Reise angetreten. Also, das hier ist seine Erinnerung. In Wahrheit hat die Umgebung ein klein wenig anders ausgesehen. Im Lauf der Zeit verändern sich Erinnerungen oft, sie werden unpräzise. Aber wir, die Wulliwusch genannt werden, sind das lebende Gedächtnis der Anderwelt. Nun ja. Lass uns beginnen. Ich zeige dir jetzt seine Reise."

Das silberhaarige, dickbauchige Wesen legte seinen Rüssel an Tibby Stirn, genau auf die Stelle, die in ihren Kreisen ‚das dritte Auge' genannt wird. Die Erdsängerin fühlte die angenehme Wärme, die von der weichen Rüsselspitze ausging. Ihr Vertrauen war groß. Ihre Wissbegier noch größer. Sie hörte wie aus weiter Ferne die Worte *Zeit unendlich ...* Dann sah sie ihren Ahnherrn. Seine Uniform sah etwas mitgenommen aus. Er hockte angespannt genau neben ihr! Sie hätte ihn berühren können, doch sie wusste, dass dieses nur eine Illusion war, nur Bilder ... Er starrte etwas ungläubig auf das sehr große Wulliwusch ihm gegenüber. Dessen Hüften und Fettmassen setzten sich wellenförmig in Bewegung. Es sah aus, als würde es sich in orientalischem Tanz versuchen. Aus dem silbernen Fell stob eine Wolke von Staub hervor, sie breitete sich ebenso silbrig aus. Bevor sie sich völlig in den Wind verstreuen konnte, saugte das Wulliwusch sie mit seinem Rüssel ein, bis auf das allerletzte Staubkörnchen. Mit Wucht blies es dem Elben alles ins Gesicht. Sein nunmehr liegender Körper erstarrte und die Augen schlossen sich umgehend. Tibby konnte fühlen, wie Panik seinen Geist überflutete. Todesangst überkam ihn, als er sich zu einer kleinen, lichtartigen Kugel zusammenzog. Tibby glitt mit ihm in einen Tunnel. Als Fearghas begann über Midir nachzudenken, verlangsamte sich der Flug. Oder war es mehr ein Fall? Tibby schwebte nun gemeinsam mit ihm über einem Paar. Die Gegend kam ihr vertraut vor, es mochte wohl das alte Irland sein. Die Frau und der Mann waren in einen heftigen Streit vertieft. Der Mann war Midir, erfuhr Tibby. Er wanderte zwischen Anderwelt und Welt, wie es ihm beliebte. Die Frau, stolz und schön, war seine menschliche Gefährtin. Ihr Haar war tiefschwarz, mit einem Hauch Blau. *Ungewöhnlich*, befand Tibby, *aber herrlich anzuschauen. Ob sie wirklich eine Irin ist?* Sie hörte nun, wie das andere Wulliwusch, das damals Fearghas durch die Zeit geschickt hatte, sagte: *„Ich hoffe, du nimmst es mir nicht übel, dass ich dich auf diese Zeitreise schickte. Sorge dich nicht wegen deines Auftrages. In meinem Tal steht die Anderweltzeit still, wenn ich mir den Staub der Ewigkeit aus dem Fell schüttele."*

Tibby nahm noch wahr, wie Fearghas die Erkenntnis überkam, dass dieses Paar hier seine leiblichen Eltern waren und er in Wirklichkeit Sohn eines Halbgottes und einer irdischen Frau. Dann endete die Vision, das gegenwärtige Wulliwusch nahm seinen Rüssel von Tibbys Stirn wieder weg. Sie atmete tief durch, ihre Augen strahlten. „Danke, das war faszinierend! Ich hätte noch so viele Fragen zu seinem Leben, was alles nicht im Tagebuch der ersten Erdsängerin steht. Aber das will ich ihn selber fragen. Ob wir wohl dafür noch Zeit haben werden? Ach, ich bin so aufgeregt! Am liebsten würde ich wochenlang hierbleiben. Glenmoran kommt auch ohne mich aus. Oh, aber dann würde ich Mafaldas hundertsten Geburtstag verpassen, das geht nicht."

„Du vergisst, dass wir hier im Reich der Zeitlosigkeit sind, denn all dies ist Geist, ist Bewusstsein, das ewig existiert. Aber, ich spüre, dass euer Aufenthalt sich bald schon dem Ende zuneigt. Doch will ich dir nicht die Schöpfungsgeschichte der Anderwelt vorenthalten! Lausche meiner Stimme ..."

Vor langer Zeit, es mögen zehntausend Erdenjahre oder mehr vergangen sein, waren Menschen und Túatha Dé Danann EIN Volk. Sie alle waren die Kinder Danus, der Großen Mutter.

Es kam eine dunkle Zeit über das Volk, denn die Dämonen Zwist und Hader schlichen sich in die Welt, um die Seele des Volkes zu vergiften. Brudermord war das finstere Kind von Zwist und Hader. Die Túatha Dé Danann fürchteten um ihre Existenz, denn die Menschen waren stärker als sie, erfüllt von Wildheit und auch Blutdurst. Das Feenvolk Túatha Dé Danann zog sich in seiner Angst zurück ins Sommerland, auf die große Insel Avalon. Auf langen Booten, die sie aus Ebereschenholz schnitzten, überquerten sie das große Meer. Der Schutzgeist der Insel nahm sie gütig auf und verbarg das weinende Volk, indem er rund um die Insel Nebel aufsteigen ließ. So waren sie vor den Augen der Menschen verborgen.

Verfolger und Dämonen verirrten sich im Nebel, und viele kamen darin um, weil sie den Weg hinaus nicht mehr fanden. Die Kinder Danus aber fanden Frieden und Glück in ihrer neuen Heimat, die wahrlich ein Paradies war. Es gab dort keine Jahreszeiten. Immerzu trugen Bäume und Büsche Blüten und Früchte. Obwohl der Nebel, geformt wie eine Kuppel, die Insel verbarg und auch Sonne, Mond und Sterne nicht mehr zu sehen waren, hatte das Volk stets genug Licht, denn die Magie der Insel leuchtete ihnen allezeit. Auf der Insel waren zahlreiche Süßwasserquellen, das Wasser war angefüllt mit wilder Magie. Und so erlernten die Alten und Weisen des Volkes den Umgang mit der

Magie, denn sie war ein Teil von ihnen geworden. Der Inselschutzgeist selbst gab ihnen Unterricht. Was sie lernten, all ihre magische Kunst, gaben sie gewissenhaft weiter an ihre Kinder und Kindeskinder. Und auch diese handelten so für ihre eigenen Kinder und Kindeskinder.
Bald schon war ihnen nichts mehr unmöglich. Sie formten die Insel mit Magie und Imagination nach ihren Wünschen, erschufen sogar neue Kreaturen! Dadurch, dass sie so stark und mächtig im Geiste wurden, Generation für Generation, veränderten sich dort sogar die Gesetze der Natur. Die Zeit verlief fortan auf der Insel und in ihrer unmittelbaren Umgebung anders als im Rest der Welt. Die Erde drohte dadurch zu zerreißen! Schwere Beben, Wirbelstürme und Sintfluten erschütterten den Planeten in seinen Grundfesten. Unzählige Menschen und Tiere verloren ihr Leben.
Dagda und Danu, Allvater und Allmutter, sahen dies mit großer Sorge. Sie beschlossen, um alle miteinander zu retten, das Sommerland vom Rest der Erde zu trennen und schoben die Insel behutsam in eine andere Dimension. So kam der Planet wieder zur Ruhe und das Leben in all seinen Facetten wuchs und gedieh aufs Neue.
Aus Avalon wurde das Anderland.
Die Völker aber, einst Brüder und Schwestern, waren nun getrennt und entwickelten sich gemäß ihrer Art fort und unterschieden sich sehr. Die

Túatha Dé Danann bekamen die Aufgabe zugewiesen, all die Devas und Elementargeister, die für die irdische Flora und Fauna zu sorgen hatten, in ihrer so wichtigen Arbeit zu unterstützen mit der Energie der wilden avalonischen Magie. Die Menschen hingegen waren dazu auserkoren, die schönste Perle im All, die Erde, zu hegen und zu pflegen. Auch sie waren große Träumer und erschufen Großes und brachten viel Neues in die Welt, im Einklang mit Natur und Kosmos. Doch war diese Entwicklung nicht von Dauer. Irgendwann begann, zunächst unmerklich, der Raubbau an der Natur und neue Dämonen namens Gier und Seelenkälte schlichen sich in die Herzen und Geister der Menschen.

Darum gestatteten Danu und Dagda, dass sich dann und wann ein Tor zwischen den Dimensionen öffnete, damit die Abgesandten aus Avalon-Anderwelt die Lehrer der Menschen sein konnten. Doch im Nebel hatten dereinst die sterbenden Dämonen ihre ganze Bosheit als letzten Gruß aus der Unterwelt hinterlassen. Jeder Elb, jede gute Fee, die durch das Tor gingen, verwandelten sich während des Überganges in ein Fabeltier oder eine schreckliche Chimäre. Anstelle von weisen Lehrern bekamen die Menschen Besuch vom Minotaurus, von einäugigen Riesen oder Harpyien und anderen Wesen. Nur sehr selten gelang es einem Bewohner der anderen Seite in seiner eigenen Gestalt über die

Erde zu wandeln, um die Menschen von ihrem schädlichen Tun abzuhalten. Denn obwohl Erde und Avalon-Anderwelt in verschiedenen Dimensionen ihre Heimat haben, so sind sie doch in ihrem Schicksal innig miteinander verbunden.
Stirbt ein Teil der Erde, so stirbt ein Teil Avalons. Und wenn einst Avalon, die Anderwelt zugrunde gegangen ist, wer soll dann die Devas der Flora und Fauna nähren, wer die Elementargeister stärken?
Dann wird die Erde mit ihren Bewohnern auf sich selbst gestellt sein.
Avalons Tod ist der Tod aller.
Mögen Allvater und Allmutter dies zu verhindern wissen!

Als das Wulliwusch seinen Vortrag beendet hatte, schimmerten Tränen in Tibbys Augen. Sie senkte ihr Haupt und schlug die Hände vor ihr Gesicht. „Das ist furchtbar."

„Was meinst du? Hat dir meine Art zu rezitieren nicht gefallen?"

„Ach, Unsinn. ‚Der Tod aller!' Uns steht der Weltuntergang bevor! Hast du denn nicht verstanden, was die letzten Sätze bedeuten?"

Das Wulliwusch dachte scharf nach. Es drehte seinen Rüssel zu einer Spirale, rollte ihn wieder aus, drehte ihn wieder ein ... dann dämmerte es ihm. „Ah! Mir ist jetzt klar, was dich erregt. Beruhige dich erneut. Die Anderwelt ist ja nicht wirklich zugrunde gegangen, sie wurde in den Schoß der Götter wieder aufgenommen und gewandelt. Sie ist immer noch da, parallel zur Erdenebene, aber erneuert, reiner, ursprünglicher, alles Destruktive wurde getilgt. Du kannst doch die Naturwesen immer noch wahrnehmen bei dir zuhause, nicht wahr? Also existieren sie auch! Allvater und Allmutter wussten den Tod Avalons zu verhindern. Noch haben die Menschen Zeit umzukehren und die Frevel gegen die Natur – und gegen sich selbst – einzustellen. Lebt *mit* der Natur, nicht *gegen* sie. Lebt *für*einander, nicht *gegen*einander. Das ist alles. Wandelt euch! Seht das Heilige in der Natur, das Heilige in euch selbst. Ihr seid doch nur ein Teil der Natur, nicht ihr Herr."

Tibby erhob sich. Sie fühlte sich etwas erschöpft und legte ihre Stirn gegen den breiten Schädel ihres Begleiters. Das Fell war viel weicher als ein Pferdefell. Und es duftete zitronig. Das Wulliwusch legte seinen Rüssel um ihre Schultern und hielt sie warm und sicher, bis ihre Kraft zurückkehrte.

„Ich habe noch mehr für dich. Willst du Ambers Geschichte hören? Als ihre Nachfahrin hast du ein Recht auf die Wahrheit."

Die Frau löste sich aus der Umrüsselung. „Tante Amber? Mutter hat immer damit gedroht, dass ich mal enden würde wie sie, in einer Anstalt für Geisteskranke. Wieso kannst ausgerechnet du mir die Wahrheit sagen? Amber war nie in der Anderwelt und du wirst wohl kaum in Südengland herumspaziert sein. Aber ja, sag, was war mit ihr?"

Der Rüssel zuckte nun unwillig hin und her. Tibby sah mit großen Augen, wie das Nackenfell sich ruckartig aufstellte und das ehrenwerte Wulliwusch aussehen ließ wie den Centauri Londo Mollari aus der Serie Babylon 5. Das Wesen verströmte jetzt keinen zitronigen Duft mehr, es roch jetzt eher streng nach Estragon.

„Menschenfrau, du bist nun schon so alt und doch ungeduldig, sogar anmaßend!"

Wenn Tibby sich nicht so sehr wegen des köstlichen Anblicks das Lachen hätte verkneifen müssen, wäre ihr eine angemessen zerknirschte Miene gelungen, aber so ...

„Sag mal, eins muss ich dich nun doch fragen: Bist du ein Teil von Fearghas, aus seinem speziellen Humor entstanden?"

Diese Frage rief ein nachdenkliches Rüsselkreisen hervor. „Wie erkläre ich dir das, damit du es wirklich verstehst? Gib mir einen Moment."

Tibby spürte, wie das Wesen ungefragt ihre Gedanken durchsuchte und fündig wurde.

„Spitz deine runden Menschenohren und hör zu, Erdsängerin. Du befindest dich in einer durch Imagination, also durch Vorstellungskraft erschaffenen Welt, die den Erinnerungen des Elben entspricht. Es ist eine rein geistige Erfahrung. Doch du hast hier, um es euch Menschen angenehmer, angstfreier und erfreulicher zu gestalten, die Illusion sinnlicher Erfahrung. Aber du und deine Begleiter seid mit verschiedenen, echten Geistwesen zusammen, als da wären: Dein Ahnherr, der uns die Bühne bietet, Gaia, die ist für euch alle gekommen, das Chiimori ist speziell für Ailith da und ich bin für dich hier. In deiner modernen irdischen Welt würde man das am Ehesten als ‚Konferenzschaltung' bezeichnen. War das verständlich?"

Tibby nickte, obwohl sie im Grunde überfordert war. Sie faltete ihre Hände und setzte sich auf die nächstbeste Sitzgelegenheit – es war ein hüfthoher, kugeliger, rauer Pilz – und wartete höflich schweigend auf die Geschichte über ihre Tante Amber. Das Nackenfell legte sich wieder glatt an und der Rüssel kräuselte sich amüsiert.

„Was gibt es zu lachen?"

„Du sitzt auf dem Hintern eines Borkentrolls."

Erschrocken sprang Tibby auf und trat vorsichtshalber einige Schritte beiseite. „Ich bitte um Verzeihung, Borkentroll. Ich wusste nicht, dass du, nein, dass Sie ein, ähm, dass Sie kein Pilz sind." Leicht verunsichert schaute sie hilfesuchend zum Wulliwusch, das vor lauter Vergnügen bebte.

„Hahaha! Das war meine Art von Humor, nicht die deines Ahnherrn. Du kannst dich getrost wieder hinsetzen, es ist wirklich ein Pilz. Nun hör zu, jetzt offenbare ich dir, was mit Amber geschah. Ich habe

Kenntnis davon, weil ich unverhofft eine Zusammenkunft der Unseelies belauschen konnte. Eine der unseligen Feen hatte sich damit gebrüstet, Unheil gestiftet zu haben. Was niemand von der lichten Seite der Anderwelt wusste: Die Dunklen hatten ein eigenes Tor zur Erde. Ein kleines nur, es lag unter Wasser von der Erde aus gesehen. Deine Tante hatte das große Pech, in einen Teich zu fallen und gelangte so in die Fänge der bösen Feen. Sie bissen das arme Kind und warfen es wieder zurück in die Welt der Menschen. Fortan hatten sie Einfluss auf Amber. Sie schickten ihr böse Träume und ließen sie auch tagsüber nicht in Ruhe. Da auch Amber einige Tropfen anderweltliches Elbenblut in sich hat, war sie besonders anfällig dafür. Es war ihr nie bestimmt, eine Erdsängerin zu werden. Das ist dein Schicksal. Und das deiner Enkelin. Gaia hat versucht, mit ihr in ihren Träumen zu sprechen, sie zu heilen. Aber letztlich war das Gift der Dunklen stärker. Es ist eine Tragödie."

„Meine arme Tante. Das hat sie nicht verdient."

„Nein, das hat niemand verdient."

Ein Flügelbote, einem sehr großen Schmetterling ähnlich, näherte sich den beiden und landete auf dem Kopf der Frau. Er schüttelte sich den Staub von den Flügeln, der sich als Klang und Bild formierte, und überbrachte so die Nachricht: *Gaia wünscht dich zu sehen.*

„Zeit, sich zu verabschieden." Das Wulliwusch stupste mit seinem Rüssel sanft den geflügelten Boten von Tibbys Kopf.

„Doch nicht jetzt schon, es ist so schön hier mit dir!"

„Es war mir eine Freude und Ehre, dich zu begleiten, Erdsängerin. Nun folge dem Ruf Gaias. Gehe zum Mohnfeld, nimm diesen Pfad, der neben dem Blaustein beginnt, und verlasse ihn nicht."

„Wo?" Tibby sah sich suchend um. Als sie sich hilfesuchend zum Wulliwusch umdrehte, war es verschwunden. Nur ein Hauch silbernen Staubes war noch in der Luft und senkte sich schließlich mit einem zitronigen Wohlklang auf das Sternchenmoos, das sich richtungsweisend vor Tibbys Augen ausbreitete und ihre Sicht auf einen blauen Fels lenkte. Sie betrat den Pfad und augenblicklich sauste sie geradewegs auf ein Mohnfeld zu. Als sie nach wenigen Sekunden ankam, sah sie, wie Ailith von Gaia wegging in Richtung Hagedorn. Sie machte einen etwas verstörten Eindruck.

„Erdmutter, du hast gerufen. Hier bin ich."

Gaia machte eine anmutige Geste mit ihren Händen und lud Tibby zum Sitzen auf einem moosbewachsenen Fels ein. Kräftiges Farnkraut bildete die Rückenlehne. „Mach es dir gemütlich, meine Tochter."

Obwohl Tibby eine sichtbar alte Frau von über siebzig Jahren war, war es für sie dennoch natürlich, sich als Gaias Kind, Gaias Tochter, zu fühlen. Ihr Erscheinungsbild hatte Gaia in all den Jahren nie geändert. Immer erschien sie Tibby als reife, füllige, menschliche Frau in ihren besten Jahren. Nur die Gewandung und der Haarschmuck wechselten nach Jahreszeit und Stimmung.

„Ich möchte dir meinen tief empfundenen Dank für deine treuen Dienste aussprechen. Ich weiß, dieses Mal war es besonders schwer und sogar gefährlich. Darum hast du einen Wunsch frei. Ailith hat ihre Wahl bereits getroffen."

„Dann wünsche ich mir, dass Fionnbarra wieder sehen kann!"

Gaia lächelte und schüttelte den Kopf. „Du sollst dir etwas für dich selbst wünschen. Fionnbarra hat sein Augenlicht längst zurück."

Erleichtert atmete Tibby auf. Diese Last war also von ihren Schultern genommen. Sie überlegte kurz und äußerte dann ihren Wunsch.

Die Erdseele wollte erst ablehnen, doch dann gab sie nach. „Wenn dies dein Herzenswunsch ist, dann soll er dir gewährt werden."

„Danke. Das bedeutet mir wirklich viel. Darf ich dich noch etwas fragen?"

„Sicher."

„Es hieß, es sei die Kraft von vier Erdsängerinnen notwendig gewesen. Aber wir sind doch nur zwei, wir singen und schwingen mit der Erde und dem Wind. Woher kam die fehlende Kraft? Hast du selbst eingegriffen? Oder war es Cormag, der den Ausschlag gab?"

Gaia lächelte. „Die Kraft kam von zwei neuen Erdsängerinnen. Eine singt das Lied des Feuers, die andere trägt das Element Wasser in sich. Ihr wart tatsächlich vier Sängerinnen. Aber auch Cormag war wichtig, er war in Resonanz mit dem Dämon. Gleiches geht gern zu Gleichem. Und seine Magie hat die noch fehlende volle Kraft der neuen Sängerinnen ausgeglichen."

Tibby war überrascht. „Es gibt zwei weitere Erdsängerinnen? Leben sie in meiner Nähe? Warum kenne ich sie nicht? Sag, gibt es eine weitere Familie mit Elbenblut?"

„Nun, sie wurden euch noch nicht geboren."

„Aber wie können sie dann ..."

Das wissende Lächeln und der strahlende Blick der Erdseele beschleunigte die Erkenntnis in Tibby. Sie neigte ihren Kopf leicht zur Seite und bedachte die Erdmutter mit einem fragenden Blick.

„Ja, ganz recht, meine Tochter. Ailith trägt Zwillinge unter dem Herzen. Sie hat es bisher nicht gewusst. Es ist noch sehr früh, sie ist in der siebten Woche."

Tibby ging ein Licht auf. „Darum hat Fearghas, als wir eintrafen, Fionnbarra ‚Vater von Feuer und Wasser' genannt! Du lieber Himmel. Da hat der Junge aber ganz schön was zu verkraften."

„Vielleicht mehr, als er verkraften kann. Es ist besser, du gehst jetzt auch zum Hagedorn zu deiner Familie." Die Erscheinung Gaias verblasste langsam. Die Mohnelfen jubelten ihr zwitschernd zum Abschied zu. Tibby erhob sich nachdenklich vom Fels und schlug die Richtung ein, die auch Ailith genommen hatte.

Sie fand die jungen Leute in ein Gespräch vertieft vor, aber irgendetwas stimmte nicht. Fionnbarras Augen hatten einen fiebrigen Glanz, Ailith hingegen sah verstört aus und Fearghas wirkte regelrecht hilflos.

„Gut, dass du kommst, meine Liebe. Hier wird weibliche Intuition gebraucht, vorzugsweise die einer lebenserfahrenen Frau. Wieso freut sich der Bursche nicht einfach? Er hat die große Ehre, Vater von zwei Erdsängerinnen zu werden und die Mutter zu ehelichen. Ich weiß noch, wie glücklich ich damals war, als Robena und die kleine Tibby mich auf der Wiese fanden. Ich hatte plötzlich eine eigene Familie, ein Heim! Aber der hier, der beklagt sich über Haarverlust. Ist die Jugend in deiner Zeit denn so gänzlich anders? Und meinen Erläuterungen schenkt er plötzlich auch keinen Glauben mehr."

Fionnbarra begann, unruhig auf und ab zu laufen. „Nein, nein. Je länger das alles hier andauert, umso mehr glaube ich, dass ich noch im Krankenhaus bin und im Koma liege. Die Ärzte haben mir irgendwas zur Beruhigung gegeben und ich habe das Zeug nicht vertragen. Ja, das muss es sein. Der Blitz hat mich blind gemacht, meine Haare abgesengt und ich bin total durchgeknallt. Ich träume nur einen schrägen Wunschtraum wegen diesem Erdsängerinnen-Zeug, was ihr mir erzählt habt. Bin immer noch blind und habe einen Dachschaden. Ihr seid alle nur Trugbilder!"

Tibby sah mit Sorge, dass Ailith langsam die Fassung verlor und ihr typischer Jähzorn sich ankündigte. Bevor sie die jungen Leute beschwichtigen konnte, beziehungsweise sich entschieden hatte, wen sie zuerst zur Ruhe bringen sollte, geschah etwas Unerwartetes. Die Welt um sie herum begann zu flackern. Gaia erschien in ihrer Mitte. „Ihr müsst nun gehen. Nehmt euch an die Hand, schnell. Fearghas, sag ihnen Lebewohl! Du bekommst hohen Besuch, das können die Menschen nicht verkraften."

Der Elb verbeugte sich, eine Hand auf die Herzgegend legend, vor den Frauen und Fionnbarra. „Es war mir eine große Freude! Habt Dank für alles und möge das Hohe Licht euch segnen."

Im nächsten Moment erschien das Portal vor Ailith, Fionnbarra und Tibby. Sie wurden von einer unsichtbaren Kraft hindurchgeschoben, die keinen Widerspruch duldete. Von einem Moment zum anderen standen sie im ‚lebenden Hain' in Glenmoran.

-9-

Liebst du mich?

Fionnbarra, Tibby und Ailith waren etwas benommen. Zu groß die Diskrepanz zwischen der irdischen und der magiyamusanischen Welt. Die Farben hatten an Leuchtkraft verloren, alles sah flacher aus, so banal. Und doch … es war Heimat, es war gut, wieder zurück zu sein. Ailith hatte ihren Blick fest auf ihren Gefährten gerichtet. Sie hörte die erregte Stimme ihrer Mutter, ignorierte sie aber. Tibby hingegen ging beherzt dem Gezeter entgegen. Sie wollte dem jungen Paar ohnehin einen Moment der Privatheit geben.

„Ich kann tatsächlich immer noch sehen. Ich kann *dich* sehen, Sunny. Du bist das Schönste, was mir je unter die Augen gekommen ist. Aber ich bin völlig durcheinander. Hilf mir bitte."

Ailith, die vor einigen Sekunden in der Anderwelt noch hatte aufbrausen wollen, war auf einmal innerlich ganz ruhig. Sie nahm seinen Kopf zwischen ihre Hände, zog ihn zu sich herunter und drückte zärtlich ihre Lippen auf seine. Ihre Gefühle für ihn, die in diesem Moment mit aller Macht hochkamen und sie unwiderruflich an ihn banden, machten sie sprachlos. Und so blieb ihr nur die Sprache der Liebe. Sie schmiegte sich an, legte ihren

Kopf an seine starke Schulter und atmete zitternd aus.

„Was ist, Kleines?" Fionnbarra streichelte lieb über ihren Kopf und drückte sie fest an sich. Er wiegte sie sachte hin und her, auch zu seiner eigenen Beruhigung. „Alles in Ordnung?"

„Ja", hauchte sie. „Alles ist gut, wenn du wieder gut mit mir bist. Ich könnte es nicht ertragen, dich zu verlieren. Du bist mein Ein und Alles. Und ich habe dich nie angelogen."

„Ich liebe dich auch. Aber ich kann nicht verstehen, was passiert ist. Ich war wirklich blind, und nun sehe ich wieder. Jetzt stehen wir in diesem komischen grünen Ding, was deine Oma hat pflanzen lassen. Doch bis eben sah alles noch anders aus. Da war dieser Mann ... Ich hatte einen irrsinnig echten Traum und ihr wart da auch mit drin. Warum ist das alles hier so unglaublich schnell gewachsen? Diese Setzlinge hat MacFarlane doch erst vor einigen Tagen gepflanzt. Das geht nicht mit rechten Dingen zu."

„Nein, tut es auch nicht. Nicht in normalen, menschlichen Maßstäben. Lass uns später drüber reden, Mutter dreht gleich durch."

„Ja, ich höre das. Lass uns hier verschwinden."

„Ja, aber ich muss erst meinen Eltern zeigen, dass es mir gut geht."

Ailith und Fionnbarra gingen Hand in Hand zur Lücke der Hecke. Tosh sah verwirrt aus. Er fragte leise seine Frau „... aber ihr seid doch eben erst durch das Portal gegangen? Das ist keine zwei Minuten her." Tibby redete beruhigend auf Lucy ein, doch die war im Löwenmutter-Modus, da half kein Reden.

„Wo ist meine Tochter?", kreischte Lucy. „Tosh, du lässt mich jetzt sofort da rein! Warum versteckst du Ailith vor mir?"

„Hallo Mutter. Da bin ich, alles okay. Was machst du für einen Aufstand?"

„Ailith!" Im nächsten Moment fiel Lucy ihrer Tochter um den Hals. „Kind, wo warst du nur? Ich habe dich im ganzen Haus gesucht und im Stall."

„Warum seid ihr schon zurück von eurer Reise?"

„Keine Gegenfragen als Antwort, du weißt, ich kann das nicht leiden! Was habt ihr denn da drin gemacht, dass dein Opa meint, mir den Weg versperren zu müssen? Und was macht der Stallbursche bei dir?", fragte sie unhöflich. „Fionnbarra, würden Sie bitte die Hand meiner Tochter loslassen!"

Ailith, Tibby, Tosh – alle redeten erregt durcheinander. Niemand achtete mehr auf Fionnbarra, der sich unsichtbar fühlte und beschloss zu verschwinden. Er brauchte jetzt dringend eine Pizza, einen Berg Chips und seine Bude. Somit trollte er sich davon.

Es dauerte über eine Stunde, ehe Ailith sich von ihren Eltern freimachen konnte. Ihre Mutter Lucy hatte sie in den Wohnbereich geschleppt, weil sie ihrer Tochter und den Schwiegereltern Mitbringsel von der Reise überreichen wollte. Dabei wollte Ailith doch nichts mehr, als zu Fionnbarra zu gehen. Sie war ihrer Großmutter unendlich dankbar, dass sie der Familie gegenüber nichts von ihrer angeblichen Schwangerschaft erwähnt hatte. Als Ailith endlich an Fionnbarras Tür klopfte und eintrat, holte er gerade eine Pizza aus dem Ofen.

„Komm rein. Hast du auch Hunger?"

„Und wie. Das macht die Aufregung."

„N' Bier?"

„Lieber nicht. Es könnte ja sein ..."

Fionnbarra ließ für einen Moment die Schultern hängen. Dennoch war sein Lächeln echt, als er gestand, dass er schon zwei Pizzen verdrückt hatte.

„Und für wen sollte die dritte sein, du Vielfraß?"

„Für uns. Oder sollte ich sagen, für uns vier?"

Nun war es an Ailith, die Schultern hängen zu lassen. Was, wenn Gaia recht hatte? Eine so frühe Schwangerschaft hatte sie nie in Betracht gezogen. Und dann auch noch Zwillinge? Sie nahm den Pizzaschneider in die Hand und machte sich bedächtig ans Werk. „Fionnbarra, ich ..."

„Moment. Fassen wir zunächst die Ereignisse zusammen! Und dann sehen wir, ob ich meinen Verstand noch beisammen habe, oder nicht."

Fionnbarra nahm sich ein Bier und schlug geschickt den Kronkorken am Tischrand ab.

„Also: Wir zwei Hübschen hatten einen netten Fight vor dem Stall, es hat gewittert und ein Blitz schlug in dein Schwert ein. Daran kann ich mich schwach erinnern. Mich hat's umgehauen, dann wachte ich weiß Gott wo auf, weil ihr mich dorthin verschleppt hattet, und ich war blind. Eigentlich hätten wir beide tot sein müssen, oder? Dann habt ihr mich von dort in ein Krankenhaus gebracht und mir Märchen von einem Schwertgeist erzählt, der in mich gefahren sein soll. Raus aus dem Schwert, rein in Fionnbarra! Besten Dank auch. Von einem Dämon war auch noch die Rede. Die Ärzte sagen mir dann, sie hätten keinen blassen Schimmer, weshalb ich blind bin. Als nächstes kommt deine Oma, um mir zu sagen, dass du dir die Augen ausweinst und ohne mich nicht leben kannst, außerdem würde sie eine unübertreffliche Heilerin kennen.

Da das Krankenhaus öde und nutzlos ist, lasse ich mich darauf ein. Sonst hätte ich am Ende mir noch eine Taxe nehmen müssen, um nach Glenmoran zurückkommen zu können. Blind fährt es sich schlecht selber, weißt du? Und wie ich hörte, kannst du ohne mich nicht sein, da ich der tollste Typ auf Erden bin. Au, kneif mich nicht, du kleines Biest. Naja. Weiter im Text. Irgendwelche Bienen summen plötzlich um meine Ohren und dann kommt so ein Typ mit einer bemerkenswerten Baritonstimme wie Karamellbonbons und will, dass ich ihm vertraue. Er weiß, dass ich Erdbeermilch mag und kurz darauf macht er mich wieder sehend. Ich stehe plötzlich im Auenland und erwarte, dass Frodo gleich um die Ecke kommt. Als nächstes, warte, ich bin noch nicht fertig, lass mich gefälligst ausreden! Als nächstes dann also diese Wahnsinns-Göttin, die mir verklickert, dass ich bald Vater werde. Habe ich was Wichtiges vergessen? So, jetzt darfst du."

„Echt jetzt? *Erdbeermilch?*"

„Was, das fällt dir als Erstes dazu ein?" Fionnbarra lachte laut auf und verschüttete Bier auf seine Hose. „Die Erdbeermilch ist also das bemerkenswerteste aus meiner Aufzählung der Ereignisse?" Ailith hatte inzwischen die duftende, heiße Pizza in Stücke geschnitten und trug den Teller zum Sofa. Die jungen Leute kuschelten sich aneinander und langten zu.

„Und du?"

„Und ich was?"

„Was hast du getrunken?"

„Kamillentee."

Fionnbarra schüttelte sich vor Ekel. „Aber nun mal im Ernst, deine Oma hat's echt drauf, oder? Sie hat mich hypnotisiert, als wir drei im Hain waren. Stimmt's? Ist sie eine Gedanken-Zauberin oder so? Weißt du, der eine Stationsarzt, ein Inder, der hat mir gesagt, es wäre eine seelische Blindheit, die sich durch Stress im Körper niedergeschlagen hat. So wie ein Hörsturz, aber eben als ‚Seh-Sturz'. In seiner Heimat würde man solche Probleme ganz anders angehen. War deine Oma mal in Indien?"

Ailith schaute ihm lange fest in die Augen, bis er ihrem Blick auswich. Verunsichert stopfte er sich ein weiteres Stück Pizza in den Mund und darauf herum, Bedenkzeit herausschindend. Was hatte er denn Falsches gesagt?

„Komm mal mit nach draußen, mein ungläubiges Herzblatt. Ich will dir etwas zeigen." Ailith zog ihn unerbittlich vom Sofa hoch.

„Aber dann wird die Pizza kalt und das Bier warm!"

„Scheißegal."

Draußen suchte Ailith ein stilles Plätzchen, das nicht vom Hotel aus einsehbar war. Fionnbarra trottete leicht genervt hinter ihr her, war aber auch gespannt, was sie nun wieder vorhatte. Eins stand fest: Mit ihr war es nie langweilig. Als Ailith sich sicher war, nicht von Gästen oder Personal gesehen oder gehört werden zu können, zog sie ihre Schuhe aus und begann ihren Ritualtanz. Der Kontakt ihrer nackten Fußsohlen zum Gras, zum Moos, herrlich kühl und weich, entspannte ihren Körper, ihren Geist. Bald schon geriet sie in eine leichte Trance und ließ ihre Stimme erklingen. Fionnbarra verstand nicht, warum sein Mädchen sich wie ein

Derwisch unter Bäumen drehte und seltsame Laute machte, die sich zu einer Melodie verwoben. Aber schön sah es aus. Unwillkürlich musste er an die letzte gemeinsame Nacht denken. Seine Augen klebten an ihrem Körper, der sich ganz den wiegenden, kreisenden Bewegungen hingab. Ihre schlanken Füße tanzten Spiralen und liegende Achten.

Ein leichter Wind kam auf. Fionnbarra spürte einen hypnotischen Sog, der von ihrer Stimme ausging. Hörte er tatsächlich drei Tonhöhen gleichzeitig? Ailiths Augen bekamen einen unnatürlichen Glanz. Über Fionnbarras Kopf verdichtete sich die Atmosphäre. Und dann ... regnete es. Genau über ihm entleerte sich eine kleine Wolke. *Nur* über ihm. Er wich aus, aber sie folgte ihm, gehorchte Ailiths Handbewegung. Übermütig geworden machte sie eine ausholende Armbewegung und ein unerwarteter Windstoß ließ ihn ins Schwanken kommen. Fionnbarra fühlte sich unbehaglich.

„Machst du das etwa?"

Anstatt ihm zu antworten, lenkte sie den Regen zu sich selbst und die letzten Tropfen der Wolke fielen auf ihr glühendes Gesicht. Ailith lockerte ihren Körper mit Schüttelbewegungen und entließ den Luft-Deva aus der Verbindung, die sie mit ihm eingegangen war, mit leisen Worten des Dankes und einer Respektsbezeugung.

„Ja, das habe ich getan. Ich bin eine Gaia-Tochter, eine Erdsängerin. Ich gebiete über das Element Luft. Oma gebietet über die Erde, die Pflanzenwelt. Wir haben große Macht. Es ist uns angeboren, denn wir tragen das Blut des Elben Fearghas in uns."

Fionnbarra wurde schlagartig blass, denn er begriff in diesem Moment unwiderruflich, dass er wirklich in einer anderen Welt gewesen war. Die Besetzung durch den Schwertgeist, das Drama mit dem Dämon – alles Wahrheit!

„Liebst du mich immer noch? Jetzt, wo du weißt, was ich bin?", fragte Ailith mit fester Stimme und schaute ihm prüfend in die Augen. Innerlich aber zitterte sie. Jetzt würde er kommen, der Moment der Wahrheit. War seine Liebe zu ihr stark genug?

Fionnbarra machte den Mund auf und zu, aber es kam nichts heraus.

„Kannst du dir vorstellen, wie das für mich war, dich blind zu sehen, durch meine Schuld? Ich habe entsetzlich gelitten, habe Gaia und meine Großmutter um deinetwillen gehasst und verachtet! Das ist das Letzte, was eine Gaia-Tochter tun sollte, aber ich konnte nicht anders. Du warst und bist mir wichtiger."

Ailith hatte Gänsehaut. Was, wenn er sie abweist?

Fionnbarra wurde schwindelig, er presste seine Hand auf die Magengegend und wandte sich von Ailith ab. Pizza und Bier landeten unansehnlich vereint vor seinen Füßen. Als die Übelkeit nachließ, wischte er sich mit dem Ärmel den Mund ab und drehte sich zu ihr um, wollte um Verzeihung bitten für seine Schwäche und ihr sagen, dass er sie liebt, wie sie ist.

Doch Ailith war fort.

-10-

Mafaldas 100. Geburtstag

Die Familie Warrington saß einige Tage später wiedervereint beisammen. Lucy erzählte erneut lebhaft von der Reise, den neuen Bekanntschaften und davon, dass sie gern bald wieder eine Reise unternehmen würde. „Natürlich nur, wenn es euch nicht zu viel wird. Aber es ist ja alles bestens gelaufen, nicht wahr? Ich habe das Personal eben gut erzogen." Lucy lachte etwas schrill über ihre eigenen Worte.

Sie sah in der Tat entspannter aus, fand Tibby. Von Ailith hingegen konnte sie das nicht sagen. Das Mädchen war blass und appetitlos.

Logan und Tosh fachsimpelten über Züge, Ausflugsziele und das Hotelwesen. Sie tranken ihren obligatorischen Feierabendwhisky und achteten wenig auf ihre Frauen.

„Warum wolltet ihr neulich nicht, dass ich in eure grüne Höhle reingehe? Und was hatte der Stallbursche dort zu suchen?"

Tibby ahnte schon, worauf das hinauslaufen würde. Sie warf einen kurzen Blick zu ihrer Enkelin hinüber. Ja, deren Wangen waren schon etwas weniger blass. Ring frei zur ersten Runde.

„Fionnbarra ist der *Stallmeister*, Mutter, kein einfacher Stallbursche."

„Naja, wie dem auch sei. Wenigstens hat er nicht mehr diese langen Zotteln." Lucy kicherte albern. „Jetzt sind es kurze Zotteln". Dann schaute sie aus den Augenwinkeln scharf zu ihrer Tochter hinüber. „Und warum habt ihr Händchen gehalten? Hat deine Großmutter euch bei irgendwas erwischt? Du weißt, ich sehe es nicht gerne, dass du dich mit ihm abgibst."

Tibby sah, wie an Ailiths Hals langsam ihre typische Wutröte aufstieg. Merkte Lucy denn gar nichts mehr? Sie beschloss, sich in das Gespräch einzumischen. „Ich habe an Fionnbarras Augen ein Heilritual abgehalten und dazu brauchte ich Ailiths Assistenz. Natürlich wollte ich dabei von niemandem gestört werden. Auch nicht von dir. Tosh hatte strikte Anweisung, keinen hereinzulassen."

„Oh, seine Augen. Ja, Lizzy vom Empfang sagte mir sowas in der Art gestern. Ihr seid sogar mit ihm zum Arzt gefahren, richtig? Wie überaus fürsorglich einem Angestellten gegenüber. Und ist nun alles wieder gut und er kann seine Arbeit machen?"

Ailith erhob sich langsam vom Sessel. Mit scheinbarer Gelassenheit schaute sie auf ihre Mutter herab. „Damit du es weißt: Ich bin schwanger. Vom Stallmeister." Mit zur Schau getragener Selbstsicherheit und Würde verließ sie den Kleinen Salon.

Logan schaute irritiert auf. „Was hat sie eben gesagt?"

Immer, wenn Ailith nicht weiter wusste, ging sie in den Stall zu ihrem Lieblingspferd, um ihr Gesicht minutenlang in die Mähne zu vergraben und die Welt auszublenden. Sie umarmte dann als nächstes das geduldige Tier, kraulte ihm die Stirn, immer in dieser Reihenfolge, bis sie sich wieder wohlfühlte. Heute aber war ihr Fionnbarra zuvorgekommen. Überrascht sah sie ihn, wie er sich an den Hals von Spanky lehnte und leise zu ihm sprach. Er hatte ihr Kommen nicht bemerkt. Mit einer Handbewegung scheuchte sie Michael, der am Ausmisten war, nach draußen. Sie wollte ungestört sein.

„Hi, Fionn", sagte sie leise.

Er schreckte auf und trat verlegen vom Pferd zurück. Ailith sah in seinem Gesicht widersprüchliche Regungen. Freude über ihr Erscheinen, aber auch Unsicherheit und eine Spur von peinlich berührt sein.

„Ailith. Ich bin so froh, dich zu sehen. Du bist mir in den letzten Tagen immer aus dem Weg gegangen."

„Ich weiß."

„Es ist mir so peinlich, aber mir wurde auf einmal schlecht. Ich möchte mich bei dir entschuldigen."

„Schon vergessen."

„Warum bist du gekommen?"

„Ich war gestern bei Dr. Henderson. Wir bekommen wirklich Zwillinge. Ich habe sie im Ultraschall gesehen."

Für einen kurzen Moment leuchtete Freude in Fionnbarras Augen auf. Dann erlosch das Licht in seinen Augen wieder. Er fuhr sich unruhig über das nunmehr völlig kurzgeschorene Haar und trat von einem Fuß auf den anderen.

„Hast du gar nichts dazu zu sagen?", fragte Ailith sanft, mit einem Hauch Traurigkeit. Was, wenn er sich gegen sie und die Kinder entschied? Sie könnte es ihm nicht verübeln.

Er trat zögernd näher, nahm ihre Hand in seine, behielt aber einen gewissen Abstand. „Weißt du, ich träume schon länger davon, hier die Zelte abzubrechen und für ein Jahr oder länger nach Neuseeland zu gehen. Ich habe doch noch gar nichts von der Welt gesehen. Als du mir dann mit deinem Regentanz bewiesen hast, dass du etwas ganz Besonderes und Außergewöhnliches bist, da habe ich es mit der Angst zu tun bekommen. Ich dachte, was, wenn die Kinder auch so ... machtvoll sind? Wie soll ich damit fertigwerden? Ich bin doch nur ein einfacher Mann. Aber ich habe immerzu an dich denken müssen, die ganze Zeit, ich will nicht ohne dich sein. Ich liebe dich, Sunny. Aus tiefstem Herzen. Wenn du mich immer noch willst …?"

Erleichterung breitete sich in Ailiths Körper aus. „Ja, ich will dich immer noch. Auch wenn du mir vor die Füße kotzt", frotzelte sie. Dann wurde sie ernster. „Ich habe dir auch etwas zu sagen. Gaia hat mir einen Wunsch geschenkt. Wenn ich es will, dann nimmt sie von mir und den Babys die Gaia-Tochterschaft. Wir wären dann wieder ganz normale Menschen und keine Erdsängerinnen mehr. Was sagst du?"

Überrascht trat Fionnbarra einen halben Schritt näher. „Das würdest du für mich tun?"

„Ich würde es für uns tun. Für uns vier."

„Ist es auch das, was dein Herz will? Würdest du das alles nicht vermissen?"

„Doch schon, ich würde es sehr vermissen. Aber es gäbe uns mehr Ruhe und Sicherheit."

„Keine Geisterschwerter und keine Dämonen mehr."

„Nein. Aber auch keinen Tanz mit dem Wind mehr, keine Zweisamkeit mit Gaia oder den Naturwesen. Nur noch ein leises Gespür dafür."

„Keine Windpferde mehr." Fionnbarra lächelte. „Siehst du, ich erkenne es als Realität an. Auch deinen Urahn. Und den Rest auch. Lass es dir in Ruhe durch den Kopf gehen, Liebes."

Ailith blickte zu Boden. „Ich habe eine Frist. Bis heute Abend bei Sonnenuntergang muss ich mich entschieden haben."

„Oh." Fionnbarra nahm sie in den Arm und drückte sie sanft an seine breite Brust. „Ich schätze, ich kann dir bei der Entscheidung nicht wirklich helfen. Die Sonne wird in einer halben Stunde etwa untergegangen sein."

„Aber du kannst mir helfen, meine Eltern davon zu überzeugen, dass ich nicht in mein Unglück renne, bloß weil ich einen stark tätowierten Schaukämpfer liebe, der seine Brötchen mit Stallarbeiten verdient. Mutter wird schier ausrasten."

„Ich gehe für dich gern in die Höhle der Löwin und halte um deine schöne Hand an, Mylady Ailith Hochwohlgeboren." Er grinste frech, aber charmant. Michael schaute von draußen um die Ecke des Stalltores und zog fragend eine Augenbraue hoch, ob er weiter ausmisten solle. Fionnbarra schickte ihn mit einer Handbewegung in den Feierabend. „Soll mir nur Recht sein", murmelte der Stallbursche und trollte sich davon. Als er endlich weit genug weg war, küsste sich das junge Paar lang und innig.

„Hör mal, Fionn, du musst mich aber nicht heiraten, nur weil ich schwanger bin. Hauptsache, du bist für die Kinder da und für mich, wenn ich mal

Hilfe brauche oder wichtige Entscheidungen anstehen."

Fionnbarra runzelte leicht die Stirn. „Ailith, ich will dich auf jeden Fall heiraten, es sei denn, du willst keine Ehe. Aber das eine sage ich dir: Ich und meine Brüder, wir sind ohne Vater aufgewachsen. Mutter hat ihn vor die Tür gesetzt, weil er untreu war und ein Spieler. Danach hat es für uns mehrere ‚Väter' gegeben, sie war da nicht so wählerisch. Bevor ich von Zuhause abhaute, habe ich ihren aktuellen Typen verprügelt, weil er auf den Jüngsten losgegangen war. Ich habe mir damals geschworen, dass ich, sollte ich jemals Kinder zeugen, mit absoluter Sicherheit auch ein echter Vater sein will. Ich will dabei sein, wenn sie laufen lernen, ihre Zähne verlieren und ich schenke ihnen einen Hund und all das. Was ich möchte, ist eine richtige Familie, auf altmodische Art."

Ailith war bestürzt. Das hatte sie noch gar nicht gewusst. Aber sie hatte ihn auch nie wirklich nach seiner Vergangenheit gefragt. Ihr wurde in diesem Moment bewusst, wie wenig sie voneinander wussten.

„Dann soll es so sein." Ihre Lippen fanden erneut zueinander und wortlos gaben sie sich das Versprechen, gemeinsam durchs Leben zu gehen. Fionnbarra drückte Ailith fest an seinen Körper und küsste ihren Hals. Er wusste, wie sehr sie das mochte. Mit geschlossenen Augen genoss sie seine

Liebkosung. Plötzlich musste er grinsen. Sie spürte seinen Stimmungsumschwung und schaute ihn fragend an. „Was?"

„In der wievielten Woche bist du? Etwa die achte Woche?"

„Ja, warum?"

„Dann weiß ich genau, wo wir die Kinder gemacht haben." Sein Grinsen wurde noch breiter und neckend rieb er leicht seinen Unterleib an ihrem.

Ailith lachte hell auf. „Gute Güte, ja! Ich weiß, was du meinst. Fast hätten sie uns im Heu erwischt."

„Schön war's. Wir sollten öfter ins Heu gehen. Oder wir stopfen unser Bett mit Heu aus, wenn dir das Private mehr liegt."

Als Ailith zärtlich ihre Hände auf seinen Hintern legte, fiel aus seiner Hosentasche ein gefaltetes Stück Papier heraus. Rasch hob er es auf und wollte es zurückstecken, aber zu spät. Sie hatte schon gesehen, von wem das Schreiben stammte.

„Fionnbarra! Percy D. hat dir geschrieben? Etwa ein Angebot?"

Er nickte unglücklich. „Ist heute gekommen."

„Aber das ist doch großartig. Siehst du, er will doch dich, nicht mich. Kester auch?"

„Nur mich."

„Was ist? Du siehst irgendwie traurig aus. Das müsste dich doch freuen."

„Aber ich kann nicht. Nicht jetzt wo du, ähm, wo wir doch die Kinder bekommen. Der Dreh findet in den Pyrenäen statt, genau dann, wenn die Geburt ansteht."

„Ach Fionn, das könnte die Chance deines Lebens sein! Du willst doch nicht etwa absagen?"

„Das habe ich schon, habe ihn vor einer halben Stunde angerufen. Du und die Kinder, ihr seid meine Chance des Lebens. Um nichts in der Welt würde ich dich allein lassen, wenn es soweit ist."

Innerlich aufgewühlt streichelte Ailith mit beiden Händen sein Gesicht und strahlte vor Glück. Er liebte sie wirklich! Sie und auch die Kinder. Am Rande nahm Ailith wahr, dass Gaia sich mitfreute.

Die Sonne versank langsam am Horizont. Ailith traf im Stillen ihre Entscheidung.

Eine Woche später hatte Mafalda ihren hundertsten Geburtstag. Am Tag zuvor hatte Fionnbarra, zu Ailiths Erstaunen, in Anzug und Krawatte und mit sauberen Fingernägeln formvollendet bei ihren Eltern vorgesprochen. Ihre Mutter hatte ihren Dünkel gut verborgen und zeigte sich aufgeschlossen und freundlich. Ihr Vater Logan mochte Fionnbarra sowieso und der Termin für die Hochzeit wurde besprochen. Die Schwangerschaft hatten ihre Eltern akzeptiert, was blieb ihnen auch anderes übrig? Nach dem ersten Schock hatten sie begonnen, sich auf die Kinder zu freuen. Und Lucy war nun vollauf damit beschäftigt, Pläne für die Hochzeitsfeier zu schmieden.

Ailith begleitete ihre Großmutter zu Mafalda und gratulierte ihrer ‚Maffie' sehr herzlich zum Ehrentag. Eliza, Claire und Ruby waren auch schon da und sangen für Mafalda ein Ständchen zum Geburtstag. Als letztes sangen sie lauthals das Lieblingslied der Alten, *Highland Cathedral.*

„Wo ist denn die liebe Bonnie?", wollte Mafalda wissen. „Sie hat einen so schönen Sopran."

Ruby zog ihre Augenbrauen hoch. „Was denn? Hat unsere Lady Tibby Ihnen nicht gesagt, dass Bonnie mit dem Österreicher Bruno durchgebrannt ist?" Sie grinste schelmisch.

Tibby gab ihr einen liebevollen Knuff in die Seite. „Du sollst mich nicht immer Lady Tibby nennen, du olle Nachtigall."

„Durchgebrannt? Oha. Was sagt denn ihr Mann dazu?" Mafalda fand das alles sehr aufregend.

„Keine Ahnung. Dem hat's die Sprache verschlagen vor Glück. Jetzt kann er sich ganz in Ruhe seiner Kakteenzucht widmen." Unter Gelächter verabschiedeten sich die Freundinnen von den Schlossbewohnerinnen. Tibby und Ailith schoben wenig später Mafalda mit dem Rollstuhl zum Lift, das Ziel war der Park. Die Rhododendren standen noch in voller Blüte. Mafalda machte unterwegs ihr erstes Nickerchen des Tages. Sie war schon in der Phase, in der die Alten mehr schliefen als wachen. Die Stippvisite von Bürgermeister und Pfarrer hatte sie auch ermüdet. Tibby ahnte, dass sie ihre geliebte Mafalda bald schon verlieren würde. Darum verbrachte sie jetzt Tag für Tag viel Zeit mit ihr.

Ailith lächelte versonnen. „Oma, ich habe mich noch gar nicht bei dir bedankt, dass du Mutter den Kopf zurechtgerückt hast."

Tibby tat ahnungslos. „Ach was, sie ist von ganz allein darauf gekommen, dass Fionnbarra ein feiner Kerl ist." Beide fingen an zu prusten und zu lachen. Eher wäre die Sonne im Westen aufgegangen, als dass Lucy spontan einen nach Stall und Pferd riechenden tätowierten Mann ins Herz geschlossen hätte. „Heute werde ich meinen Wunsch bei Gaia einlösen, Ailith. Du wirst sehen! Ich freue mich schon so auf Mafaldas Gesicht", sagte Tibby erwartungsfroh.

„Ich habe meinen Wunsch schon eingelöst bekommen." Ailith lächelte nervös. Sie war sich nicht sicher, wie ihre Oma reagieren würde. Ob sie von ihr enttäuscht war? Nun, sie würde es darauf ankommen lassen müssen. Irgendwann musste sie es erfahren. „Ich habe Gaia gebeten, mir und den Kindern die Fähigkeiten zu nehmen. Ich will nicht länger eine Erdsängerin sein. Und meine Mädchen sollen diese Bürde erst gar nicht tragen müssen."

Tibby schwieg nachdenklich, bis sie aus der Hotelhalle heraus waren und auf den privaten Teil des Parks zugingen. Mafalda wachte auf, weil sie die Sonne auf ihrer runzligen Haut spürte, die mit Altersflecken schier übersät war. „Seht nur, Kinder – die Schmetterlinge! Das da ist ein Hauhechel-Bläuling, und der dort, neben dem abgebrochenen Zweig, das ist ein Feuriger Perlmuttfalter. Tibby, was meinst du?"

„Mafalda, ich staune immer wieder über deine scharfen Augen. Ich bin so froh, dass du nie den Grauen Star bekommen hast und nur etwas schwerhörig bist. Aber ich weiß es ehrlich gesagt nicht, welche Art Perlmuttfalter das ist."

An Ailith gewandt, sagte sie leise: „Ich kann dich gut verstehen nach den Ereignissen der letzten Zeit. Aber es bedeutet auch, dass ich die letzte unserer Art sein werde. Es macht mich traurig, ehrlich gesagt. Was ist mit meinen zwölf Büchern, die ich für die kommenden Erdsängerinnen schrieb? Und ich werde auch nicht mehr erleben, ob es unserer Welt wirklich hilft, den Dämon los zu sein. Was meinst du, Kind, wird die Menschheit nun zur Ruhe kommen, oder wird sie sich ihre eigenen Dämonen erschaffen?"

„Ich weiß es nicht", antwortete Ailith schlicht. Sie ging vor, um das Gartentor weit zu öffnen. Tibby schob Mafalda auf den Kuppelhain zu. „Mafalda, ich habe ein Geschenk für dich." Sie klopfte ihr leicht auf die Schulter. „Nicht wieder einschlafen." Innerhalb des Hains war ein Meer von roten Mohnblumen um den Fels herum erblüht, Mafaldas Lieblingsblumen.

„Oma, ich hatte keine Ahnung, hey, das ist wunderbar! Wie hast du das nur wieder geschafft in so kurzer Zeit?" Ailith war ehrlich erstaunt, sie hatte einfach nicht das Gespür für Pflanzen und deren Naturgeister. Mafalda war sprachlos, sie deutete mit beiden Händen aufgeregt zu den Mohnblüten, die sich ihr entgegenreckten. Tibby zwinkerte Ailith zu und legte Mafalda sanft ihre Hände auf. Die rechte auf die Schulter, die linke Hand auf den Scheitel. Von einem Moment zum anderen wurde Mafalda sehend.

„Oh, Tibby, wie herrlich! Alles voller Mohn. Und wie schön es hier in der grünen Höhle ist. Sieh nur, wie die Sonne durch das Loch da oben hereinscheint und den Fels zum Strahlen bringt. Ach bitte, fahr mich noch näher heran. Da sind ja lauter rote Schmetterlinge auf dem Stein." Wenn sie es gekonnt hätte, wäre Mafalda aus dem Rollstuhl aufgestanden und hingelaufen. So aber lehnte sie sich nur nach vorn, als würde das das Schieben beschleunigen, weil sie es nicht erwarten konnte, diese neuartigen Schmetterlinge näher zu betrachten. „Ich fasse es nicht, sie krabbeln dort im Kreis herum! Tibby, meine Gute, da stimmt doch etwas nicht. Siehst du das? Sie haben ja Gesichter!"

Hochzufrieden setzte sich Tibby auf den Fels, neben die Mohnelfen. Sie streckte ihre Hand aus und sofort flogen etwa zwei Dutzend Elfen auf Hand und Unterarm. Sie reichte sie an Mafalda weiter, die beide Hände zu einer Schale formte und die kleinen Wesen staunend in Empfang nahm.

Tibby winkte Ailith herbei. „Komm, Kind. Gib mir deine Hand, dann übertrage ich das Sehen auch auf dich. Heute macht Gaia eine Ausnahme."

Das Geburtstagskind bekam rosige Wangen vor lauter Glück. „Das sind keine Schmetterlinge, das sind Blumenelfen. Ich habe dir das ja immer geglaubt, aber nun, am Ende meines Lebens, kann auch ich sie sehen. Es ist ein Wunder! Jetzt verstehe ich, warum dir dein Anderssein immer so wichtig war. Gott, sind die schön! Und so niedlich!"

Tibby hörte auch das zwitschernde Sprechen der eifrigen Mohnelfen, die allerlei Faxen machten, um Mafalda zu erfreuen. Doch so weit wollte sie nicht gehen, auch dies Mafalda zu ermöglichen. Sie war sich nicht sicher, ob ihr altes Herz das auch noch verkraften würde.

Ailith räusperte sich. „Maffie, mein liebes Hutzelweibchen, ich habe für dich auch eine Überraschung."

„Ja, was denn, meine Kleine? Hast du etwa den Stall gegen die Küche getauscht und mir einen Kuchen gebacken? Mit hundert Kerzen?" Vergnügt zwinkerte das Geburtstagkind ihr zu.

„Nein, das nun nicht, schließlich liebe ich dich. Ich bin eine furchtbar untalentierte Bäckerin. Meine Überraschung ist, dass ich mit Zwillingen schwanger bin und bald heiraten werde."

Mafalda klatschte erregt ihre Hände auf ihre Wangen. Die Elfen purzelten auf ihren Schoß herab und fanden das sehr lustig. „Kindchen, das ist wunderbar. Du machst mich damit sehr glücklich. Oh, ich hoffe, ich werde deine Babys noch kennenlernen. Wer ist denn dein künftiger Ehemann?"

„Fionnbarra, der Stallmeister."

„Ah ja! Das ist der, der so wild und schön mit dem Schwert kämpfen kann. Ich mag seine Zottelhaare. Ich glaube, er ist ein richtig guter Mann für dich Wildfang. Und, lädst du mich altes Hutzelweib auch zur Hochzeit ein?"

Ailith kniete sich lachend neben den Rollstuhl. „Du wirst der Ehrengast sein! Ich würde niemals ohne dich heiraten wollen, du bist doch mein Glücksbringer."

„Die Zottelhaare hat er übrigens nicht mehr", verriet Tibby.

„Ach, das ist schade!" Mafalda streckte ihre Hände wieder nach den Elfen aus und streichelte ihnen über das Köpfchen, was ihnen allerdings nicht behagte. Sie flatterten zurück zum Fels und tanzten im Sonnenlicht, das wie eine Säule Fels und Kuppeldecke miteinander verband. Mafalda rutschte im Rollstuhl etwas hin und her, denn das lange Sitzen bereitete ihr Schmerzen.

„Möchtest du zurück auf dein Zimmer und dich etwas hinlegen?"

„Nein, ich möchte lieber hierbleiben. Es ist, als wäre ich im Schoß der Göttin geborgen. Aber ich sollte mich bald wirklich etwas hinlegen."

Ailith sprang auf. „Ich habe eine Idee! Wartet hier, ich bin sofort wieder da."

Die alten Frauen schauten sich lang und tief in die Augen. „Du und deine blaue Strähne im Haar." Mafalda strich Tibby über die weiße Haarpracht. Wehmütig lächelte die Jüngere und hatte plötzlich Tränen in den Augen. „Na, na, Isabella, ich werde dich doch auch vermissen. Ich fühle, dass meine letzte Stunde bald kommen wird. Aber ich hoffe inständig, dass ich wenigstens die Hochzeit noch miterleben werde. Pass immer gut auf das Mädel auf, versprich mir das."

„Darauf kannst du dich verlassen. Das habe ich immer getan und ich werde nicht damit aufhören."

„Ihr künftiger Mann tut mir jetzt schon etwas leid." Mafalda kicherte, wie nur ganz alte Frauen es tun. „Der wird sich anstrengen müssen, mit der wilden Ailith mithalten zu können."

Die Mohnelfen kamen wieder angeflogen und setzten sich auf die Schultern der Frauen, die nun schweigend das rote Blütenmeer betrachteten, Hand in Hand. Nach einer Weile sagte Mafalda ganz leise „Danke". Dann schlief sie erschöpft ein. Wenige Minuten später kamen Ailith und die Pflegerin der Alten mit einem tragbaren Gästebett an. Vorsichtig legten sie Mafalda darauf und ließen sie dort ihren Mittagsschlaf machen, von Fiona bewacht.

-11-

Die Drachenväter der Urzeit

Gaia hatte die Menschen sicher in ihre gewohnte Wirklichkeit zurückgebracht. Was hier jetzt geschehen würde, ging sie nichts an. Ringsum flammte der Horizont hellrot auf. Etwas Großes kam. Die Erdgöttin stand hoheitsvoll in ihrem Mohnfeld. Fearghas nahm alarmiert seine Soldatengestalt an und hielt augenblicklich das Drachenschwert in seiner Hand, eine imaginierte Nachbildung des Schwertes, das er einst in der Glasgower Schmiede erschuf. Ein Symbol für Wehrhaftigkeit und Willensstärke. Niemand hatte es je gewagt, ohne seine Erlaubnis in sein Innerstes einzudringen.

Plötzlich stand der Hagedorn in Flammen – und doch verbrannte er nicht. Über der Krone schwebten drei Feuersäulen. Abwartend. Konzentriert. Vor Energie fast berstend. Gaia wandte sich an den Elben. Eindringlich schaute sie in seine veilchenblauen, fast violetten Augen. War er bereit dafür? Sie hoffte es inständig, denn sie wollte ihm ein großes Geschenk machen.

„Fearghas, du warst der Soldat der Hagedornkönigin, du warst Beschützer der Robena, der Mutter der ersten Erdsängerin, und nun bist du seit langem der gute Geist, der die Wesen der Welt und Anderwelt verbindet. Nicht zuletzt bist du der, dessen Blut die Zeit überdauerte. Du, Ahnvater der Erdsängerinnen Isabella und Ailith und der Ungeborenen, die Feuer und Wasser in sich tragen, du sollst nun ein Geschenk erhalten. Viel gelitten hast du in deinem Leben als Elb, als Mensch und in deiner Existenz als Schutzgeist hast du treu gedient. Wahrlich, deine Verdienste sind groß! Darum höre nun, was die Besucher, die ich einlud, dir zu sagen haben."

Hätte Fearghas noch ein schlagendes Herz gehabt, wäre er noch ein Wesen aus Fleisch und Blut gewesen, dann hätte sein Blut in den Adern wie ein wilder Bergbach geströmt. In seinen Ohren hätte es gerauscht, sein Atem wäre tief und schnell gewesen. Aber so, als das was er jetzt war, geschah nichts von alldem. Doch seine Erinnerungen, die in Gestalt der magiyamusanischen Landschaft sich abbildeten, die waren jetzt gestochen scharf, vor Energie vibrierend, aufs Höchste gespannt.

Gaia wies huldvoll mit ihrer Hand auf den Hagedorn. Aus seinem Stamm traten nacheinander drei Gestalten hervor. Ihre Energie war so stark, dass es aussah, als würden kleine Flämmchen auf ihrer Haut züngeln, insbesondere um den Kopf herum. Sie gingen aufrecht und furchtlos auf Fearghas zu. Ihre Haut war schuppig wie Drachenhaut, die Pupillen ihrer Augen waren senkrechte

Schlitze, die Hände trugen Krallen. Ihre Häute waren überwiegend grau. Doch schimmerten auch farbige Schuppen hier und da. Smaragdgrün, amethystfarben, tiefrot, braun. Kurz hielten sie inne, als sie Gaia erreichten. Jedes der Wesen verneigte sich tief in Ehrfurcht vor der Göttin, eine Hand auf die Herzgegend gelegt. Gaia neigte grüßend ihr Haupt und lächelte. Daraufhin entspannte sich der Elb und stellte sein Schwert im großen Farn ab.

Das Wort ergriff der, dessen Flämmchen am wildesten über die Haut züngelten. „Fearghas, treuer Diener der Anderwelt und Beschützer der Erdsängerinnen – wir grüßen dich!" Höflich verneigten sich alle drei. Zwei traten nun gemessenen Schrittes zu Gaia und setzten sich neben sie in das Mohnfeld. Die Elfchen verließen ihre Blüten fluchtartig und sammelten sich am äußersten Rande des Feldes. Gaia lächelte nachsichtig. Mochten die Mohnelfen ruhig ihr Abenteuer haben und begreifen, dass es noch viel mehr Lebensformen gab, als sie dachten. Gaia imaginierte einen Thron aus Farn und Moos für sich und nahm Platz.

„Wer seid Ihr, Hohe Herren, die Ihr so unerwartet zu Besuch kommt?", fragte Fearghas höflich, aber direkt.

„Wir sind die, die du einst gerufen hast. Erinnerst du dich an den Moment, als die Erde unter deinen Füßen bebte, weil die Göttin deinen Freitod verhindern musste? Du durftest nicht in das Schwert eingehen. Dieser Platz war nicht dir bestimmt."

In dem Moment begriff Fearghas, dass vor ihm einer der Drachenväter der Urzeit stand und sprach. Augenblicklich ließ er sich auf sein Knie nieder und neigte in Ergebenheit sein Haupt. „Ich erinnere mich mit Schmerzen. Meine Seele war überschattet von Leid. Doch sagt mir bitte, edler Drachenvater, wie lautete der Name des Schwertes? Habt Ihr ihn damals vernommen? Ich konnte die Rune nicht lesen. Das quält mich bis heute, dass ich nicht weiß, wen ich damals erschuf."

„Erhebe dich, du Sohn des Feuers. Wisse, dass dein Ruf uns damals nicht nur ereilte, sondern auch unser Herz rührte. *Èiginn!* Verzweiflung war in dir. *Aonaranachd!* Einsamkeit tötete dein Herz, denn du wurdest verbannt. *Falamh!* Leere füllte dich aus, ein unendlich großes Nichts war in dir. *Dìon!* Zuflucht suchtest du, einen Ort der Sicherheit, der dir Schutz gewährt. *Duilichinn!* Deine Trauer verzehrte deinen Lebenswillen. So höre nun: Der Name deines Schwertes lautete: ERLÖSER, und so wurdest du aus deinem Todeswunsch erlöst, die Erde wurde vom Dämon in Devilhenge erlöst, und letztlich wurden auch wir erlöst aus unserer Gefangenschaft.

Des Dämons Bann erlosch, als er vom Adler in seinen ursprünglichen Lebensraum geworfen wurde. Wir erwachten und verließen den Stein von

Fal, der unser Kerker gewesen war. Mit Trauer erkannten wir, dass die Menschheit ohne unsere Führung den schändlichen Weg der Spaltung der Atome gewählt hat und daraus ihre Energie zieht. Hier ist nicht länger unser Ort. Wir werden nun weiterziehen und ein neues Volk suchen, das am Wendepunkt seiner Entwicklung steht, um ihnen Lehrer und Meister zu sein. Willst du mit uns ziehen, Sohn des Feuers und ein Meister werden wie wir, ein Völkervater?"

Fearghas war sprachlos. Überfordert wandte er sich Gaia zu. Sein Herz schrie „Ja, ja!", aber seine Pflicht den Erdsängerinnen gegenüber rief „Nein, nein!".

Gaia lächelte. „Ich sehe den Zwiespalt in dir, doch ist er unnötig, denn Ailith schenkte dir die Freiheit, ohne es zu wissen. Fortan wird es keine Erdsängerinnen mehr geben. Die Zwillinge werden als einfache Kinder der Erde aufwachsen, gesund und glücklich. Tibby steht fast am Ende ihres Lebens und Tosh wird ihr bis zum letzten ihrer Tage Schutz und Halt geben. Du bist also frei zu gehen, wenn es dein Herzenswunsch ist. Dies soll mein Dank und mein Geschenk an dich sein."

Die anderen beiden Drachenväter erhoben sich. Erwartungsvoll sahen sie in seine Augen, sahen dort Freude und Trauer gemischt, Verwirrung und Klarheit zugleich.

„Dann soll es so sein! Ich gehe mit euch, als euer Sohn."

„Oh nein, du wirst uns gleichgestellt sein! Ein neuer Drachenvater wurde soeben geboren, der das Wissen über Feuer und Schmiedekunst den jungen Völkern bringen wird."

Fearghas schaute verblüfft auf seine Hände.

Sie hatten goldene Krallen.

-ENDE-

Glossar

Dancing Highland-Thistles – der Name von Fionnbarras Truppe: *Die tanzenden Hochland-Disteln*

Scone – traditionelles britisches Gebäck, eine Art Brötchen, das gern mit Schlagsahne und Konfitüre genossen wird

Caber Tossing – Baumstammweitwurf, fester und beliebter Bestandteil schottischer Sportwettkämpfe. Der Clou daran: Der Baumstamm muss nicht weit, sondern möglichst senkrecht fallen.

Ceilidhs – ursprünglich ein geselliges Beisammensein, heute die Bezeichnung für eine besondere Tanzveranstaltung bei der Céilí-Tänze getanzt werden.

Tin Whistle – Irische Flöte

Laird – ein Landbesitzer in Schottland, „niederer Landadel", wird erblich erworben

Selkirk Grace – ein Tischgebet, geschrieben von Schottlands beliebtestem Dichter, Robert Burns. Es wird traditionell vor einem Burns Supper gesprochen:

„Some hae meat and canna eat, and some wad eat that want it, but we hae meat and we can eat, sae the Lord be thankit. Manche haben Fleisch und können nicht essen. Manche können nicht essen, die es gerne täten. Aber wir haben Fleisch und können essen. Also lasst es uns dem Herrn danken."

Burns Supper – eine schottische Tradition, den Geburtstag von Robert Burns zu feiern mit festgelegter Speisefolge.

Scotch Broth – typisch schottische Graupensuppe mit Gemüse

Sporran – besteht aus Leder oder Pelz, eine Art schottische Geldbörse, die zur traditionellen Kleidung der Bewohner der schottischen Highlands gehört. Er ersetzt dem Träger an dem Kilt die Hosentasche.

Bodhràn – Irische Rahmentrommel, zwischen 20 und 50 cm Durchmesser

Haggis – die Leib- und Magenspeise der Schotten, in etwa vergleichbar mit dem pfälzischen Saumagen.

Lassies und Laddies – in etwa übersetzbar mit „Mädels und Jungs", umgangssprachlich, launig, wie Damen und Herren

Geomantie – früher in etwa: *Die Weissagung der Erde*. In esoterischen Kreisen die Lehre von den Erdkräften und Ordnungen, siehe auch „Ley-Lines", ähnlich dem asiatischen Feng Shui. Heute eher eine „Erfahrungswissenschaft", die versucht, die Identität einer Landschaft, eines Ortes, zu ergründen und zu verstehen.

Hobbeln – das kurzfristige Anlegen von losen Fußfesseln, um Pferde auch ohne Aufsicht an einem Ort zu behalten

Leylines – „Heilige Linien", die Anordnungen von Landmarken, wie beispielsweise Megalithen, uralte Kultstätten und Kirchen werden so bezeichnet. In der Geomantie auch „Meridiane der Erde"

Enzephalograph – Gerät zur Messung von Gehirnströmen, Messergebnisse werden in Enzephalogrammen aufgezeichnet

Tulku – auch „Trülku", ein buddhistischer Meister, den man als bewusste, vom Vorgänger selbst bestimmte Wiedergeburt eines früheren Meisters identifiziert, auch „lebender Buddha" genannt.

Vertex-Wellen – sie sind charakteristisch für den Wach-Schlaf-Übergang, treten aber auch im weiteren Schlafverlauf und vor allem im stabilen

Leichtschlaf auf, im EEG (Elektroenzephalogramm) können alle Arten der Gehirnwellen grafisch aufgezeichnet werden.

Gehilz – Begriff aus der Lehre der Schwertkunst, das Griffstück, auch Heft genannt.

Printed in Poland
by Amazon Fulfillment
Poland Sp. z o.o., Wrocław